푸른 침실로 가는 길

푸른 침실로 가는 길

시아 장편소설

odos

차례

프롤로그

라,
약속대로 글을 남깁니다. 그러니, 이제 문을 열어주시겠어요?

곤혹스러운 꿈을 꾼 적이 있다. 꿈속에서 나는 남자였다. 보폭을 넓게 하고 앞만 보며 걸어가고 있는데 한 여자가 다가왔다. 누구인지 얼굴을 잘 보지 못했다. 남색 트렌치코트 자락만 흘낏 보았을 뿐이다. 손을 높이 치켜들어서 내 목덜미에 뭔가를 꽂았다. 순간 따끔한 느낌이 들었지만 이내 사라졌다. 몸을 돌리거나 제어할 겨를이 없었다. 고개를 돌렸을 때 여자는 사라지고 없었다. "이제까지와 비할 수 없는 최고의 고통을 느끼게 될 거야!"라는 말만 귀에 맴돌았다. 그게 어떤 뜻인지 알 것 같았다. 내 삶의 모든 순간들이 세세하게 기억나기 시작했다. 밀봉된 기억의 두루마리가 함부로 풀려 나온 꼴이었다. 갑자기 몰아치는 기억의 소용돌이에 머릿속은 울부짖음, 고함, 욕설, 우울, 좌절, 환호성들로 아수라장이 되고 말았다. 기억의 홍수 속에서 허우적거리며 비명을 지르다가 깼다.

꿈에서 깨어난 지 10년이 흘렀다. 그 꿈을 지금 끌어오려고 한다. 말하자면, 이런 것이다.

남자는 기억의 고통 속에서 허우적거리고 있다. 한시라도 '망각'이라는 안전지대로 도망가고 싶은 마음뿐이다. 폭포수처럼 쏟아지는 온갖 기억들은 도무지 멈출 줄 모른다. 남자는 기억을 살해할 마음을 품는다. 그것이 기억을 멈추게 하는 유일한 방법이라는 사실을 안다. 그것은 표면상 '자살'로 보일 것이다. 지금 남자의 겉모습은 비교적 멀쩡해 보인다. 아직 건장한 편에 속하고, 병원 신세 한번 진 적 없는 허우대 괜찮은 중년 남자다. 다만 오만상을 찌푸리고 고개를 45도 각도로 숙인 채 머리를 감싸고 있을 뿐이다. 계속해서 그러고 있는 꼬락서니는 어쩐지 불편해 보이기도 할 것이다. 자살이 성공한다면, 아마도 경찰은 남자가 최근에 스트레스를 많이 받았을 거라고만 추측할 것이다. 누군가에 의해 삶의 모든 기억이 주입된 독극물 같은 주사를 맞았으리라고는 결코 생각하지 못할 것이다. 남자는 억울함에 몸서리를 쳤다. 그러다가 관자놀이를 꾸욱 오랫동안 누르고 있으면, 일시적으로 기억이 느려진다는 사실을 알게 된다. 양 집게손가락으로 관자놀이 부위를 계속 누르면서 컴퓨터 모니터 화면을 보다가 우연히 다음 글을 보게 된다.

> 기억의 총(혹은 주사)에 맞은 분들을 위한 기억 퇴치법
> :
> 기억의 총은 별안간, 순식간에, 이유 없이 맞게 됩니다. 아마도 당신은 그것을 원하지 않았을 테지만, 무의식적으로 그것을 원했을 수도 있습니다. 혹은 최소한 호기심으로 인해 그것을 불러왔을 수도 있습니다. 물론, 불러왔다는 사실을 스스로 모를 수도 있습니다. 하지만 결국 당신이 이러한 일을 초래한 것입니다. 당신은 절대 아니라고 고개를 세차게 내젓겠지만, 사실은 그러합니다. 이런 일이 왜 자신한테 일어난 것인지 화가 날 수도 있겠습니다. 그렇지만, 이미 일은 벌어졌습니다. 당신이 이 일을 자초했다는 것을 인정한다면 아래를 클릭하시기 바랍니다.

남자는 화가 났다. 살아가면서 이렇게까지 화가 난 적은 아마도 드물 것이다. 도대체 이 이상한 광고는 또 뭐란 말인가? 책상을 양손으로 탁! 치는 순간, 기억의 고통은 밀물

처럼 남자를 덮쳤다. 온갖 일들이 아우성치며 밀려드는 통에 남자는 다시 관자놀이를 꾸욱 눌렀다. 내가 언제 남색 트렌치코트 여자를 불러들였단 말인가? 말도 안 되는 이러한 설정이 어디 있나? 나는 제대로 테러를 당한 거야! 기억의 테러! 당장, 이 미친 짓을 멈추지 않는다면, 경찰에 신고하고 말겠어!

클릭을 해서 비용이 발생하게 되는 시스템이라면, 아마도 남자는 바로 경찰서에 연락했을지도 모른다. 경찰이 아무런 단서도, 아무런 조치도 취해주지 않더라도 말이다. 남자가 오른쪽 집게손가락을 관자놀이에서 떼어내 마우스를 클릭했을 때, 다음의 화면이 나타났다.

당신이 화를 내는 것은 어쩌면 당연하겠지만, 그 화가 당신의 고통을 없애주지는 못합니다. 현명하게 이 사태를 수습하시기 바랍니다.
다음의 숫자 중 하나를 선택하십시오. 한번 선택하고 나면 돌이킬 수 없으므로 신중하게 선택하시기 바랍니다.

이제 어쩔 수 없는 노릇이다. 다행히 결제창이 뜨지 않는

것으로 봐서 허위 광고가 아닐 수도 있겠다고 남자는 마음을 고쳐먹는다. 어떤 번호를 선택할지 잠시 망설이다가 남자는 '2'를 클릭한다. 갑자기 화면이 거대한 주사위가 떼굴떼굴 굴러가는 장면으로 전환된다. 그러더니 주사위의 제일 윗면에 '2'가 나타나고, 클로즈업되어 화면을 가득 채운다. 잠시 후 화면은 자동으로 이렇게 바뀐다.

> 2번을 선택한 당신을 위한 기억 퇴치 레시피 :
> 매일 한 가지 기억을 쓰면 됩니다. 당신의 나이만큼 글을 완성했을 때, 기억들은 당신의 명령에 복종하게 될 것입니다. 그 기억을 쓰는 동안 고통을 마취시킬 수 있을 것입니다. 건필을 빕니다.
>
> — 기억의 총(혹은 주사) 퇴치법 개발자 '라'

남자는 이 어이없는 문구를 발견하고 실소를 머금는다. 기억을 쓰라니! 그것도 나이만큼? 당장 '라'라는 자를 찾아가 멱살을 잡고 싶다. 하지만 화면의 그 어디에도 '라'의 연락처는 없고, '라'라는 자가 과연 실존 인물인지도 의문이다. 게다가 당장 기억을 쓰지 않으면 이 고통의 늪에서 숨이 막힐 것만 같다. 남자가 서둘러 한글 창을 띄우고 자판을 두드리기 시작한다. 뜻밖에도 효과가 있기는 했다.

'나는 이제부터 49일 동안 기억을 기록할 것이다. 오늘이 바로 첫날이다.' 그렇게 쓰고 나니 거짓말처럼 머리가 개운해진다.

이 남자를 나는 잘 모른다. 누군가 나에게 '너는 지금 소설 따위를 쓰고 있는 거잖아!'라고 말할 수 있을 것이다. 그렇지만 나는 이 남자를 알 수 없다. 어떤 직업을 가지고 있고, 가족 관계가 어떻고, 집은 어디인지, 어떤 과거를 가졌는지 전혀 알 수가 없다. 단지, 이 남자가 '나'라고 고쳐 말한다면, 아니 '나'의 또 다른 자아라고 말한다면 이어나갈 수 있다. 내 안의 또 다른 나, 남자인 나, 그렇게 말할 수만 있다면 할 말이 많다. 남자는, 아니 나는 49일 동안 기억들을 제대로 풀어낼 수 있을까? 중요한 것은 내 고통의 마취가 아주 잘 일어나고 있다는 사실이다. 적어도 글을 쓰는 동안 내 극심한 고통은 숨을 멈추고 있다. 그것만으로도 나는 49일을 완성해나갈 것이다. 달리 방법도 없지 않은가.

1 / 49
영원히 눈을 감듯이

처음으로 죽음을 품던 순간을 기억한다. 두툴두툴한 시멘트 담벼락에 등을 대고 스르르 주저앉던 나. 양 갈래로 머리를 묶고서 나팔바지를 입은 열 살의 내가 기억 속에서 튀어나온다. 그때 나는 울었을까. 볼을 잔뜩 부풀리고 고개를 숙인 아이는 울지 않았던 게 확실하다. 그미는 언니만 불렀다. 행동이 굼뜬 언니가 아직 일어서려는 기미를 보이지 않을 때, 내가 먼저 가면 그미는 손을 저었다. 저리 가. 네가 먹을 것 아냐.

온 집 안에 가득 퍼지던, 냄새가 그다지 좋지 않던 곰국. 기름이 동동 떠 있는, 전혀 가까이하고 싶지 않은 빛깔의 그 국을 언니는 꼴깍꼴깍 마셨다. 마지막 한 모금까지 제대로 마셔야 놓여날 수 있었다. 내가 곰국의 주인이 아니어서 다행이었다. 이 부분에서 고개를 갸웃거린다. 분명, 다행이

긴 했는데 슬펐다. 언니 이름이 하루에 세 번 불릴 동안 내 이름은 어디로 갔을까. 가물치라는 큰 고기가 솥뚜껑을 들썩이며 파닥일 때, 안간힘으로 버둥대다가 마침내 잠잠해질 때, 그 안에서 걸쭉한 국으로 우러나고 있을 때, 그 안에서 같이 녹고 있었을까.

저녁 어스름이 깔릴 무렵, 뽀로통한 얼굴을 찰싹 때리는 바람을 기억한다. 눈을 감으면서 나도 모르게 중얼거렸다. 땅속도 이렇게 차가울까. 영원히 눈을 감으면, 이대로 얼어붙게 될까. 그저 고약하고 누리끼리한 국물로 남게 되는 가물치처럼 나도 사라지게 되는 걸까. 그날, 그곳에서 내가 품었던 놀라운 생각들을 아는 이는 아무도 없었다. 그것이 나를 소스라치게 놀라게 했다. 그날부터 그랬을 것이다. 고개를 숙이고 걸어가는 법을 터득하게 되었다.

언니는 아팠다. 어디가 아픈지도 모르는데 아팠다. 수박을 많이 먹으면 좋다고 했다. 여름 내내 집에 수박이 끊이지 않았다. 정확한 병명을 들은 적이 있다. 신장염. 아주 어릴 때, 내 기억에는 자리하지 않지만, 언니는 입원해 있었다고 했다. 그것 말고 딱히 병명을 붙일 수 없는데 아팠다. 언니가 아프다는 사실을 알게 된 것은 내가 중학교에 막 입학하던 무렵이었다.

고등학교 진학을 앞두고 있던 언니는 자주 고함을 질렀다. 오랫동안 고함의 몫은 그미였다. 그미의 목소리를 제치고 날카로운 괴성을 지르며 물건을 냅다 던지던 언니를 피해 나와 그미는 근처 찻집으로 피신했다. 우유를 시켜놓고 그미는 울었다. 전생에 무슨 죄를 지었기에 이렇게 고생인지 모르겠다며 울고 또 울었다. 찻집에 있던 몇 안 되는 손님들이 힐끔거리며 쳐다보았다. 그게 부끄러웠던 나는 잠자코 우유만 마셨다. 그미의 울음이 제발 그치기만 바랐다. 한 시간쯤 지나 집에 들어갔을 때, 언니는 자고 있었다. 우리는 어질러진 방 안을 치웠다. 그미는 구시렁거리며 입을 닫지 않았는데, 신기하게도 언니는 깨어나지 않았다.

언니를 피해 나갔던 적은 그때가 처음이었다. 그 전에는 언니가 아무리 고함을 질러도 그미는 나가지 않았다. 뒤엉켜서 물고 뜯으며 싸우곤 했다. 영락없이 개처럼 싸웠다. 이빨을 드러내고 으르렁거리며 한 치도 물러나지 않고 서로의 머리를 쥐어뜯고 멱살을 잡기도 했다. 그러다가 그미는 나 죽어! 나 죽네! 라며 나가떨어지면서 물! 물! 물! 하고 외치곤 했다. 황급히 물을 떠 오면 한 사발 들이킨 후 엎드려서 욕설을 내뱉었다. 그럴 때면 나는 비상금을 손에 쥐고 약국을 향해 달려갔다. 우황청심환을 사 가지고 와서 그미한테 내밀었다. 그미는 앓아누워서도 욕설을 멈추지 않았다.

열 살 무렵이었다. 아주 오래전부터 그미는 하루에 한 번 이상 고함을 질렀고, 일주일 내내 매를 들었다. 어떤 행동이 그토록 그미를 화나게 했던 것인지 기억에 없다. 도대체 열 살 남짓, 아니, 그보다 훨씬 어릴 때부터 언니와 나는 무엇을 그렇게 잘못했던 것일까. 그미는 화가 나 있지 않으면 울곤 했다. 마음 놓고 웃을 때는 텔레비전을 볼 때가 전부였다. 그미가 단단한 나무 작대기나 빗자루로 다리나 머리를 때릴 때, 언니와 나는 울었다. 나는 부러 더 크게 울곤 했는데, 그미가 때리던 손을 멈추지 않을까 해서였다. 얼마간 사정없이 회초리를 휘두르다가 잔소리를 해대기 시작했다. 제대로 답하지 않거나 죄송하다는 말이 나오지 않으면 작대기로 가슴이나 배를 쿡쿡 찔러댔다. 얼마나 시간이 지났을까. 꿇어앉은 채 꾸벅꾸벅 졸기도 했다. 그 모든 절차가 끝나면, 우리는 죽은 듯이 잤다. 자다가 안티푸라민을 다리에 발라주는 그미의 손길을 느끼곤 했다. 언니와 내 다리는 멍이 사라질 날이 없었다. 열 살 때의 그날도 어김없이 매와 잔소리가 쏟아졌고, 나는 고개를 숙인 채 훌쩍거리고 있었다. 나는 왜 항상 이다지도 잘못하는 게 많을까, 나는 왜 그미를 기쁘게 해주지 못하는 걸까. 그런 생각들로 나는 나 자신이 형편없다는 사실을 처절하게 느끼고 있었다. 그런데 같이 무릎을 꿇고 있던 언니가 이상했다. 음음음~ 음~ 음음~. 낮게 허밍으로 노래를 부르고 있었다. 이 상황에서 노래가 나오다니, 언니를 흔들어 깨우고 싶었다. 언니는 지금, 여기 이 공간에 있는 게 아니었다. 그미의 잔소리 폭격이 쏟아지는 순간에 언니는 다른 곳에 가 있었다. 전혀 안락해 보이지 않는 이상한 곳, 괴기하고 섬뜩한 곳에 머물러 있었다. 울먹이면서 언니 쪽을 흘낏거렸다. 눈을 똑바로 뜬 채 무표정한 얼굴로 노래를 부르고 있는 언니의 얼굴. 온통 비틀어지고 뒤틀린 인상으로 욕설과 고함을 뒤섞어 퍼붓고 있는 그미. 그리고 눈물과 머리카락이 뒤엉킨 뺨과 놀라움과 두려움이 섞인 눈으로 이 둘을 바라보고 있던 나. 사실 나도 아팠지만, 언니는 정말 많이 아파 보였다.

언젠가부터 언니는 방문을 걸어 잠그고 열지 않았다. 아버지의 사업이 부도가 난 뒤 우리는 시청 뒤, 13평짜리 아파트에 입주했다. 연탄보일러가 있고, 방 두 개, 방 사이에 흉내만 겨우 낸 작은 마루, 미니 옷장 같은 화장실이 있는 집이었다. 샤워는 부엌 뒤 베란다에서 쪼그리고 앉아 했다. 방 한 칸에 언니와 내가 2층 침대를 놓고 생활했다. 공간이 도저히 안 되어 책상은 안방에 놓았다. 언니가 문을 걸어 잠그면 그미는 문을 부술 듯이 쳤다. 그래도 언니는 열지 않았다. 그런 실랑이가 자주 이어졌다.

2 / 49
또 다른 간절함

기억의 조각들을 이렇게 꿰도 되는 것일까. 모든 기억의 구슬들은 나한테 있지만, 어떻게 엮어야 올바른지 알 수가 없다. 그저 기억이 가리키는 대로 손을 움직일 뿐이다. 이렇게 자판을 두드려가며 일일이 엮기 위해 25년이 걸렸다. 그날, 나는 나와 약속했다. 자세히 말하자면 내 안에 있지만 나와 비교할 수 없을 만큼 큰 존재 간에 이뤄진 일이었다.

그날, 나는 결심했다. 이제 더 이상 숨 쉬지 않겠다고. 더는 구차하게 눈뜨고 있지 않겠다고. 만반의 준비를 하고 방문을 잠갔다. 갓 백일이 지난 아이 옆에서 아이 아빠는 술 냄새를 풍기며 마루에 드러누워 자고 있었다. 낮에 사뒀던 농약과 소주 한 병을 나란히 놓았다. 텃밭에 뿌릴 제초제를 달라는 낮고 우울한 음성을 듣고도 가게 주인은 아무 말 없이 농약을 건네주었다. 그 말을 하기 위해 수십 번도 더 연습을 했었다. 소주 두 잔도 채 마시지 못하는 주량을 보건대, 한 병 정도면 나가떨어질 게 분명했다. 사물이 온통 흐릿하고 빙글빙글 돌아가는 틈에 나란히 놓인 농약병을 따서 마시면 된다. 이 장면을 셀 수도 없이 머릿속에 떠올리며 반복했다. 먼저 소주를 병째로 들이켰다. 식도가 확확 타들어가는 듯했다. 두어 모금 마시자 병은 절반가량 비었다. 몇 분 걸리지 않아 죄다 마실 수 있을 것 같았다. 속을 알 수 없는 새카만 제초제 병을 손으로 쓰다듬었다. 다시 소주를 들이켰다. 모조리 비운 소주병을 세울 수가 없었다. 세상은 왼쪽으로 30도쯤 기울어 있었다. 병이 뒹굴고 있었다. 힘없는 손을 억지로 내밀어 제초제를 향했다. 그때였다. 갑자기 내 앞에 십자가가 보였다. 한둘이 아닌 무수한 십자가들이 나타났다. 금빛 찬란한, 제각각의 크기를 가진 십자가들이 나를 온통 둘러싸고 있었다. 분명 방 안에 있었는데, 여기가 어디인지 분간이 가지 않았다. 찬란하게 빛나는 십자가들 틈에서 전혀 움직일 수가 없었다. 그때, 가스펠송이 들려왔다. 네가 나를 사랑하느냐, 주님께서 잘 아십니다. 주님께서 내 마음을 잘 아시니. 언젠가 들어보았던 적은 있지만, 잘 부르지 않던 노래였다. 그 순간, 갑자기 이런 생각이 나를 사로잡았다. 간절하게 남겨야 하는 제대로 된 글,

그 글을 쓰기 전에 죽을 수 없다고. 그 글이 완성되기 전에는 눈감을 수 없다고. 나도 모르게 엉엉, 큰 소리를 내면서 울었다. 울면서 잠들었다. 그리고 눈을 뜨자마자 제초제를 버렸다.

그날, 나는 어디에 갔다 온 것일까. 어디에서 그 불가사의한 십자가를 보고 온 것일까. 초등학교 때와 고등학교 때 교회를 다닌 적은 있지만, 이후 아주 오랫동안 다니지 않았다. 생소한 십자가와 노래, 그리고 약속. 이 세 박자가 나를 살아 있게 했다. 나는 글에 빚을 졌다. 그래서 지금 이렇게 기억을 더듬거리는 여정에 있는 것이다.

3 / 49
가족같이 일할 분

나는 왜 그다지도 죽고 싶어 했던 것일까. 언제부터 시도 때도 없이 죽고 싶었던 것일까. 그렇게 누군가 물어본 적도 없지만, 스스로 질문해본 적도 없다. 오랫동안 비가 내렸고, 무방비 상태로 선 채로 비에 젖듯이 죽음이 내게 스며들었다.

열 살 때, 불현듯 죽음을 떠올린 이후 죽음은 슬그머니 내 곁에 자리했다. 완벽하고 치명적인 자살을 꿈꿨다. 동해 물결이 보이는 여관에 누워 양손 가득 쥔 수면제를 입 안에 털어 넣는 나를. 파도는 이 세상이 아닌 곳으로 실어다 줄 것이다. 둥글고 흰, 포근한 구름은 내 차가운 발을 감싸주고 갈매기는 자신이 따라올 수 있는 곳까지 배웅해줄 것이다. 숨 쉬고 있는 세상에서는 아무도 나를 보듬어주지 않지만, 그곳에서는 내 마음을 잘 아는 이들이 부디 나를 안

아주기를, 나는 상상하고 또 상상했다. 그러려면 적어도 몇 푼의 돈이 있어야 했다. 동해에 갈 차비. 이왕이면 깨끗하고 아늑한 여관에 하루 숙박할 돈. 수면제를 사 모을 돈. 이 정도가 갖춰지면 언제든 떠날 수 있으리라.

열아홉 살, 무일푼인 나는 꿈을 실현하기 위해 움직여야 했다. 집을 나와서, 조악한 글씨로 '가족같이 일할 분'이라고 적힌 구인 공고를 보고 전화를 걸었다. 그곳에서 누리끼리한 작은 눈동자를 굴리며 한 바퀴 돌아보라고 주문을 하는 사장의 요구에 응했다. 서울 어딘가로 팔려 갔다. 어디인지 궁금하지도 않았다. '진이'라고 나를 소개했다. 어쩌면 나는 전생에 황진이였는지도 모른다. 그렇게 생각하니 견딜 만했다. 낮 동안 넓은 방에서 시체처럼 자다가 누가 조그만 소리를 내면 신경질을 부리며 어느 년이야! 라고 고함지르는 선배들 틈에서 쪼그리고 울었다. 초저녁이 되면 발까지 내려오고 허벅지까지 옆트임이 난, 번쩍거리는 모조 보석이 달린 연분홍 드레스를 입고 진한 화장을 한 채 홀에 앉아 있었다.

다들 따라 해봐. 대도 집애 오신 손님, 오실 때 꿀을 바라드립니다. 대장 격인 여자가 손으로 삐뚤빼뚤 쓴, 맞춤법이 엉망진창인 가사를 나눠주며 노래를 선창했다. 모여 있는 여자들이 제각각 통일되지 않은 음정 박자로 기를 쓰며 불러댔다. 나는 입만 달싹거리며 딱, 수면제를 살 돈, 동해에 갈 돈, 여관에 하룻밤만 묵을 돈만 벌겠다고 속으로 되뇌었다. 그런데 자꾸 눈물이 났다. 손이 닿을 때마다 소스라치게 놀라면서 웅크리고 있었다. 따로 방 안에 들어서자 남자가 말했다. 너, 도망쳐서 전화해. 내 전화번호 외워. 알겠지? 나는 고개를 끄덕였지만, 외우지 않았다. 남자가 나간 뒤 나는 울고 또 울었다. 한 명이 쪼그리고 앉아 볼일을 보면, 뻥 뚫린 화장실 공간 다른 쪽 귀퉁이에서 뒷물을 했다. 한 선배가 치렁치렁한 드레스를 걷어 올리고 뒷물을 재빠르게 하는 방법을 알려주었다. 나는 계속 울었다. 저 애, 울보니까 홀에 못 들여보내겠다. 포주가 혀를 끌끌 찼다. 낮에 다들 자는 틈에도 웅크려서 계속 울었다. 포주 부부가 나를 불렀다. 얘, 너 나가라. 재수 없다. 다시는 이런 곳에 오지 마라. 그러고는 차비를 손에 쥐여주었다. 완행열차를 타고 집으로 오는 내내 울었다. 두 눈이 퉁퉁 부은 채로 스스로를 야단쳤다. 마지막 꿈조차 이루지 못하는 주제에 무슨 일을 제대로 하겠어!

그러나 꿈을 실현하겠다는 의지는 좀처럼 꺾이지 않았다. 이번에는 스무 살 때였다. 한물간 시장 골목 뒤, 술집에 일자리를 구했다. 초저녁이면 소파처럼 폭신폭신한 빨간색 문이 열리고 빨간 등이 켜졌다. 주인은 문 앞에 소금을 뿌리고, 번개탄을 피워놓고 우리에게 넘어가라고 했다. 나를 포함한 세 명의 여자들이 폴짝 재주넘듯 넘었다. 미용실에서는 머리카락에 볼륨을 주어 있는 대로 부풀려주었다. 화장을 덕지덕지하게 하고 허벅지가 완전히 드러난 짧은 반바지를 입은 나는 내가 아니었다. 황진이도 아니었다. 나는 다만 완벽한 자살을 꿈꾸는 꿈 많은 스무 살이었다. 자정이 넘으면 문을 닫아걸고 영업을 했다. 주방 이모가 술상을 거나하게 차려 오면 여자 세 명이 노래를 부르고 술을 따랐다. 손님 중 한 명이 신고식을 하자고 집요하게 말하자, 큰언니 격인 한 여자가 나더러 나가서 망을 보라고 했다. 마침, 단속이 나온다는 무선 연락을 받고 주인한테 알리고, 서둘러 술자리를 파했다. 잠깐 내가 나간 사이에 큰언니가 나를 대신해서 옷을 다 벗고 온몸에 술을 부었다고 했다. 그게 도대체 어떻게 하는 것인지 전혀 짐작할 수 없었지만, 감사하다고 했다. 다음 날 낮에 우리는 절에 갔다. 주인 내외가 우리 세 명을 이끌고 불공을 드렸다. 낮에도 짧은 반바지를 입은 채 허벅지를 다 드러내놓고 다녔다. 나는 내가 아니었으므로 편했다. 눈물이 나지도 않았다. 하지만 마음 한구석은 사정없이 불안했다. 저녁나절에는 손님을 기다리며 멍하게 텔레비전을 봤다. 개그맨들이 시시껄렁한 농담을 주고받으며 일부러 몸을 밀치며 웃기려고 안간힘을 쓰고 있었다. 방청객들의 웃음소리가 기괴하게 흘러나오고 있었다. 나는 약혼자한테 바람맞았어. 결혼을 한 달 앞두고 그치가 바람이 난 거야. 이 세상 모든 남자들을 모두 파멸시키고 말 거라고 결심했지. 그래서 여기 들어온 거야. 비장한 얼굴로 큰언니가 말했다. 나는 고개를 끄덕이며 들었다. 너는 왜 들어왔니? 언니가 내게 물었던가. 나는 죽으려는 계획을 짜고 들어왔다고 말했던가. 기억에 없다. 다만, 신기하게도 그날 저녁에 주인이 나를 불렀고, 몇 마디 이야기를 한 후 빨강 소파 문을 열고 나를 내보냈다. 우스꽝스럽지 않은데도 과장되게 웃는 소리가 쏟아지던 천장 근처에 매달린 텔레비전, 눅눅하고 퀴퀴한 공기를 뒤로하고 나올 때, 주인이 말했다. 학교 잘 다녀. 우리 딸도 간호대 다니고 있어. 나는 또 눈물이 났다. 부산에서 마산까지 돌아오는 내내 울었다.

그 두 번의 경험으로 보건대, 꿈을 실천하는 데 '가족 같은 직원 모집'이라는 벽면 광고는 도움이 되지 않는다는 것이 확실했다. 그 후로는 그런 곳에 발을 딛지 않았다. 나중에 알았지만, 그런 곳은 사람을 쉽게 내보내주지 않는다.

그때는 대낮에도 여자를 납치하는 악랄한 인신매매가 성행할 무렵이었다. 도대체 나는 어떤 이유로 하루나 이틀 만에 내 발로 찾아갔던 그곳을 별 탈 없이 나올 수 있었을까. 도무지 알 수 없는 일이다.

4 / 49
즐거운 해피

초등학교 5학년 때의 일이다. 집에서 학교까지는 걸어서 30분은 족히 걸렸다. 그 중간쯤 위치에 위로 철로가 나 있는 작은 터널이 있었다.

집으로 돌아가는 길에 철로 옆에 큰 개가 웅크리고 있는 것을 봤다. 꼼짝 않고 있는 개한테 다가갔다. 녀석은 끙끙 앓는 소리를 내고 있었다. 복슬복슬한 흰 털이 난 등을 쓰다듬어주려고 하니 개가 갑자기 고개를 바짝 세우고 이빨을 드러내며 으르렁거렸다. 앞발에 피가 고여 있는 것이 보였다. 기차에 치인 것 같지는 않았다. 기차 바퀴가 뱉어낸 돌멩이가 갑자기 날아왔을 거라는 생각이 들었다. 개는 연신 앓는 소리를 내면서도 경계를 풀지 않았다. 손을 거두고 가만히 개 옆에 머물렀다. 다쳤어? 많이 아프구나. 그치? 내가 쫑알거리자 개는 고개를 다시 숙이고 웅크렸다. 냅다 집으로 뛰어갔다. 책가방을 아무렇게나 떨궈놓고 구급상자를 찾았다. 거즈와 붕대와 반창고, 소독약을 챙겼다. 다시 있는 힘껏 개가 있는 곳으로 달려갔다. 이번에는 개한테 좀 더 적극적으로 다가갔다. 약 가져왔어. 조금만 참아. 약 발라 줄게. 조금 아플 수도 있어. 피가 난 곳에 소독약을 듬뿍 바르고 거즈를 대고 붕대를 동여맨 뒤 반창고를 붙였다. 개는 끙끙대긴 했지만, 으르렁거리지는 않았다. 통증 때문에 자기도 모르게 날카로운 이빨로 나를 물 수 있을지도 모른다는 생각이 들긴 했지만, 그게 중요한 것이 아니었다. 그 순간에는 개가 두렵지 않았다. 다친 발을 감싸주는 일에만 집중했다. 붕대를 다 감고 나서 개한테 말을 걸었다. 일어설 수 있어? 일어나봐. 개는 상체를 움직이려다 말고 주저앉았다. 혼자서 걸을 수 없을 정도로 다친 게 분명했다. 그러면 주인을 찾아줘야 하는데 어쩌나 싶었다.

그 순간 한 가지 방법이 떠올랐다. 길에서 주인을 알 수 없는 것을 주우면 경찰서나 학교에 가져가면 된다는 도덕책의 구절이 기억난 것이다. 주저 없이 개를 안았다. 개는 너무나 무거웠다. 덩치가 나만 했다. 그 개를 낑낑대며 안고는 학교를 향해 내리막길을 걸어갔다. 유월 한낮의 태양이 뜨거웠다. 얼굴과 온몸은 땀과 개의 흰 털로 범벅이 되었다. 개를 안고 걷자니, 앞이 잘 보이지 않았다. 고개를 최대한 옆으로 돌려서 어디쯤인지 가늠했다. 학교 근처, 500미터 전방에 있는 고물상을 지나치려는데 가게 아저씨가 말을 걸었다. 야아, 너 이 더위에 개를 안고 뭐 하노? 주인을 찾으러 가는 거예요. 내 말에 아저씨가 개를 찬찬히 훑어보더니 한마디 했다. 이 개, 저 언덕 위 집에 사는 개다. 저 위로 가봐라. 나는 개를 안고 고개를 숙였다. 감사합니다. 몸을 돌려서 다시 왔던 길을 그대로 걸어 올라갔다. 땀이 등골을 타고 흘러내리고 개와 나는 한 몸이 되어 힘겹게 언덕을 올랐다. 너무나 힘이 들었지만, 개를 바닥에 함부로 내려놓을 수가 없었다. 어쩔 수 없이 잠깐 내려놓고 다시 안아 올리자 힘이 배로 들었다. 온 얼굴이 땀으로 뒤범벅이 되었다. 처음에 개가 있던 철로 아래 터널을 지나쳤다. 언덕 위를 향해 한 걸음씩 느리게 발을 뗐다. 얼마쯤이면 집에 도착할 수 있을까. 조금만 더, 조금만 더, 속으로 나 자신을 응원했다. 언덕바지에는 두 채의 집이 있었다. 그 근방에 다다르자 쪼그리고 앉아서 누군가와 얘기를 나누고 있던 한 아줌마가 벌떡 일어서며 다가왔다. 해피야! 우리 해피가 왜 이렇게 되었어? 아줌마는 마치 내가 그러기라도 했다는 듯 나무라는 목소리로 말했다. 그러더니 내 팔에서 개를 낚아채듯 안아 들고서 황급히 주황색 대문 집으로 사라졌다. 나는 녹초가 되어 그대로 땅에 주저앉고 말았다.

얼마간 그러고 있다가 터덜터덜 집으로 갔다.

그다음부터 주황색 대문 앞을 지나갈 때마다 나는 속으로 해피를 불렀다. 발은 나았는지, 잘 지내고 있는지 궁금했다. 한번은 대문 안을 기웃거리기도 했다. 보름쯤 지난 어느 날, 하굣길이었다. 주황색 대문 앞을 지나가려는데 열린 문으로 해피가 달려 나왔다. 신발을 넣은 주머니를 물며 꼬리를 흔들었다. 내가 가는 곳까지 신주머니를 들어주려는 심산인 듯했다. 괜찮아? 이제 걸을 수 있어? 나아서 다행이다! 나는 탄성을 질렀다. 해피는 꼬리를 흔들며 경쾌하게 짖었다. 어딜 가? 이 말썽꾸러기야! 주인아줌마의 새된 소리가 등 뒤에서 들려왔다. 나는 신주머니를 잡아당기고는 얼른 도망쳤다. 나 때문에 해피가 혼날 것만 같아서 서둘러 빠져나왔다. 같은 반 친구 한 명한테 해피 이야기를 꺼냈다. 그 집은 개들을 키워서 보신탕집으로 보내는 것으로 유명하다고 했다. 그곳에서 키우는 모든 개의 이름은 해피라고 했다. 해피. 해피. 보신탕집으로 가기 위해 살아가는 해피. 즐거운 개 해피는 언제 보신탕집으로 끌려갔을까. 그날 이후 두 번 다시 해피를 보지 못했다.

5 / 49
나는 개였다

열세 살 때, 처음으로 상상해낸 이야기를 썼다. '사람들이란 참 이상하다'라고 시작하는 글이었다. 주인공은 사람이 아니라 개였다.

사람들은 공연히 다가와서 짓궂게 때리기도 하고 뭔가 못 먹는 것을 집어 던지며 먹어보라고 낄낄대기도 했다. 막대기를 던져서 물어 오라고 하는가 하면, 별안간 등을 발로 차기도 했다. 화가 치밀어 컹컹 짖으면 또 시끄럽다고 막대기로 맞기도 했다. 주인집 여자는 먹을 것을 주면서 늘 투덜거렸다. 밥만 축내는 주제에, 라며 거칠게 밥그릇을 발로 차기도 했다. 사람들이 너무나도 싫었지만, 유일하게 혜정이만은 좋았다. 주인집 딸인 혜정이는 초등학교 6학년이다. 부드럽게 등을 어루만져주고 다정하게 말을 건넨다. 혜정이가 마당을 가로질러 갈 때마다 꼬리가 신나게 흔들리며 내 등을 톡톡 친다. 나는 혜정이가 오가는 때를 잘 알고 있다. 참새들이 한창 지지귀는 아침에 나가서 오후, 나무 그늘이 집 앞으로 툭 떨어지면 돌아온다. 항상 그때만 기다리고 있다. 혜정이가 변함없이 다정하게 말을 걸고 등을 쓰다듬어줄 때가 가장 행복하니까. 그런데 이상한 일이다. 언젠가부터 혜정이는 집 밖으로 나오지 않았다. 벌써 며칠째 혜정이가 보이지 않는다. 며칠 뒤 아주 시끄럽게 앵앵거리는 이상한 차가 왔다. 다급한 발소리가 들리더니 혜정이는 누운 채 실려 나가고 있었다. 나는 달려가서 혜정이한테 말을 걸려고 했는데 목줄에 매여 꼼짝하지 못하고 그저 소리만 지를 뿐이었다. 컹컹 짖어도 아무도 쳐다보지 않았다. 또다시 해가 뜨고, 해가 졌다. 그렇게 며칠이 흘렀다. 이번에는 한 무리의 사람들이 찾아왔다. 혜정이도 그 틈에 있을까 싶어 고개를 길게 빼고 집 안을 기웃거렸지만 보이지 않았다. 울음소리만 자꾸 들려왔다. 어디 있니, 도대체 어디 갔니, 혜정아. 얼마나 불렀던지 속이 다 타들어갔다. 그날 밤, 별똥별이 아주 길게 선을 그리며 아래로 떨어지는 것을 보았다. 저 별이 떨어진 곳 어디에 혜정이가 있을 거라는 느낌이 들었다. 눈물이 났지만, 사람들은 개가 눈물을 흘린다는 것을 믿어주지 않을 터였다. 나는 개였다. 사람들은 다들 이상하고, 아무도 내 마음을 모른다. 유일한 친구인 혜정이는 영영 오지 못할 곳으로 가버렸다.

이 슬픈 이야기를 쓰고 나는 울었을 것이다. 초등학교 6학년이었던 나는 혜정이었다. 그러니까 나는 개이기도 하고 혜정이기도 했다. 오로지 위로를 받고 보듬어주었던 존재는 다름 아닌 나이고, 또 다른 나였다. 유일하게 위로해주던 대상은 이제 이 세상에 없다. 도대체 열두 살인 나는 어쩌자고 이런 철저한 외로움을 지어냈던 것일까.

이 이야기는 초등학교 교지에 실렸다. 그해에 나는 졸업했다. 별똥별이 흐르는 곳에 내 초등학생, 그 외롭고 고단한 시간을 묻어두고 중학생이 되었다.

6 / 49
외톨이

초등학교 3학년 때, 나는 악대부에 들어갔다. 원칙대로 하자면, 4학년 때부터 활동을 할 수 있었다. 3학년인 내가 들어갈 수 있었던 것은 당시 우리 집안의 영향력 때문이었을 것이다.

아버지는 벽돌 공장을 하셨다. 사업이 파도타기를 한 탓에, 어느 날에는 고급 의상실을 들락거리다가 또 어느 날은 그미의 돈타령이 시작되곤 했다. 우리 가족은 여러 번 이사를 다녔다. 초등학교에 입학하고 6개월도 안 되어 대구로 갔다가 다시 3개월 만에 처음 학교로 돌아오기도 했다. 또 다른 학교로 전학했던 3학년 때는 마침 사업이 흥할 무렵이었다. 집 앞에 잔디밭과 나무가 있는 새로 지은 2층짜리 양옥으로 이사했다. 학교는 걸어서 30분 남짓 거리였다. 언니와 나는 나란히 악대부에 소속되었다. 어릴 때부터 피아노를 쳐왔던 언니는 아코디언을 담당했고, 나는 멜로디언을 맡았다. 매일같이 악기를 들고 다녔다. 3학년인데도 클럽 활동을 하는 특권을 가진 것은 3학년 전체를 통틀어 나 혼자였다. 그것도 전학 온 지 얼마 되지 않아 그렇게 된 거였다. 나는 완벽하게 왕따였다. 아무도 내게 말을 걸어오지 않았다. 조회 시간에 운동장에서 줄을 설 때면 나만 짝이 없었다. 뒷줄 어딘가에 서 있었는데 선생님이 내 옆에 누군가를 세우고 앞으로 가면, 마지못해 내 옆에 서 있던 아이는 슬그머니 뒤로 물러났다. 밥도 혼자 먹었다. 대놓고 나를 노려보는 아이들이 몇몇 있었다. 왜 그렇게 보냐고 한마디 하기도 했는데, 돌아오는 답은 싸늘했다.

"내 눈으로 내가 보는데 네가 무슨 상관이야?"

나는 아무 말도 하지 못했다. 그러다가 어느 날, 반장이 내 자리로 다가와 말을 걸었다. 반장은 남자아이였는데, 그 아이가 지닌 실권은 그야말로 막강했다. 담임선생님은 전적으로 그 아이를 믿고 추켜세웠다. 모든 것이 그 아이의 입을 통해 담임선생님한테로 전해졌고, 그에 대한 반응이 벌과 상으로 주어졌다. 반장의 말 한 마디에 반 아이들은 살고, 또 죽었다. 그토록 어마어마한 권위를 지닌 반장이 거만하고 짓궂은 얼굴로 뒷짐을 지고 다가왔다. 담임선생님이 다가온 것처럼 나는 얼음이 되었다.

"이거 나 좀 해보자."

반장이 내 악기를 손으로 가리켰다. 멜로디언 가방을 부둥켜안으며 반사적으로 말했다. "안돼." 그러자 반장이 나를 노려봤다. 나는 고개를 저었다. 내 멜로디언 호스에 다른 사람이 입을 대다니 안 될 말이었다. 반장은 커다란 눈을 부라리며 말했다.

"뭐? 이게 뭔데 안 된다고 그래?"

반장은 폭군이었다. 거칠게 멜로디언 가방을 빼앗아서 멜로디언을 꺼냈다. 안 돼! 그러지 마! 나는 소리를 질렀다. 아이들 모두 우리를 쳐다봤다. 아무도 말리지 않았다. 계속 저항하자 반장은 얼굴을 오만상 찌푸린 채 멜로디언 호스를 꺼내어 위로 한껏 쳐들었다가 아래로 내리쳤다. 정확히 내 손등을 노리고 가격하기 시작했다. 하얀 호스는 그대로 무기가 되어 내 손등을 계속 때렸다. 나는 울고 또 울었다. 그 순간, 아무도 아무 말도 하지 않았다. 한참 나를 때리던 반장이 멜로디언과 호스를 아무렇게나 집어 던지고 교실을 나갔다. 아이들은 다시 왁자지껄 떠들어대기 시작했다. 마치 아무 일도 없었다는 듯이 뛰어다니고, 놀고, 웃고, 장난쳤다. 나는 고개를 들 수가 없었다. 찬찬히 써 내려간 삶의 페이지가 갈기갈기 찢겨나간 느낌이었다. 책상에 엎드려서 숨죽인 채 가만히 있었다. 울다가 지쳐서 더 이상 눈물도 나오지 않았다. 담임선생님이 오고, 수업이 시작되었고, 나는 고개를 반쯤 들면서 버텼다. 수업은 아무 일도 없었던 듯 평소와 다름없이 끝났고 아이들은 웃고 떠들며 교실 문을 나갔다. 나는 만신창이가 된 듯한 몸으로 멜로디언 가방을 힘겹게 들고 집으로 갔다.

세상은 차갑고 나와 딴판으로 흘러가고 있었다. 집에 돌아와도 내가 당했던 일을 털어놓을 사람이 아무도 없었다. 아버지는 밤늦게 돌아와 내가 눈뜨기 전에 나가셨고, 그미는 늘 화가 나 있었고, 언니는 날카로웠다. 학교에 가기 싫었지만, 가기 싫다는 말을 할 수가 없어서 꾸역꾸역 다녔다. 다행히도 반장은 그 일 이후, 내 옆으로 두 번 다시는 오지 않았다.

7 / 49
그렇게 약속했는걸

태어난 달이 11월로 이른 것도 아니었지만, 나는 일곱 살 때 입학을 했다. 제법 키도 큰 데다 똘똘해서 학교에서 받아줄 거라며 아버지는 작은 손을 이끌고 갔다. 부모님은 사나흘간 입학 면담 준비를 시켰다. 이름을 한글로 적을 줄 모르는 걸 보고 이웃집 아줌마가 알려주었다. 간신히 이름자만 쓸 수 있는 실력으로 교장 선생님 앞에 갔고, 웬일인지 합격했다.

학교생활이 어땠는지 세세한 부분은 기억나지 않는다. 등교는 언니와 함께 했지만, 하교할 때는 혼자 터덜터덜 걸어왔다. 세 들어 살았던 이층집 창문에서 그미가 멀뚱멀뚱 보고 있었다. 나는 학교생활에 잘 적응하지 못했다. 재래식 화장실의 퀴퀴한 암모니아 냄새가 너무 싫어서 도저히 화장실을 갈 수가 없었다. 다행히 옷에 싸지는 않았다. 그러다가 마침내 일이 터지고 말았다. 그날은 수업을 마치고 바로 집에 갈 수가 없었다. 선생님이 가정방문을 하는 날이었다. 대여섯 명 정도 조를 짜서 한꺼번에 움직여야 했다. 아마도 담임선생님은 학교와 가까운 곳에 사는 아이부터 먼저 방문하려고 계획했으리라. 나를 포함한 아이들이 선생님과 함께 길을 나섰다. 수업을 마치고 바로 집에 가서 볼 일을 해결해야 했는데, 그러지 못했던 것이다. 나는 발을 동동 구르며 온몸을 배배 꼬았다. 그 모습을 아무도 눈여겨보지 않았다. 또래 아이들은 몰라도 어른이 본다면 한눈에 짐작했을 것이다. 어쨌든 나는 호명된 아이들과 함께 선생님을 기다렸다. 몇 걸음 옮겼을 때, 나도 모르게 일이 터지고 말았다. 억지를 내던 힘이 아래로 다 빠져나가고 뜨끈하고 축축한 것이 다리를 타고 흘러내렸다. 더 이상 걸을 수 없어 그대로 서 있었다. 그제야 선생님이 다가와서 내 등을 두드렸다. 원래부터 계획했던 것인지는 모르겠지만, 곧장 우리 집으로 갔다. 축축한 바지를 보고 그미가 뭐라고 말하기 전에 선생님이 먼저 입을 열었다.

"아이들이 장난치다가 물을 쏟아서 그렇습니다. 갈아입혀주시면 되겠습니다."

그미는 고개를 끄덕이며 선생님과 아이들한테 음료수를 건네고는 나를 데리고 안으로 들어가서 옷을 갈아입혔다.

이 일이 마치 어제 일인 듯 또렷하게 떠오른다. 선생님의 말에 온몸의 긴장이 녹아내렸다. 거기 있었던 모든 아이들도 알고 있었을 것이다. 심지어 그미도 내 실수에 대해 나무라지 않았다. 나는 보호받고 있었고, 수치감에서 놓여날 밧줄을 잡고 있었다. 현명하게 줄을 드리워준 존재가 바로 선생님이었다.

아버지의 사업으로 인해 입학한 지 불과 6개월도 안 되어 다른 지방으로 이사를 했다. 전학 간 대구의 학교는 당황스러울 정도로 생소했다. 마침 가을 운동회를 앞두고 있어서 운동장에 모여 종일 율동 연습을 했던 기억이 난다. 농부가 모를 심고 벼가 난다는 노래를 몇십 번이고 들었다. 원을 지어 왼쪽으로 갔다가 오른쪽으로 갔다가 안으로 갔다가 몸을 돌렸다가를 반복했다. 얼굴도 전혀 모르는, 옆에 선 아이와 팔짱을 낀 채 돌곤 했다. 뙤약볕 아래서 머리가 어질어질했지만, 율동은 멈추지 않았다. 모든 자유가 박탈당하는 곳이 학교였다. 학교는 무서운 곳이고, 숨 막히는 곳이었다. 수개월 전, 옷에 오줌을 싼 사건 이후 나는 학교 화장실에 완벽하게 적응했다. 역겨운 냄새를 최대한 피하는 방법을 터득한 것이다. 화장실 입구에서 숨을 '흡' 하고 들이마시고 나서 볼일을 보고 나올 때까지 숨을 쉬지 않는 것이었다. 조금씩 날숨만 뱉고, 들이마시지만 않으면 되었다. 그 방법을 습득하고 나니 화장실 사용이 자연스러워졌다. 학교에서 정한 규율이나 선생님이 하자고 하는 것을 조금이라도 어긴다는 것은 상상해보지도 못했다. 하기 싫어도 해야 하는 곳이 학교였기 때문이었다. 전혀 웃지 않고, 인상을 찌푸린 채 시키는 대로 율동을 했다.

어느 날, 하굣길에 반 아이 한 명이 놀다 가라고 했다. 나는 흔쾌히 그러겠다고 했다. 친구 집에 가서 무엇을 하면서 놀았는지는 기억에 없다. 저녁밥 먹을 시간이 되자 친구가 그만 가라고 했다. 그러더니 잘 가라고 하면서 대문을 닫았다. 나는 알겠다고 말했지만, 대문 앞에 그냥 서 있었다. 도대체 어디로 가야 할까. 오른쪽인지 왼쪽인지 도무지 분간이 가지 않았다. 아마도 근처에 학교가 있을 것 같긴 한데 처음 보는 골목이었다. 친구 집 대문을 두드리고 싶었지만, 그러지도 못했다. 왁자지껄하게 웃으며 식구들끼리 저녁 먹는 소리가 담을 넘어 들려왔다. 나는 무작정 걸었다. 얼마나 걸었을까. 큰길이 나왔지만, 여전히 모든 것이 낯설었다. 왜 그 친구를 따라갔을까. 그냥 집으로 바로 갈걸. 왜 대문을 두드려서 도움을 청하지 않았을까. 이렇게 헤맬 줄 알았으면서. 여기가 어디인지 전혀 알 수가 없는데, 어떻게 집으로 갈까. 속으로 중얼거렸다. 차들이 급하게 달리는 길가에서 나는 굶주림과 긴장 탓에 굳은 얼굴로 하염없이 걸었다. 그런데 어떻게 된 것일까. 기억이 불안정한 탓인지 다음 장면이 순서대로 잘 떠오르지 않는다. 그렇게 지쳐 있던 나는 별안간 한 아저씨의 자전거 뒤편, 판자로 등받이를 한 곳에 앉아 있었다. 그미가 뛰어나와서 나를 받아 내렸다. 어두운 밤이었다. 분명 헤매고 있었는데, 그런 내가 어떻게 집에 왔을까. 나를 데려다준 아저씨는 누구였을까. 어떻게 우리 집을 알고 데려다줬을까. 그 아저씨를 그 전에도 이후에도 보지 못했다. 내가 정말 어떤 아저씨의 자전거에 실려 온 게 맞긴 한 걸까. 그것마저도 자신이 없다. 분명한 것은 당황하며 헤매다가 누군가의 도움으로 집에 돌아왔다는 것이다.

대구에서 보낸 3개월은 기억에 많이 남아 있지 않다. 모서리가 나달나달해진 사진을 보면 나는 달성공원에 놀러 간 적이 있다. 케이블카도 타고 범퍼카도 탔는데, 그 순간이 기억나진 않는다. 다만, 내가 기억하는 가장 아름다운 순간이 있다. 국어책에 실린 '작은 꽃씨 이야기'를 읽었던 때다. 한 아이가 꽃씨를 선물받아 책상 서랍 속에 두었다. 꿈속에서 서랍 안에 든 꽃씨들은 꽃의 종류대로 아가씨가 되었다. 채송화 아가씨, 진달래 아가씨, 들국화 아가씨, 맨드라미 아가씨, 과꽃 아가씨들이 꽃 색깔에 맞는 길고 빛나는 옷을 입고 아이와 춤을 췄다. 경쾌하고 부드러운 왈츠가 흘러나오고, 아이와 아가씨들이 함께 춤을 추는 장면이 생생하게 떠올랐다. 나도 덩달아 같이 춤을 추고 있었다. 신나고 자유로웠다. 황홀하고 달콤했다. 운동회에서 억지로 하던 율동하고는 전혀 달랐다. 나는 웃고 또 웃었다. 아가씨들에게서 나는 꽃향기는 기가 막히게 좋았다. 함께 손을 잡고 허공을 돌고 또 돌았다. 푸른 하늘이 우리의 무대였다. 눈을 감고도 춤을 추고, 뜨고서도 춤을 췄다. 고단하고 낯설기만 했던 3개월의 대구 생활을 견뎌낸 힘은 아마도 그것이었을 것이다. 국어책에 나왔던 동화, 그 안에서 살아 있는 꽃 아가씨들과 함께했던 무도회.

아이러니하게도 다시 이사를 온 곳은 이사 가기 전과 가까운 곳이었다. 나는 다시 예전에 다니던 학교로 돌아왔다. 반 배정은 아마도 전과 달랐던 것 같다. 무서운 선생님이 기억난다. 교실이 모자랐던 탓일까. 우리 반은 도서실이었다. 3면 가득 책이 꽂힌 책장으로 둘러싸여 있었다. 그 책들을 함부로 대해서 분실되거나 파손될 것을 우려했던 걸까. 담임선생님은 너무나 무서웠다. 검은 안경을 쓴 여자 선생님은 늘 기다란 회초리를 들고 다녔다. 명령을 따르지 않으면 회초리로 손바닥을 매섭게 때렸다. 내가 맞았다는 기억은 없다. 다만, 이런 기억이 난다.

"너희들, 나중에 자라면 선생님들을 다 기억할 수 없을 거야. 대신, 나처럼 이렇게 무서운 선생님들만 기억하게 될 거야. 기억을 잘하라고 이렇게 하는 거니까 그렇게 알아!"

차갑고 새된 목소리로 했던 그 말이 또렷이 기억난다. 나는 속으로 외쳤다. 아뇨, 선생님. 선생님의 이름도 얼굴도 기억하지 않을 거예요. 다만, 지금 하신 말씀만 기억할 거예요. 그 말씀이 틀렸다는 것만 기억할 겁니다. 나는 정말 그렇게 했다.

입학했던 곳에서 그렇게 다시 1학년을 다니고 있을 때, 반 아이 한 명이 말을 걸어왔다.

"야, 집에 가방 갖다 놓고 나와서 놀래? 학교 아래 있는 놀이터에서 만나자."

나는 신나게 고개를 끄덕였다. 누군가를 사귄다는 것은 멋진 일이었다. 집으로 가자마자 책가방을 휙 던져놓고 바로 나왔다. 놀이터에는 몇 명의 조무래기들이 그네를 타고 있었다. 친구가 올 거라 생각하고 그네 하나를 맡아두었다. 조금 있으니, 빈 그네들이 늘어갔다. 아이들이 하나둘 집으로 가고 있었다. 쾌재를 부르며 근처에 있는 그네 둘을 차지했다. 한쪽 손으로 옆 그네에 달린 줄을 잡고 의자 삼아 그네를 타면서 기다리고 있었다. 곧 친구가 오면 같이 그네를 탈 것이다. 미리 그네를 맡아놓은 것을 보면 친구는 좋아할 것이다. 친구는 아직 나타나지 않았다. 곧 올 거니까, 기다리는 시간이 전혀 지루하지 않았다. 곧 올 거야, 올 거니까. 자꾸만 속으로 되뇌었다. 이제 모든 그네가 텅 비었다. 놀고 있던 아이들은 아무도 남아 있지 않았다. 주위가 캄캄해졌다. 아직 저녁 먹을 때는 아닐 텐데. 입으로 중얼거렸다. 아무도 없구나. 마음껏 놀 수 있겠는걸. 친구가 오면 말이야. 하늘을 보니 먹구름이 몰려오고 있었다. 한두 방울씩 비가 내렸지만, 개의치 않았다. 친구가 올 텐데 비를 좀 맞으면 어때? 같이 비 맞는 것도 재밌을 것 같았다. 이제 그네를 사수할 필요가 없었다. 놀이터의 그네는 전부 다 비어 있었다. 그네뿐만 아니라 시소도, 뺑뺑이도 다 친구와 내 차지였다. 아무도 없으니, 우리는 모든 놀이기구를 다 타보며 놀면 된다. 나는 콧노래를 부르고 있었는데, 점점 노랫소리가 잦아들었다. 그네에서 슬며시 내려와 나무 꼬챙이로 땅을 팠다. 제법 굵은 빗방울이 내리고 있었다. 빗방울들은 조금씩 흙을 삼키고 있었다. 곧 올 거야. 그렇게 약속했는걸. 혼자 그 말을 반복했지만, 점점 힘을 잃어가고 있었다. 빗방울은 내 등을 갈기고 머리를 사정없이 쥐어박고 있었다. 나는 축축해진 흙처럼 어깨를 늘어뜨린 채 집으로 돌아왔다.

그 일 이후로 한동안 친구도 없었고, 누군가와 약속을 한 기억도 없다.

8 / 49
사랑하고 그리워하기에

비구가 있었다. 하얀 개. 털 길이를 비롯해 크기와 생김새가 모두 알맞은 개. 누군가 비구가 어떻게 생겼냐고 물으면, 나는 한 마디로 대답할 수 있다. 안성맞춤으로 생겼어. 무엇에 안성맞춤이란 말인가? 나는 또 대답할 것이다. 사랑하고 그리워하기에.

'비구'라는 이름이 왜 붙여졌는지는 잘 모른다. 비구와 헤어지고 수년이 지나서 수학여행을 가는 버스 안에서 노래를 들었다. 옆집에 사는 개 이름 빙고라지요? 브이아이엔지오 브이아이엔지오 브이아이엔지오 브이아이엔지오 빙고 개 이름. 이 철자에서 다음에는 한 철자씩 빼면서 연이어 부르는 노래 게임이었는데 철자가 모두 사라지는 순간, 나도 모르게 울컥하고 말았다. 비구는 그 '빙고 개 이름' 노래에서 따온 이름이었을까? 아니면 하얀 개여서 '백구'라고 부르다가 경상도식 발음으로 굳어져서 '비구'가 되었을까? 사실 글자로 옮길 때는 '비구'지만, 발음 그대로 옮기자면, '비꾸'였다. 비꾸. 알맞은 털이 탐스럽게 덮이고 영리하고 온순했던 비구.

비구는 언제부터 우리 집에 있었는지 모르겠지만, 나와 같이 자랐다. 아닐지도 모르지만, 나는 비구가 진돗개였다고 믿고 있다. 우리는 함께 뛰어놀았다. 주로 아버지가 목줄을 잡고 있었지만, 다섯 살도 안 된 내가 잡아도 비구는 얌전했다. 목줄을 떼어내고 방울만 목걸이처럼 달려 있을 때도 비구는 신나게 뛰어다니다가 알아서 집에 잘 들어왔다. 내가 일곱 살 되던 해, 우리는 그동안 살던 곳을 떠나 다른 지역으로 갔다. 작은 마당을 가로질러 안채에 세 들어 살았다. 버젓한 이층집 앞, 넓은 공간에서 마음껏 뛰놀던 비구는 얼마나 갑갑했을까. 가족 중 누구 하나 비구를 산책시킬 힘도 시간도 없었나 보다. 용맹스러운 비구는 전쟁터를 떠난 장군처럼 힘없이 엎드려 지냈다. 그러던 어느 날, 비구가 없어졌다. 잠시 이모 집에 맡겼다고 그미가 말했다. 그런 줄로 알았다. 나중에 비구를 만나면 끌어안아줘야겠다고 생각했다. 하지만 며칠 지난 뒤 밥상머리에서 그미가 말했다.

"아, 동생이 글쎄 비구를 팔았대요. 보신탕집에요."

나는 숟가락을 놓고 눈을 휘둥그레 뜨며 말했다.

"보신탕집으로 가서 찾아오면 되지. 근데 보신탕집은 어디 있어? 거기가 어디야?"

나는 그곳이 무엇을 하는 곳인지 몰랐다. 그냥 누구네 집이라고 이름을 말하는 줄로만 알았다. 아버지도 흠칫 놀라서 그미를 보며 인상을 찌푸렸다.

"아니, 우리한테 말도 안 하고 그렇게 하는 게 어딨어?"

그미는 그러게 말이에요, 라고 했지만 하나도 슬퍼 보이지 않았다. 당연히 그래야 한다는 식의 통보 같기만 했다. 나는 아버지한테 졸랐다. 보신탕집에 가서 우리 비구 찾아 달라고. 아버지는 고개를 저었다. 나는 울었던가. 아니다, 그냥 보신탕네에 가서 찾아오면 된다고 막연하게 생각할 뿐이었다. 한번 가면 다시는 못 돌아올 곳이라는 사실을 몰랐다. 내 기억 속의 비구는 늠름하고 의젓하고 현명한 눈으로 나를 지그시 쳐다보고 있었다. 언제까지나.

다시, 아버지의 사업 형편이 풀릴 때를 즈음해서 두 도시의 접점 지역쯤에 이층집을 지어 이사했다. 그 집에는 마당도 있었고, 얼마든지 큰 개를 키울 수 있었다. 그러나 유난히 동물을 싫어한 그미와 타협한 건지 아버지는 작은 개를 데리고 왔다. 비구 이후 우리가 키운 두 마리의 개 이름은 모두 '해피'였다. 그렇게 크지 않은 개여서 '땅개'라고 한다고 했다. 초등학교 4학년 때였다. 대문 앞에 있던 해피 집 앞에서 나는 거의 살다시피 했다. 쓰다듬어주고 안아주고, 해피 코와 내 코를 닿게 해서 코 뽀뽀를 하기도 했다. 해피는 내 동생이었다. 그런데 어느 날부터 나는 이상한 행동을 했다. 그렇게 예뻐하던 해피한테 나도 모르게 손찌검을 했다. 해피 등을 찰싹찰싹 때리고, 얼굴을 손바닥으로 툭툭 쳤다. 그래놓고는 껴안고 쓰다듬어주고 어루만져주었다. 그러면서 아팠지? 내가 나빴어! 라고 했다. 때려놓고 미안하다고 안아주고, 그러기를 반복한 것이다. 해피가 나를 빤히 쳐다봤다. 슬프고 불안한 눈동자였다. 그것은 영락없이 나이기도 했다. 그렇게 나도 모르게 그미가 되어가고 있었다.

집에서 조금만 걸어 나오면 자동차가 다니는 큰길이 있었는데, 초등학교 5학년 무렵에 고가도로를 내는 공사를 했다. 몇 날 며칠 걸리던 공사가 마무리되어 고가도로가 개통되었을 때, 나는 해피를 데리고 산책을 했다. 웬일인지 해피가 잘 걷지 못했다. 위풍당당한 멋진 고가도로를 해피한테 꼭 보여주고 싶었다. 해피를 작은 담요에 싸서 안고 단단한 시멘트 다리 위를 걸었다. 온몸을 달달달 떠는 해피한테 둘러준 담요 자락을 여미면서도 밤 산책을 멈추지 않았다. 나는 쫑알대며 신나게 말을 걸었다. 와, 이것 봐, 해피. 멋지지? 아주 튼튼한 다리야. 진짜 멋져! 해피는 내 팔에 안긴 채 고개를 옆으로 빼며 두리번거렸다. 그러면서 계속 바르르 떨고 있었다. 그날 이후, 해피는 밥을 잘 먹지 않았다. 그미는 감기몸살에 걸린 것 같다고 말했다. 고가도로 개통 기념 밤 산책을 다녀온 사흘 뒤, 집에 돌아와보니 해피가 쓰레기통에 버려져 있었다. 고함지르는 나한테 그미는 매몰차게 말했다. 그럼 죽었는데 어쩌겠어?

죽었으니 어쩔 수 없는 존재가 되어버린 해피한테 얼마나 미안했는지 모른다. 나는 보듬어주기도 했지만, 해피를 때리기도 했다. 해피의 죽음은 전적으로 내 탓일지도 모른다. 때리고 안아주고, 때리고 보듬어주고를 하루에도 수차례, 한 시간에 수십 번 이상 반복한 적도 있었다. 사람이고 동물이고 간에 그런 짓을 당하면, 이만저만한 스트레스가 아니었을 것이다. 나는 그미한테 받은 대로 해피한테 퍼붓고 있었다. 해피를 죽인 것은 나였다.

그런데도 해피를 쓰레기통에 처박아두었던 그미가 미웠다. 앙상한 두 다리가 삐쭉 솟아 나와 있고, 애처로운 눈과 머리가 쓰레기통 깊숙이 박혀 있던 해피. 제대로 땅에 묻어서 무덤을 만들어주고 싶었지만, 그러지도 못했다. 그미한테 따지다가 호되게 욕만 먹고 말았다. 해피한테 했던 내 행동이 후회스러워서 한동안 고개를 들 수가 없었다. 해피는 마지막 순간 눈을 감으면서 나를 용서했을까. 부디, 용서하기를.

해피 이후 키운 또 다른 해피가 있다. 그 즈음 보증을 잘못 선 탓에 아버지의 사업은 급격히 기울고 있었다. 급기야 우리는 새로 지은 집에서 3년도 채 살아보지 못하고 시청 뒤, 13평 아파트로 이사를 했다.

"글쎄, 해피가 아침에 트럭을 타고 나가는데 따라 나오더라고. 그냥 한번 둬봤지, 어디까지 오는지. 원…… 그런데 그길로 해피가 안 들어왔다니, 참 신기할 노릇이구만."

저녁을 먹으며 아버지가 말했다. 주인보다 먼저 제 갈 길을 안다고 하더니만, 우리가 해피를 못 데리고 가서 어차피 누구한테 줘야 한다는 사실을 해피가 알았나 봐. 신통해. 그미와 아버지는 이런 대화를 나누고 있었다. 그 말이 맞는 것인지도 모른다.

우리는 해피가 집을 나간 지 일주일도 안 되어 다른 지역으로 옮겼다. 비구 이후의 모든 개는 해피였고, 주황색 대문에 살던 해피들처럼, 모든 해피들은 해피하지 않았다. 그리고 우리는 더 이상 해피를 키우지 않았다.

9 / 49
남의 죄를 하나 용서하면

중학생 때였다. 우리 집에서 학교까지의 거리는 어중간했다. 부지런히 일어나서 걸어가면 50분 정도 걸렸다. 한 달에 절반 이상은 버스를 탔다. 하지만 버스에서 내린 뒤에도 언덕바지로 15분 정도는 걸어가야 했다.

어느 날, 저녁에 확인해보니 버스표가 없었다. 곧장 그미한테 버스표가 필요하니 돈을 달라고 했다. 그러자 그미는 대뜸 있는 대로 고함을 질렀다. 그사이에 돈을 다 썼다고? 정신이 있는 거냐, 용돈을 다 어디에다 썼냐, 버스표를 벌써 다 쓰면 어쩌냐, 무슨 돈을 달라고 그러냐. 그런 말들이 쏟아져 나왔다. 연이어 꼬리에 꼬리를 물고 욕들이 튀어나왔다. 미친 년, 지랄 맞을 년, 망할 년. 뒤에 '년'을 붙인 온갖 악담들이 아우성치며 쏟아졌다. 단지 버스표가 없다는 말을 했을 뿐인데, 아주 큰 잘못을 저지른 것만 같았다.

그때, 곰곰이 생각해보았다. 그동안 용돈으로 나쁜 짓을 저질렀던가. 엉뚱한 데 낭비를 했던가. 거짓말을 해서 용돈을 타 썼던가. 누군가는 참고서 가격을 많이 부풀려서 돈을 떼먹는다고 했지만, 난 평생 단 한 번도 과장하거나 거짓말을 해서 돈을 가져간 적이 없었다. 심지어 경대나 텔레비전 위에 부모님의 돈이 아무렇게나 놓여 있더라도 그 돈에 손을 댄 적도 없었다. 아주 어릴 때, 이런 적은 있었다.

그미가 서랍을 열어서 돈을 꺼내는 것을 유심히 봤던 모양이다. 세 살이었던 내가 그미가 하던 것처럼 돈을 꺼내어 초등학교 앞에서 하교하는 언니를 기다렸다. 언니가 나오면 손을 이끌고 그 돈으로 군것질을 했다. 두어 번 하다가 그만 들통이 났다. 언니가 아버지한테 고자질했기 때문이었다. 아버지는 우리를 불러서 호되게 야단을 쳤으리라. 아버지가 뭐라고 했는지는 잘 기억나지 않는다. 다만 언니와 나는 많이 울었다. 다음 순간, 울고 있는 나를 안고 창밖을 바라보던 아버지를 기억한다. 밤하늘 별빛들이 서로 번져서 한데 이어져 있었다. 외따로 떨어진 게 아니라 한 덩어리가 되어 빛나고 있었다. 그게 신기해서 울다가 멈추고 바라보려 했는데, 갑자기 울음이 제멋대로 터져 나왔다. 이제는 전혀 슬프지 않은데도 눈물이 났고, 아버지가 내 등을 토닥거려줄 때까지 그렇게 울었다. 지금 생각해보면, 아버지는 단순히 돈을 훔쳤다는 이유만으로 나를 혼냈던 것이 아니었다. 불량식품을 사 먹었다는 이유가 포함되어 있었다. 학교 앞에서 사 먹는 식품들이 몸에 좋지 않다고 금지했는데, 우리가 어겼기 때문이었다. 물론 나는 그 이후로 아버지가 싫어하는 행동을 하지 않았다. 불량식품을 사 먹는 것이든, 돈을 슬쩍 가져가는 것이든.

한번은 이런 적도 있었다. 초등학교 2학년 때였을 것이다. 나한테 돈이 있었지만, 아껴 써야 해서 과자를 사 먹을 수가 없었다. 미치도록 과자가 먹고 싶었다. 네모난 투명 플라스틱 통 안에 여러 색깔의 씨앗 모양 초콜릿이 들어 있는 과자였다. 뚜껑에 달린 작은 구멍으로 쏟아내어 먹는 방식이었다. 가게에 가서 그걸 샀다. 접착제 부분에 있는 라벨을 조심스럽게 뜯어서 두 개를 꺼내 먹었다. 그러고는 다시 봉합한 다음 가게에 가져갔다. 우리 엄마가 사 먹지 말래요. 가게 주인은 내가 내민 과자를 다시 진열장에 놓고 돈을 돌려주었다. 딱 한 번, 그런 적이 있었다.

돈에 관해서 나쁜 짓을 한 것은 그게 다였다. 맹세코, 그 밖에는 없었다. 나는 잘못하지 않았다. 단지 버스표가 없었을 뿐이다. 짧은 순간, 내가 떠올린 것은 아버지의 따스한 손길이었다. 별빛을 보고 울던 세 살배기 나를 떠올렸다. 그때는 혼이 나도 따뜻했다. 아버지는 단 한 마디도 욕하지 않았다. 나무랄 때는 호되게 나무랐지만, 10분도 가지 않아 차분해지셨다. 때린 적도 거의 없었다. 그미는 달랐다. 언제 어디에서 폭발할지 알 수가 없었다. 그렇게 일부러 별빛을 떠올려봤지만, 큰 효과가 없었다. 밤하늘의 별들은 형체를 알 수 없도록 흐물거리며 타르처럼 흘러내렸다. 그미의 잔소리는 극에 달하고 있었다.

너는 세상에서 제일 악한 년이야! 이년아! 저주받을 년아!

그때 나는 양변기에 앉으면 벽이 코앞에 닿는 13평짜리 아파트 안의 욕실, 세면대 위에 부착된 거울을 들여다보고 있었다. 그러면서 나도 모르게 그미의 말을 따라 하고 있었다. 나는 세상에서 제일 악한 년이다. 저주받을 년이다. 열 번, 스무 번, 서른 번 그미가 하는 대로 따라 했다. 거울 속의 나는 정말 그렇게 된 것 같았다. 추하고 일그러지고 저주받은 몰골로 변해가는 것만 같았다. 나는 고스란히 저주받고 말았다.

그날, 그미의 잔소리가 멈춘 것은 언제부터였을까. 아버지가 귀가했을 때였을까. 알 수는 없지만, 그냥 뚝, 끊겼다. 그렇다고 해서 기분이 풀어진 것이 아니었다. 냉랭하고 알 수 없는 묘한 기운이 집 안에 가득 흘렀다. 밥을 먹지 않고 쓰러져 잤다. 다음 날 아침에 일어나 보니 머리맡에 용돈이 놓여 있었다. 그미의 마음이 풀어졌다는 증거였다. 아무렇지도 않게 인사를 하고 학교로 갔다. 그 일은 아무 것도 아니라고 수백 번도 더 되뇌었다. 그런데도 지워지지 않는다. 이상한 노릇이다. 더럽고 추악하고 악하고 저주받은 내가 세면대 위 거울 속에 그대로 박혀버리고 말았다.

그미의 악담이 본격적으로 시작된 것이 언제부터였을까. 길고 오래된 습관들은 아주 끈끈하다. 떨어지지 않는다. 몹쓸 버릇은 아마도 오랫동안 서서히 생겨났겠지만, 한번 자리 잡은 것이 사라지기란 어려운 일이다. 그미의 잔소리는 억센 힘을 가지고 있었다. 집안의 분위기를 좌우했으며, 거기에 꼼짝없이 휘둘려야 했다. 고함과 악담과 잔소리들은 분명 영혼을 갉아먹는 치명적인 작업을 해댔다. 처음에 나는 세상의 모든 집에서 날마다 잔소리와 고함과 욕설이 오고 가는 줄로만 알았다. 어쩌다가 친구 집에 놀러 갔던 초등 5학년쯤 되어서야 거우 깨달았다. 고요하고 평화롭고 욕을 하지 않는 집도 있다는 것을 알고 놀랐다. 가끔 친구들이 우리 집에 오면 그미는 과일과 과자를 내놓고 먹으라고 했다. 그러다가도 뭔가 수가 틀리면 고함을 질러댔다. 허둥지둥 일어나서 나가는 친구들을 보기가 민망해서 그 후로는 집에 잘 데리고 오지 않거나 그미가 없을 때를 노려서 몰래 데려오곤 했다.

중학교 2학년 때였다. 그날도 그미의 잔소리는 극에 달해 있었다. 버스표 사건은 워낙 강렬한 기억이어서 일이 일어난 순서대로 잘 떠오르지만, 다른 일은 무엇 때문인지 잘 기억나지 않는다. 확연하게 억울한 일에 관해서 억울한 만큼 잘 기억할 수 있기 때문인 듯하다. 그 밖의 일들에 대해서는 어린 마음에 내가 잘못했던 거라고 생각했으리라. 그미가 감정 기복이 심하고, 객관적으로 아무것도 아닌 일에도 감정을 곤두세워서 발끈거리고 화를 낸다는 사실을 감히 상상할 수 없었다. 그미는 완벽했고, 완전했다. 그미의 말은 무조건 옳았다. 화가 나도 옳은 거였다. 잘못은 늘 실수투성이에다 미숙하고 모자란 언니나 내가 저지르는 거였다. 그렇게 생각하는 것이 마땅했다. 그러는 사이 언니는 서서히 무너지고 있었다. 그미의 악담을 견뎌낼 방법이 없었다. 듣지 않으려면 집을 벗어나야 했는데, 밖으로 나가는 것을 그미는 허락하지 않았다. 고스란히 모든 폭격을 감당해야 했다. 도무지 견뎌낼 재간이 없었다. 그러다가 가까스로 한 가지 방법을 터득했다. 나는 친구한테 선물받은 일기장을 꺼냈다. 군데군데 명언이 쓰인 하얀 비닐 표지의 일기장이었다. 마침 펼친 장에 하늘색으로 이런 글이 적혀 있었다. '남의 죄를 하나 용서하면, 자신은 두 가지 죄를 용서받는다.' 이 구절을 그대로 옮겨 썼다. 쓰고 또 썼다. 그미의 잔소리가 멈출 때까지. 남의 죄를 하나 용서하면 자신은 두 가지 죄를 용서받는다. 그렇게 쓰고 또 썼다. 빽빽하게 100번, 300번, 500번쯤 썼을 때, 그미는 악담을 멈췄다. 나는 지쳐 쓰러져 잠들었다.

자고 일어나면 부디 다른 세상이 펼쳐지기를. 잔소리와 악담이 없는 평화로운 세상이 기적처럼 펼쳐지기를, 부디 그러하기를, 자면서 간절하게 빌고 또 빌었다.

10 / 49
좋아서 그러는 거잖아

초등학교 4학년 때부터였다. 간혹 집이 무서울 때가 있었다. 특히 부모님이 없는 집에 있는 것이 두려웠다.

언니와 세 살 터울이었지만, 나는 일곱 살 때 입학했기 때문에 학년으로는 두 학년 차이가 났다. 부모님이 없는 한적한 시간, 언니는 이상했다. 온몸을 내게 밀착시켜서 내 몸을 더듬었다. 아주 어릴 때부터 언니는 내 손을 가지고 노는 것을 즐겼다. 손을 만지작거리고 장난감처럼 주무르곤 했다. 그런 것처럼 내 몸을 가지고 노는 것인가 보다 했다. 그런데 이상한 기분이 들었다. 묘한 느낌 때문에 이러면 안 된다는 생각이 들었는데, 밀치지 못했다. 뭐가 뭔지 모르지만, 뿌리칠 수 없는 뭔가가 있었다. 그것은 언니의 손이 닿는 아랫도리를 통해서 감염되듯 전달되었다. 온몸이 얼어붙으면서 동시에 무기력해졌다. 길쭉하고 거대한 혀가 내 몸을 샅샅이 훑으며 구석구석으로 스며들고 있었다. 언니는 눈을 감고 느껴보라고 속삭였다. 어른들은 다들 이렇게 해. 이러면서 아기를 가지지. 우리는 같은 여자라서 상관없어. 아무리 이렇게 해도 아기가 생기지 않아. 그냥 느껴봐. 나는 고개를 끄덕거릴 힘도 없었다. 내 몸이 흐물흐물한 벌레가 된 듯했다. 열세 살 언니와 함께 열 살인 나는 배로 나이를 건너뛴 기분이었다. 몇 번 그런 행동을 반복하던 언니는 이제는 노골적으로 부모님이 없는 순간을 기다리는 눈치였다.

이층집에 세 들어 사는 집에 초등학교에 갓 입학한 여동생과 나와 같은 학년의 남자아이가 있었다. 나는 그 집에 자주 놀러 갔다. 언니가 눈에 불을 켜고 나를 찾을 때, 그 집에 들어가서는 내가 있다는 말을 하지 말아달라고 했다. 그렇게 그 집에서 양쪽이 뾰족하게 튀어나온 투구를 쓰고 머리를 땋은 게르만족이 나오는 만화책을 신나게 봤다. 이층집 앞에는 물탱크가 있었는데, 우리 세 명은 그 위에 올라앉아 놀았다. 물탱크는 알 수 없는, 새로운 세계로 가는 배였다. 튼튼하고 단단한 이 배는 하늘 위로 슈웅 올라가서 구름 사이를 헤치고 날아갈 수 있었다. 어디로 갈 것인지 정해서 우리는 마음껏 배를 타고 항해했다. 수업 시간에 들은 나라 이름들이 줄줄이 나왔다. 그 모든 나라를 향해 갈 수 있었다. 학교에 갈 때도 같이 가자고 찾아가기도 했는데, 어떨 때는 너무 일찍 찾아가서인지 아줌마가 밥을 먹이고 있었다. 그 옆에서 잠깐 기다리고 있는데, 밥상 위에 반찬이라고는 기다란 김 조각이 전부였다. 그럼에도 고깃국에 생선 반찬이 그득한 우리 집보다 훨씬 좋아 보였다. 여동생한테는 아줌마가 직접 밥을 떠먹여주고 있었다. 아줌마는 욕 한번 하지 않고 찡그리지도 않았다. 나도 덩달아 김 조각과 밥을 한 숟갈 떠서 먹고 싶었다. 방금 먹은 아침이 아직 소화되지 않아 속이 든든한 게 분명했지만, 이상하게도 먹고 싶었다. 홀린 듯이 그 모습을 쳐다보고 있으니 아줌마가 밥을 줄까? 하고 물어보기도 했다. 나는 고개를 저었다. 빨간색 긴 치마를 입고 갈색 고수머리를 한 여동생과 거짓말 할 줄 모르는 착한 내 또래 남자아이와 함께 지냈던 순간이 무척 행복했다. 그러나 그 행복은 오래가지 않았다. 내가 윗집에 너무 자주 간다며 언니는 그미한테 고자질했다. 늘 그런 식이었다. 언니는 뭔가 고자질거리를 찾아서 이르고, 나는 혼이 나곤 했다. 언제부터인가 그런 방식이 성립되었다. 그 집에 가지 말라는 명령이 떨어지고 얼마 뒤였다. 그 집은 이사를 했다. 기술자였던 아버지가 돈을 벌어 집을 샀다고 들었다. 우리 셋은 작별 인사를 했던가. 마지막으로 상상의 배에 올라타서 가고 싶은 달나라를 향해 갔었던가. 저금통을 헐어서 뭔가 작은 선물을 준비해서 줬던가. 울컥거리는 눈물로 아쉬운 작별 인사를 했던가. 기억이 잘 나지 않는다. 그미로부터 이층집으로 올라가는 것을 아예 금지당한 이후 유일하게 마음을 나눴던 그 아이들 근처에 나는 가지 못했으리라. 아마도 그랬을 것이다. 아이들은 내가 발길을 끊었다는 것에 대해 놀라워했을 것이다. 뻔질나게 드나들던 내가 갑자기 보이지 않으니 섭섭하게 여겼을지도 모른다. 세월이 훌쩍 지난 지금, 그 아이들을 만날 수 있을까. 한 번이라도 그때, 작별 인사를 제대로 하지 못해서 미안했다고 말할 수 있을까. 우리는 어쩌면 길에서, 버스 안에서, 자동차와 횡단보도의 중간 어귀쯤에서 그저 스치고 지나갔던 건지도 모른다. 지금까지 살아오면서 몇 번쯤 그렇게 지나쳤을지도 모른다. 이제는 희미한 실루엣만 보일 뿐, 그 친구와 동생의 얼굴을 기억할 수 없다. 언젠가 한 장의 사진을 찍은 듯도 한데, 앨범에도 없다.

언니의 행동은 점차 수위가 높아졌다. 나란히 누워 있을 때 하체 깊숙이 언니의 손이 불쑥 들어오기도 했다. 그 손이 소름 돋게 싫었지만, 동시에 또 야릇했다. 그러다가 나도 똑같이 언니처럼 해보기도 했다. 언니의 팬티에 내 손을 넣기도 했는데, 그럴 때 언니는 까무러치게 좋아했다. 이렇게 좋아하는 걸 해주는 것이 옳은 일인지도 모른다는 생각까지 들었다. 그 순간이 지나서 며칠 후에는 언니와 내가 이상한 행동을 했다는 느낌이 들어 걷잡을 수 없는 두려움이 속에서 올라왔다. 토하고 싶어 견딜 수 없었던 어느 날, 그미한테 내 아랫도리를 가리키면서 말했다. 언니가 자꾸 여기를 만진다고, 그게 너무 싫다고. 그미는 나를 뚫어지게 바라보며 말했다.

“왜? 그게 어때서? 좋아서 그러는 거잖아. 좀 만지면 어때?”

그러고는 또 잔소리와 악담이 시작되었다. 그까짓 것 좀 만졌다고 동생이 그러면 되냐며, 정도 없고 의리도 없는 나쁜 년, 지랄 맞을 년, 미친년이라고 고함을 질렀다. 아직 초등학생이었던 나는 모든 것이 헷갈리고 혼돈스럽기만 했다. 그렇지만 내가 했던 말은 효과가 있었다. 그 후로 언니는 나를 만지지 않았다. 언니의 손길로부터 다행히 해방된 것이다. 그것만으로 나는 안심하고 기뻐했다. 그런데 이상하게도 혼자 누워 있으면 기다란 혀가 내 몸속으로 들어오는 듯한 은근한 느낌이 몰려왔다. 자주 소변이 마려웠다. 언젠가는 잠도 못 자고 밤사이 계속 화장실을 들락날락하기도 했다. 그러다가 결국 언니가 하던 것처럼 내 하체를 스스로 어루만졌을 때 소변이 멈춘다는 것을 알았다. 그렇게 자위하는 법을 터득했다. 언니도 일찌감치 자위하는 법을 익힌 것 같았다. 언니가 누운 2층 침대에서 몸을 뒤척이는 소리가 아닌 다른 부스럭거리는 소리가 들려올 때가 많았다. 어쨌든 나는 언니의 손길에서 벗어난 것이 너무나 홀가분했다.

11 / 49
호랑이와 천사와 책

아버지는 책을 늘 가까이하셨다. 언니와 나에게도 주로 책 선물을 하셨는데 어느 날, 위인전기 50권을 사 오셨다. 초등학교 저학년이었던 나는 처음에는 그 즐비한 책들에 질려서 들여다볼 엄두가 나지 않았다. 생소한 이름을 가진 이들이 늘어서 있는 책장 근처에도 잘 가지 않았다. 책을 꺼내면 별로 가까이하고 싶지 않은 근엄한 얼굴들이 한가운데 박혀 있었다. 그러다가 아마도 무척 심심해서였을 것이다. 딱히 할 일도 없고 해서 책을 펼쳐 들었다. 유관순 열사에 관한 책이었다. 음악 교과서에 '유관순 누나'라는 가사가 나오는 노래가 있어 그나마 이름이 낯설지 않았다. 처음부터 끝까지 읽는 데 그리 오래 걸리지 않았다. 푹 빠져서 읽다가 그 모습을 언니한테 들키고 말았다. 거의 다 읽어갈 무렵이었다. 잠시 후 내가 다 읽었다고 하자, 언니가 어떻게 읽었냐고 물었다. 나는 부러 책 앞장을 넘기고 건너뛰어 바로 책 뒷장을 넘기면서 익살스러운 몸짓을 취했다. 아주 재미있다는 듯 언니가 깔깔대며 웃었다. 그러고는 곧장 그미한테 가서 일렀다. 책을 이렇게 읽는대요. 앞장 그리고 뒷장. 그미가 그렇게 읽는 법이 어딨냐며 혼냈다. 또다시 잔소리가 쏟아졌다. 사실 아닌데, 아니라고 했는데 아무도 내 말을 믿지 않았다. 언니는 고소하다는 듯이 조소를 보냈다. 그 후로도 내가 책을 읽고 있으면, 앞장과 뒷장만 본다고 키득거리며 놀렸다. 억울했지만 아무리 말해도 소용없었다. 어느 틈엔가 나는 그미와 언니가 나를 알아주고 믿어주기를 원하는 마음을 포기하고 말았다.

유관순은 대단했다. 그녀는 애국심이 강한 열사였지만, 내게 있어 그녀는 신비한 힘을 가진 존재였다. 유관순이 건넛마을에 전해주려고 태극기를 품에 안고 고개를 넘어가고 있었다. 들키지 않으려고 어둠을 틈타 가는 중이었다. 맞은편에서 횃불 두 개가 다가오고 있었다. 두 개의 불이 점점 가까워지면서 뚜렷하게 윤곽이 보이기 시작했다. 유관순은 그대로 얼음이 되어버렸다. 호랑이였다. 횃불로 보이던 것은 바로 호랑이의 눈이었다. 혼비백산할 수밖에 없는 지경에 이르러 유관순은 정신을 다잡았다. 그리고 한 걸음도 물러나지 않고 호랑이를 정면으로 바라보며 속으로 외쳤다. 호랑이야, 네가 나를 잡아먹고 싶냐? 내가 너한테 잡아먹힐 것 같으냐? 그럴 수 있을지는 모르겠지만, 나는 할 일이 있다. 조국의 광복을 위해 만세 운동을 해야 한다. 지금 너는 나를 잡아먹을 수가 없다. 나는 이 길을 지나가야 한다. 호랑이야, 어디 한번 해볼 테냐?

유관순은 그렇게 속으로 처절하게 외치면서 호랑이를 마주 보았다. 어둠이 가득한 산속, 유관순과 호랑이는 기를 모아 상대를 쏘아보고 있었다. 정적이 흐르고 살벌한 기운이 불꽃 튀듯 오갔다. 얼마나 지났을까. 호랑이가 주춤거리며 뒷걸음질 치기 시작했다. 한 걸음, 두 걸음 그렇게 뒤로 물러나더니 드디어 몸통을 돌려 달아났다. 하얀 저고리, 검은 치마를 입고 짚신을 신고 품속의 태극기에 손을 모으며 호랑이를 쏘아보는 유관순, 막 한쪽 발을 뒤로 떼려는 호랑이, 그 장면이 흑백으로 그려져 있었다. 깜짝 놀라고 말았다. 아직 스무 살도 되지 않은 소녀가 호랑이와의 기 싸움에서 이겼다는 사실이 너무나도 신기했다. 그 그림을 보고 또 보았다. 나는 그 순간, 유관순과 하나가 되었다. 제아무리 무섭고 두려운 존재가 나를 위협하며 다가와도 나도 이처럼 정면에서 쏘아보며 물리칠 수 있을 거라고 생각했다. 절실하게 해야 할 일이 주어진다면 나도 반드시 이렇게 하리라! 그 순간부터 유관순이 호랑이와 대적했던 그 장면은 내 영혼 속에 깊숙이 들어와 자리를 잡았다.

나는 내친김에 위인전기를 차례로 읽기 시작했다. 다음으로 읽었던 책은 잔 다르크였다. 그녀는 프랑스판 유관순이었다. 성령의 힘으로 전사가 된 잔 다르크, 말을 타고 긴 창을 들고 전진하던 잔 다르크, 용맹스러운 그 모습에 열광하던 사람들, 그리고 마녀로 몰려 화형을 당하던 장면. 마음 깊이 결정한 의지에 따라 그 모든 난관을 헤쳐갔던 그녀를 본받고 싶었다.

내가 잔 다르크라면, 천사의 음성을 듣게 된다면 어떨까 상상해보았다. 열여섯 살의 나이에 입대할 자신이 있을까. 내가 잔 다르크라면, 계시만으로 죽음을 무릅쓰고 적진을 향해 돌진할 수 있을까. 나는 고개를 끄덕였다. 그럴 수 있을지도 모른다. 간절하게 천사의 음성, 계시를 듣고 싶었다.

그리고 또 한 권의 책이 있었다. 퀴리 부인. 그녀가 어렸을 때 공부하던 장면이 생생하게 기억난다. 한번 공부하기 시작하면 얼마나 몰입을 했던지, 형제자매들이 같이 놀자고 아무리 말해도 듣지 못하고 공부를 했다고 한다. 언젠가 한번은 골려주려고 형제들이 그녀의 뒤편에 의자들을 쌓아놓기 시작했다. 아슬아슬하게 천장 높이까지 의자가 쌓여도 그녀는 오로지 공부에만 몰두했다. 책에는 양 갈래로 머리를 땋고 긴 치마를 입은 소녀의 등 뒤로 높다랗게 쌓아 올린 의자들이 있었고, 숨어서 이를 지켜보는 아이들이 있었다. 대단한 집중력이었다. 어떻게 공부하면, 저렇게까지 몰두할 수 있을까. 나는 한 번도 저렇게 몰두해보지 않았다는 것을 알아차렸다. 책을 보거나 과제를 하면서도 내 생각은 자유롭게 돌아다녔다. 텔레비전 만화에 정신을 팔기도 하고, 부엌에서 그미가 하는 요리에 마음이 가기도 했다. 온 마음을 다해 한 가지 일에 집중해본 적이 없었다. 참으로 부러운 일이었다.

유관순과 잔 다르크, 퀴리 부인은 50권의 위인전기 속에서 내가 찾은 진주였다. 나는 이 세 권의 책을 소중하게 안고 가슴 깊이 새겼다. 삶이 고난 속에 빠져서 허우적거리고 있을 때, 마음속으로 그녀들을 불러냈다. 유관순이라면, 잔 다르크라면 이 상황에서 어떻게 했을까. 그녀들은 어떤 마음을 가지고 이겨냈을까? 공부하느라 바쁜 퀴리 부인은 자주 불러내지 않긴 했지만.

12 / 49
자꾸만 책 안으로

아버지가 사주신 책에 있던 신기한 이야기가 기억난다. 어떤 아이가 눈길을 걷고 있었는데 갑자기 세상이 확 뒤집혀서 천장에 거꾸로 매달린 격이 되고 만다. 아차, 하는 순간에 떨어지는가 했지만, 괜찮았다. 모든 것이 거꾸로 달려 있어서 그 상태에서 보면, 아무렇지도 않았기 때문이었다. 화살표가 그려진 팻말이 보여, 그것이 가리키는 방향으로 걸어갔다. 얼마쯤 걸어가다 보니, 어떤 이가 보따리를 아무렇게나 놓고 가버리는 것이 보였다. 소리치면서 짐을 가져가라고 했는데 그 사람은 뒤도 돌아보지 않고 도망치듯 가버렸다. 보따리를 풀어보니, 그 안에는 돈이 들어 있었다. 웬 횡재냐 싶어 보따리를 들쳐 메고 걸어가다가 음식점이 있어 들어갔다. 따끈한 국밥을 시켜 먹고 돈을 건네려는데, 웬일인지 가게 주인이 오히려 돈을 줬다. 어리둥절해서 지켜보니 손님마다 밥을 먹고 돈을 받고 가는 거였다. 이상하다 싶었지만, 나와서 상점으로 갔다. 물건을 가지고 나오려고 하자, 이번에도 가게 주인이 돈을 줬다. 이제 보따리가 점점 불어나고 있었다. 자세히 보니 사람들은 저마다 보따리를 짊어지고 있었다. 그제야 이곳이 '거꾸로 나라'라는 것을 알게 되었다. 상상하는 것만으로도 재미있었다. 세상이 죄다 거꾸로라니. 물건을 사는데 돈을 주는 게 아니라 오히려 받다니, 그 나라에 가서 실컷 돈 보따리를 주워 가지고 오고 싶었다.

그미의 바로 아래 여동생인 이모 집에도 동화책이 있었다. 한 번씩 이모 집에 놀러 가면, 그 동화책을 꼭 꺼내 읽었다. 제목은 기억나지 않지만, 쌍둥이 이야기가 너무나 재미있었다. 이모네 외사촌 오빠들도 쌍둥이였지만 서로 구별할 수 있을 정도였다. 책 속의 쌍둥이 형제는 너무나 닮아서 아무도 누가 누구인지 구별할 수 없었다. 동생은 공부를 잘했다. 형은 그러지 못해서 어느 날, 동생한테 대신 시험을 쳐달라고 부탁한다. 동생은 형 대신 시험을 치고 상을 받게 한다. 어느 날, 동생이 형한테 부탁했다. 자신을 대신해 병원에 가달라고. 형이 엄마의 손을 잡고 동생 대신 병원에 가서 주사를 맞고 약을 받아 왔다. 그렇게 서로가 서로를 대신했는데도 주위 사람들은 몰랐다. 들키지 않고 오랫동안 바꿔치기하며 지내나 했지만, 어느 날 완전히 들통이 나고 만다. 호되게 야단을 맞고 잘못을 뉘우친다. 뭐, 그런 이야기였다. 알고 보면, 교훈이 들어간 동화였지만, 묘한 매력이 있었다. 나와 똑같은 얼굴을 한 누군가가 나를 대신해서 싫은 일들을 도맡아 해준다면 얼마나 좋을까. 상상만 해도 멋진 일이었다. 콩나물을 싫어하는 쌍둥이가 엄마의 강요로 억지로 먹는 장면이 있었는데, 나는 어쩌면 나와 이렇게 똑같을까 생각하면서 웃었다. 목욕하면서 형과 동생이 서로 장난치는 장면은 참 따뜻하고 포근해 보였다. 그 책은 사실적으로 묘사된 그림과 화려한 색감이 돋보이는 고급 양장본이었다.

책 속의 세상은 이렇게나 깨끗하고 다정하고 사랑스러운데 현실은 그렇지 않았다. 나는 자꾸만 책 안으로, 그림 속으로 들어가고만 싶었다.

13 / 49
꿀 없는 꿀개

아버지는 자주 이야기를 들려주시곤 했다. 옛날~ 옛날~ 아주 오랜 옛날에, 호랑이가 담배 피우던 시절에~ 이렇게 시작하면, 나는 정말 예전에는 호랑이가 담배를 피우기도 했구나 하고 신기해했다.

그중에서도 '꿀개 이야기'는 아무리 들어도 질리지 않았다. 어떤 사람이 강아지를 사 가지고 집에 왔다. 강아지는 호기심이 많아서 촐랑거리며 집 안 구석구석을 잘 돌아다녔다. 어느 날, 주인이 없는 사이에 강아지는 시렁 위에 올라가 항아리에 담긴 꿀을 날름날름 핥아 먹었다. 강아지는 그다음부터 꿀똥을 싸기 시작했다. 응가를 하면 꿀이 계속 나왔다. 주인이 신기해서 강아지를 데리고 장에 가서 외쳤다. 꿀개 사려~ 꿀개~ 꿀똥을 싸는 귀한 개입니다. 지나가던 한 사람이 정말이냐며 물어보았다. 마침 개가 꿀똥을 싸고 있어서 주인의 말이 쉽게 증명되었다. 꿀을 찍어 먹어보던 사람은 고개를 끄덕이며 비싼 돈을 주고 강아지를 사 가지고 갔다. 새로운 주인이 마누라한테 으스대며 꿀개가 왔다고 말했다. 마누라가 어디 한번 보자며, 반색하며 다가왔다. 강아지가 아무것도 싸지 않자, 배가 고픈가 보다 하고 먹다 남은 밥을 물에 말아 갖다주었다. 한참 잘 먹고 나서 강아지는 마침내 응가를 했다. 새로운 주인은 반가워서 얼른 다가가다가 코를 감싸 쥐었다. 이런 똥개를 봤나! 주인은 개의 등을 발로 확 차버렸다.

마지막 장면에서 나는 웃지 않았다. '이런 똥개~'에서 아버지가 주인을 흉내 내며 익살스러운 표정으로 손을 치켜올렸지만, 여전히 웃을 수 없었다. 불쌍한 꿀개. 영문도 모르고 팔려 갔다가 호되게 야단만 맞는 꿀개. 꿀 없는 꿀개.

한번은 아버지가 나한테 동화를 써보라고 권했다. 열 살 무렵이었다. 흔쾌히 고개를 끄덕였다. 아버지가 좋아할 만한 근사한 걸 쓰고 싶었다. 세세한 것은 기억나지 않지만, 충, 효, 예라는 아이에 대해 썼다. 한 집에 세 명의 아이가 있는데 그런 이름을 갖고 있었다. 부모님의 사랑을 듬뿍 받는 귀한 아이들이었다. 한 아이는 나라를 구하기 위해 장군이 되었다. 한 아이는 효도하기 위해 부모님 곁을 지키며 농사를 지었다. 한 아이는 학식을 쌓는 학자가 되었다. 그런 내용이었다. 재미없는 이 글이 내가 처음으로 상상해서 쓴 글이었다. 왜 이렇게 딱딱한 글을 썼을까. 오래전부터 나는 양말을 신지 않고는 집 밖으로 나가지 않았다. 밖에 나가서는 눈에 띄지 않게, 목소리가 잘 들리지 않게 말하곤 했다. 그저 예의를 차리는 것이 아니었다. 지나칠 정도로 타인을 의식했다. 그렇다고 집에서도 마음껏 지냈던 것은 아니다. 아버지는 특히 소리 내어 웃는 것을 싫어했다. 언니와 내가 까르르 웃으면 바보들이나 그렇게 웃는다며 나무라셨다. 입을 손으로 가리고 웃어야 한다고 일러주셨다. 억지스럽게 입을 막고 웃는 것은 아버지 앞에서뿐이었다. 신나고 즐겁게 웃을 일도 거의 없었지만, 그마저도 아버지 앞에서는 조심해야 했다.

대신 우리는 아주 많이 울었다. 그미의 악다구니 때문이었다. 나는 그미가 팥쥐 엄마이거나 신데렐라의 새엄마일지도 모른다고 생각했다. 어쩌면 내가 주워 온 아이일지도 모른다고 생각했다. 이야기 속의 비참한 주인공에 나를 대입해야 겨우 현실의 답이 풀렸다. 그러지 않고는 도저히 그미의 마음을 짐작할 수 없었다. 아버지는? 다행히 내 아버지였다. 우리는 꽤 많이 닮았으므로.

14 / 49
너는 상이 없나? 이거 말고?

아버지는 손재주가 좋았다. 한번은 나무 작대기로 미니어처 지게를 만드셨다. 나는 아버지가 만든 지게를 방학 과제물로 냈다. 우수한 작품이라며 선생님의 칭찬을 받고 교실 뒤편에 진열되기도 했다. 아버지는 활과 화살도 만들어주셨다. 언니와 나는 골목을 누비며 아버지가 만들어주신 화살을 쏘아대며 놀았다. 그렇지만 활쏘기는 우리 취미가 아니었다. 쏘아대고 찔러대는 것에는 별 흥미가 없었다. 얼마 갖고 놀지 않아 활과 화살이 어디에 처박혀 있는지도 모를 정도였다.

매주 일요일에 아버지는 나와 언니를 데리고 산에 올랐다. 그때, 언니는 몸이 뚱뚱한 편이었는데도 전혀 튼튼해 보이지 않았다. 그냥 전체적으로 붓기가 있어 보이는 몸이었다. 반면, 나는 튼튼하고 통통했다. 아버지는 산에 오르면서 수박 냄새가 나는 풀을 알려주셨다. 길섶에 나는 풀을 따다가 손으로 탁탁 치면 수박 냄새가 난다고 했는데 정말 그랬다. 풀들을 한데 엮어서 덫을 만드는 방법도 알려주셨다. 옛날에 동네 아이들과 전쟁놀이할 때 많이 써먹던 방법이라고 했다. 적군 아이들이 달려오다가 풀로 만든 덫에 걸려 픽픽 쓰러졌다고 했다. 그런 얘기를 할 때, 아버지의 뺨은 상기되어 있었고, 한쪽 입술이 삐쭉 올라가는 것이 영락없이 개구쟁이 아이 같았다. 길쭉한 소나무 잎 두 개를 따서 얽히도록 잡아당겼을 때 끊어지지 않고 멀쩡한 쪽이 이기는 게임을 알려주기도 했다. 아카시아 잎을 서로 따서 세어보면, 잎이 많이 달린 쪽이 이기기도 했다. 산은 꽤 가팔랐지만, 아버지와 함께라면 늘 든든했다. 한 번씩 그미도 함께 등산했다. 집 뒤에 바로 산이 있어서 걸어서 두어 시간이면 정상에 오를 수 있었다. 가을에는 도토리가 널려 있고 봄이면 쑥을 캘 수 있었다. 그렇게 딴 도토리로 그미는 집에서 묵을 만들었다. 언니와 나는 만화영화에서 나오는 무적의 로봇 흉내를 내곤 했다. 우리는 한쪽 팔은 엮고, 각기 왼쪽, 오른쪽 팔을 나란히 쭉 뻗어서 몸이 하나가 된 로봇처럼 만들고는 뚜벅뚜벅 앞으로 걸어가며 외쳤다. 여기! 브로크 형제 나가신다! 길을 비켜라! 그미는 건재상 딸이 아니랄까 봐 브로크라고 하냐며 웃었다. 우리는 가끔 그렇게 천하무적 브로크 형제 로봇이 되었다. 내리막길에서 나는 다리가 아프다며 종종 떼를 쓰곤 했다. 아버지는 나를 업고 비탈진 길을 잘도 내려가곤 했다. 무겁다는 불평 한번 없이 평탄한 길까지 업어주셨다.

어느 일요일이었다. 이상하게도 그날 아버지는 갑자기 10년은 더 늙어 보였다. 내 나이 열두 살, 가을이었다. 우리는 산에 올랐지만, 전혀 웃지 않았다. 웬일인지 웃음이 나지 않았다. 아버지 얼굴에 그늘이 가득했다. 나는 다리가 아프다고 떼를 쓰지도 않았다. 중학교 1학년이던 언니 역시 무슨 일인지 기분이 좋아 보이지 않았다. 지금 돌이켜보면, 언니는 아팠고, 아버지의 사업은 악화일로에 들어설 무렵이었다. 바위산에 걸터앉아서 사진을 찍었는데도 아무도 웃지 않았다. 아버지는 움푹 들어간 뺨에 입술을 다물고 있었다. 다들 기대할 만한 게 아무것도 없는 텅 빈 공터만 덩그러니 바라보고 있는 듯했다. 언니는 신경질적으로 인상을 찌푸리고 있었다. 뒷덜미에 뭉친 살이 도드라져 보였다. 나는 햇빛을 받아 반질거리는 돌멩이 하나를 손에 꼭 쥐고 있었다. 어둠 속에서는 아무런 광채를 띠지도 못할 그 돌멩이가 내 손안에 있었다. 그게 바로 아버지와 함께했던 마지막 등산이었다.

우리는 여행을 잘 가지 않았다. 여름철에 서너 번쯤 바닷가에 간 것이 전부일 것이다. 그미의 말에 의하면, 아주 어릴 때, 언니와 나를 데리고 자주 여행을 했다고 한다. 앨범에 있는 작은 흑백 스냅 사진 안에는 여행한 흔적이 담겨 있다. 사내아이처럼 짧은 머리에 바지를 입은 나, 꽃무늬가 현란한 나팔바지를 입고 단발머리에 꽃핀을 꽂은 언니, 그리고 간간이 등장하는 아버지와 그미. 양산 통도사에서 스님이 장난삼아 이 아이, 절에 맡기고 가소, 라고 했을 때 내가 엄청 울었다고 한다. 그런 얘기를 들어도 잘 생각나지 않는다. 다만, 어딘가 가려고 짐을 챙기면 그미가 엄청나게 짜증을 내며 고함을 지르고 욕을 해댔다는 것만 생생하게 떠오른다. 언젠가 여름철 해변에서 언니와 나는 서로 짐 하나를 안 들겠다고 버티다가 결국 짐을 잃어버리기도 했다. 그미가 짜증을 부리면 아버지는 참았던 화를 버럭 내곤 했다. 여행뿐만 아니었다. 어떤 행사를 앞두고 외출 준비를 하면서도 그미는 늘 짜증을 냈다.

내 졸업식 때도 그랬다. 졸업을 한 달 앞두고 우리는 이사를 했다. 빚보증을 잘못 선 대가로 아버지 사업은 부도가 났고, 우리는 2층짜리 양옥을 팔고 13평 아파트로 갔다. 40분 넘게 버스를 타면서 겨우 통학을 했다. 초등학교 졸업식 날, 기어들어가는 목소리로 다녀오겠다고 말하고 집을 나셨다. 하필이면 그날 왜 그미는 욕설을 하고 짜증을 낸 것일까. 외출할 때 입고 나갈 옷이 없어서 나한테 화풀이한 것일까. 반갑게 축하를 건네는 학부모들을 보면서 속으로 울먹였다. 괜찮아, 괜찮아. 아무도 안 와도 괜찮아. 알록달록한 꽃다발을 멀찍이서 쳐다보면서도 괜찮아, 라고 스스로 달랬다. 목울대가 울컥거렸지만, 울지 않았다. 운동장에서 졸업식을 마치고 교실로 들어가려고 하는데, 뒤쪽에서 나를 부르는 소리가 들려왔다. 그미가 한복을 입고 서 있었다. 아무 말 없이 달려가 와락 안았다. 나한테도 축하해줄 사람이 있다! 나는 환하게 웃었다. 아무런 상장도 받지 못해서 그미한테 미안했다. 정근상 하나가 다였다. 너는 상이 없나? 이것 말고? 그미는 지나치지 않고 꼬집어 물었다. 나는 미안하다고 했다. 그리고 우리는 집으로 돌아오는 버스 안에서 아무 말도 하지 않았다. 그래도 그미는 작은 꽃다발 하나를 내게 안겨주었다.

15 / 49
달콤하고 아름다운 편지

초등학교 때 친했던 친구가 딱 한 명 있긴 하다. 윤미. 같은 반은 아니었지만, 악대부원이었다. 그 친구는 실로폰 담당이었다. 악대부원들은 특별한 취급을 받았다. 우리는 조회하느라 부산스럽게 운동장에 떼 지어 서지도 않았다. 단상을 기준으로 왼쪽에 일렬로 서서 순서에 맞춰 악기를 연주했다. 국기에 대한 경례 음악, 애국가 등등.

악대부를 이끌던 선생님이 전근을 가고, 새로운 선생님이 오셨다. 새로 오신 악대부 선생님은 여러 가지 새로운 시도를 했다. 갑자기 나는 멜로디언에서 작은 북을 맡게 되었다. 가르쳐주는 대로 생전 처음 작은 북을 쳤다. 그러다가 나중에는 아코디언까지 맡았다. 게다가 악대부원들은 각자 새 옷을 맞춰야 했다. 무릎 약간 위까지 오는 빨간 플레어스커트에서 어깨끈이 달린 아주 짧은 검정 타이트스커트로 바뀌었다. 위에는 하얀 블라우스 차림이었다. 대단히 불편하고 성가셨다. 단체 사진을 찍은 적이 있는데, 예상대로 앞자리 의자에 앉은 아이들은 모두 짧은 치마 탓에 팬티가 그대로 드러나 있었다. 우리는 운동장에 모여 일렬로 서서 달팽이 모양을 만들면서 안으로 들어갔다가 나왔다가 했다. 때로는 다이아몬드 스텝을 밟기도 했다. 이 모든 것이 예전에는 없던 것들이었다. 그런 모든 게 성가셨다. 그냥 차분하게 연주만 하고 싶었는데 무조건 움직여야 했다. 우리는 퍼레이드 쇼를 하는 장난감 인형 같았다. 언젠가 다른 지역에서 하는 전국 학예 발표회에 참가한 적이 있었다. 빨강 동전 지갑을 목에 매달고 있다가 끈이 풀려 땅으로 떨어졌다. 나는 대열을 이탈해서 동전 지갑을 주웠다. 아코디언을 안은 채 줍는 것이 쉬운 일이 아니었다. 내게는 빨강 지갑이 더 중요했다. 아무도 나를 나무라지는 않았지만, 두고두고 부끄러웠다.

그럼에도 악대부에서 버티고 있었던 것은 윤미 덕분이었다. 우리는 함께 얘기를 나누고 서로 집에도 놀러 가곤 했다. 그래봤자, 1년 남짓이었지만. 윤미를 만난 것은 초등학교 5학년 때였고, 6학년 때 나는 집안 형편 탓에 멀리 이사를 가게 되면서 악대부를 그만두었다. 섭섭하지는 않았다. 이사 가고 나서는 학교를 파하자마자 집으로 오기 바빴다.

지체 없이 버스를 타야 집에 와서 저녁을 먹을 수 있었다.

아버지 사업이 한창 상승세를 타던 무렵, 그러니까 집을 지어 이사를 오던 그때, 우리 집은 당시 학교에서 유명했을 것이다. 아버지 생신날이면 학교의 모든 선생님을 초청해서 거하게 잔치를 벌였다. 학년마다 세 반씩 운영되던 작은 학교여서 전 학년 선생님을 모두 합치면, 스무 명 남짓 되었을 것이다. 5학년 담임선생님은 자주 우리 집을 들락거렸다. 내 공부를 봐준다는 명목이었는데, 그럴 때마다 그미는 황송해하며 과일과 음료수를 정성껏 차려 내왔다. 공부방에는 2층 침대가 있었고, 언니와 내 책상이 나란히 큰 창문 앞에 놓여 있어서 공부하기에는 최적이었다. 그렇지만 그 당시 내 머릿속은 늘 복잡했고, 공부에 집중할 수가 없었다. 그 이전부터도 그랬다. 3학년 때부터 매일 풀어야 하는 학습지가 배달되어 왔고, 문제지를 풀어서 우편함에 꽂아둬야 했지만, 나는 너무나 하기 싫은 나머지 화장실에 가져가서 찢어버리곤 했다. 그미한테 들켜서 혼이 난 뒤에야 학습지를 그만둘 수 있었다. 그렇지만 내가 공부를 못한 편은 아니었다. 그냥 집중이 안 되었을 뿐이었다. 교실의 어느 누구도 나와 대화를 나누지 않았다. 심지어 다들 옆자리에 앉는 것조차 싫어했다. 4학년 때 가장 싫어했던 과목은 사회였는데, 어느 날 사회 시험에서 60점을 받아 오자 아버지는 노발대발해서 엎드려 있던 내 머리를 발로 찼다. 나는 서러워서 울었다. 뭐가 뭔지도 모르고 그냥 외워야 하는 사회가 너무나 싫었다. 하지만 아버지의 행동에 너무나 놀란 나머지 그 뒤로는 싫어도 무조건 외웠다. 평균 90점을 넘기고 학력 우수상과 학력 진보상을 한꺼번에 타 왔다. 아버지는 상장을 소중하게 액자에 걸어 책상 위 벽에 붙여놓았다.

5학년 때 선생님은 우리 집에 와서 내게 무엇을 알려주었던 걸까. 기억나는 것은 단 하나다. 내 곁에 바짝 다가와서 어떤 희한한 행동을 하고 돌아갔다. 그게 무엇인지 전혀 짐작할 수 없었다. 수년이 지난 다음, 그게 바로 입맞춤이라는 것을 알았다. 의미도 몰랐지만, 그 특별한 행동이 역겨웠다. 뻔질나게 드나들던 담임선생님의 행동이 뜸해진 것은 역시 아버지의 사업과 관련 깊었다. 담임선생님이 그미한테 전화를 걸어 돈을 요구했는데 돈이 없어서 못 해준다며 죄송하다고 했다는 사실을 말해주었다. 불과 열한 살 된 아이가 들을 소리가 아니었지만, 그 말을 듣고 어리둥절했다. 그제야 이해가 되었다. 우리 집에 와서 내게 밀착하던 모습부터 수업 시간에 내 이름을 몇 번이고 부르며 관심을 집중하던 모습, 그리고 최근에는 아예 이름을 부르지 않다가 갑자기 출석부를 보면서 건성으로 들춰내듯 혹은 비꼬듯 부르던 모습까지. 그 모든 것이 돈과 연관되어 있었던 거였다. 그미의 말이 내 의문을 비로소 잠재웠다. 그래도 나는 꾸역꾸역 학교에 갔고, 결석하지 않았다. 나는 그 정도였지만, 언니는 심한 일을 겪었다. 언니 담임이 돈을 요구했는데 주지 못했던 모양이었다. 언니가 학교에서 급사한테 업혀서 귀가했다. 담임선생님한테 맞고 걸음을 제대로 걷지 못한다는 거였다. 응급실에 데려가 검사해보니, 엉치뼈에 금이 가 있었다. 아버지는 바로 교장 선생님을 만나 자초지종을 따지고 담임을 고소하려고 했는데, 결국 그러지 못했다고 들었다. 담임이 눈물까지 흘리며 빌더라는 것이다. 언니가 말을 안 들어서 때렸다고 했지만, 실은 요구했던 돈을 받지 못한 데 대한 앙갚음이었다. 그때 나는 선생이라는 직업이 세상에서 제일 더러운 직업이라고 생각했다. 죽어도 선생님은 되지 않겠다고 속으로 다짐했다. 언니는 오랫동안 침대에 누워 있다가 겨우 일어날 수 있었다.

그 파란만장한 초등학교를 다시 찾아갈 생각을 왜 했던 걸까. 그리운 이가 아무도 없는 그곳에, 왜 갔던 것일까. 이유는 알 수 없지만, 중학교 1학년이 되던 해 나는 무작정 어디론가 떠나고 싶었다. 기껏 간다는 게 버스를 타고 졸업했던 초등학교를 찾아간 것이다. 나는 운동장 스탠드에 앉아 있었다. 한적한 일요일 오후, 동네 아저씨들이 모여 축구 시합을 하고 있었다. 왁자지껄하게 열기에 들뜬 모습이었다. 운동장 한쪽 구석에서 초등학생으로 보이는 아이들 두엇이 장난을 치고 있었다. 나는 가까이 다가가서 말을 걸었다.

"여기 다니니?"

아이들은 고개를 끄덕였다. 한 3학년 정도 되었을까. 나는 미소를 머금으며 말했다.

"난, 여기 졸업생이야. 너희들은 내 후배구나."

아이들이 뭐 그딴 말을 하냐는 듯 뜨악한 눈길로 나를 올려다봤다. 그러고는 아무 말도 없이 다른 곳으로 걸어가버렸다. 제비들이 운동장을 재빠르게 가로질러 날아가고 있었다. 멀리서 붉은 노을이 들리지 않는 비명을 지르며 번지고 있었다. 그때 나는 생각했다. 좀 더 잘 지낼 수도 있었을 텐데, 뭔가 산뜻하게 지낼 수도 있었을 텐데, 그러지 못했구나. 내 초등학생 시절이 마구 흘러가버렸구나. 그렇게 속말을 하며 교문을 나섰다.

어둠이 깔릴 무렵 집에 왔다. 그 당시 사업을 관두고 용달차를 몰던 아버지가 일찍 퇴근해서 와 계셨다. 아버지는 나를 보자마자 무섭게 소리쳤다. 어디를 싸돌아다니다가 왔냐고. 나는 초등학교에 갔다고 했다. 부모님은 내 말을 믿지 않았다. 그미는 욕을 해대고, 아버지는 소리를 질렀다. 머리를 몇 대 맞고 울고 또 울었다. 침대에 엎드린 채 울면서 잠을 잤다.

언젠가는 제대로 가출을 하겠다고 결심했다. 초등학교에 갔던 것은 우수에 찬 내 마음을 달래려고 한 것이지 가출이라고는 전혀 생각하지 않았다. 억울함이 쌓이고 쌓여서 터질 지경에 이르면, 그때는 정말 가출을 하고 말 거라고 그 때까지만 참자며 스스로 다독였다. 그런데 정말 그런 날이 오고야 말았다. 중학교 1학년 때, 여전히 나는 말이 없는 아이였다. 아무하고도 어울리지 않고 혼자서 지냈다. 그러다가 반 아이 중 한 명이 말을 걸어왔다. 다람쥐처럼 웃을 때 앞니가 톡 튀어나오는 그 아이와 어울리게 되었다. 그 아이가 자기 집으로 나를 초대했다. 집은 꽤 멀리 있었다. 버스를 타고 40분도 넘게 걸려 친구 집에 도착했다. 친구는 자기 집 옆 방 한 칸에 세 들어 사는 대학생 오빠를 소개해주고 싶다고 했다. 호기심이 동한 나는 고개를 끄덕였고, 난생처음, 남자 혼자 사는 방으로 들어가게 되었다. 우리는 신나게 웃으며 얘기를 나누었다. 그러고도 몇 번, 우리는 오빠와 같이 놀았다. 인터체인지 근방 들판에서 삶은 계란과 사이다를 먹으며 마음껏 뛰어놀기도 했다. 며칠 뒤 나는 혼자 오빠를 찾아갔다. 그렇게 약속을 했던 걸까, 아니면 무턱대고 갔던 걸까. 오빠는 반가이 맞이해주었다. 과자와 음료수를 챙겨주면서 추우니까 이불 안으로 들어오라고 했다. 소음이 잘 차단되지 않는 벽이어서 옆방에 들릴까 염려한 우리는 소곤소곤 작은 목소리로 이야기를 나누었다. 그때, 그 오빠는 스무 살 정도 되었을까. 나는 열세 살이었고, 막 초경을 했을 때였다. 오빠는 로제 마르탱 뒤 가르의《회색 노트》를 읽어보라며 건네주었다. 오빠의 모든 것이 부드럽고 달콤했다. 솜사탕처럼 폭신했다. 오빠가 나를 안았고, 심장이 쿵쾅거렸다. 그리고 나는 그날 집에 가지 않았다. 우리는 꽤 추운 늦가을 밤, 연탄보일러가 골고루 방 안을 덥혀주지도 않는 방에서 그렇게 껴안은 채 누워 있었다. 분명 추웠을 텐데도 따뜻했다. 감미롭고 포근한 숨결이 나를 감싸주고 있었다. 아주 오래전에 내가 살았을지도 모르는 신비한 기억의 방, 모든 것을 수용하는 공간에 들어선 느낌이었다. 오빠의 달착지근한 숨소리가 내 귓전에 살금살금 내려앉고 있었다. 체육복 바지 아래쪽에 뭔가 단단한 기운이 느껴졌지만, 우리는 일부러 아랫부분을 살며시 떼고 누워 있었다. 그게 서로를 위한 배려였다. 안온한 느낌이 내 온몸을 덮고 있었다. 우리는 그대로 잠이 들었다. 다음 날 아침 나는 헝클어진 머리를 손으로 대충 만지고 세수도 하지 않은 채 집으로 왔다. 버스가 떠날 때까지 오빠는 손을 흔들어주었다.

집에서는 난리가 났다. 당시 사업을 접고 용달차를 하던 아버지는 아예 일하러 나가지도 않고 있다가 나를 보자 따귀부터 갈겼다. 그미는 나를 붙잡고 울면서 대체 어디를 갔다 왔냐고 고함부터 질렀다. 친구 집에서 잠이 들었다고 죄송하다고 했다. 아버지는 그미더러 팬티 안을 살펴보라고 했다. 거칠게 내 팬티를 갈아입히며 그미는 아버지한테 팬티를 보여주었다. 냉이 묻어 있는 것을 보고 아버지가 말했다. 남자하고 있었구나. 어디냐, 가자. 나는 아버지가 모는 용달차를 타고 친구 집으로 갔다. 그날은 일요일이었다. 집 앞에 도착해서 친구를 불렀다. 네, 맞아요. 우리 집에 있었어요. 그런데 같이 자지는 않았어요. 친구가 말했다. 누구냐, 어디에 있었냐? 빨리 말해라. 아버지는 닦달했다. 나는 친구 집 뒤편, 오빠가 묵고 있는 방을 가리켰다. 마침 오빠는 없었다. 그냥 놀다가 잠들었어요. 그것뿐이에요. 제발 믿어주세요. 나는 두 손을 모으고 싹싹 빌었다. 아버지는 오빠가 돌아올 때까지 기다릴 참이었다. 다행히 오빠는 나타나지 않았고, 우리는 몇 시간을 그렇게 기다리다가 집으로 돌아왔다. 네 머리를 빡빡 깎이려고 하다 놓아둔다. 두 번 다시 이런 짓 하지 마라. 아버지가 말했다. 나는 종일 울고 또 울었다. 내 팬티를 함부로 점검했던 아버지의 행동에 엄청난 수치심이 일었다. 정말이지 집을 나가고 싶었다. 그미는 별안간 나를 안고서 이렇게 말했다. 내 품보다 그 자식 품이 더 좋더나? 나는 그미의 품이 역겹다고 말하려다가 관두었다. 그리고 두 번 다시 오빠를 보지 못했다. 다시 내 팬티를 억지로 내려서 보며 그미가 말했다. 아까 묻은 건 재 냉인가 봐요. 그제야 화를 누그러뜨린 아버지가 말했다. 내일 학교에 가면, 오늘 찾아갔던 같은 반 친구가 뭐라고 하지 않을까? 고개를 숙이고 훌쩍이며 아무 말도 하지 않고 있는 나를 대신해서 그미가 말했다.

"부끄러운 걸 조금이라도 알면 얘가 이랬겠어요? 얘는 수치심도 없어요. 그러니 이런 짓을 저질렀지요. 당해도 싸요. 싸!"

나는 당해도 싼 년이었다. 순간 죽고 싶었지만, 다정한 오빠의 숨소리를 기억해냈다. 세상 그 무엇보다 나를 소중하게 여겨주던 오빠의 눈길을 기억하며 버텼다. 다음 날, 친구도 나도 서먹해져버렸다. 우리는 눈인사도 주고받지 않았다. 그 친구가 다른 아이들에게 내 소문을 퍼뜨렸는지는 기억나지 않는다. 애초에 나는 혼자였고, 그 아이와 얘기를 나누지 않는다고 해서 특별히 이상하지도 않았다. 늘 언제나 외로웠으니까.

두어 달이 지나서 집으로 소포 하나가 왔다. 작은 액자와 편지였다. 길쭉하고 살짝 오른쪽으로 기울어진 오빠의 글씨였다. 나는 그미 앞에서 낱낱이 풀어 보여야 했다. 김남조의 〈너를 위해〉라는 시가 적혀 있었다. 나의 밤 기도는 길고 한 가지 말만 되풀이한다. 가만히 눈을 뜨는 건 믿을 수 없을 만치의 축원. 갓 피어난 빛으로만 속속들이 채워 넘친 환한 영혼의 내 사람아…… 너를 위해 나 살 거니 소중한 건 무엇이나 너에게 주마. 이미 준 것은 잊어버리고 못다 준 사랑만을 기억하리라. 나의 사람아.

찢어버려라. 내 앞에서 갈기갈기 찢어버려! 저 액자도 버리고! 그미가 날카롭게 지시했다. 나는 그 달콤하고 아름다운 편지를 글자 하나 안 보일 정도로 찢어버려야 했다. 분홍빛 액자와 함께.

16 / 49
안락의자가 되어보렴

초등학교 6학년 때 선생님이 나한테 말을 걸었다. 대답을 하니 이렇게 말씀하셨다.

"말을 하는구나. 난 네가 벙어리인 줄 알았어!"

웃기려고 하는 말이었을까? 나는 웃지 않았다. 슬펐지만 겉으로는 무표정하게 있었다. 중학교에 가서도 별반 달라지지 않았다. 마음을 나눌 만한 친구가 없었다. 아니, 친구를 찾기 위해 발 벗고 나설 힘이 없었다. 집안 형편이 기울수록 그미의 악다구니는 더욱 심해졌다. 그미의 말에 의하면, 나는 악마이고 죽거나 망해야 할 계집년이었으므로 누군가와 얘기를 나누어서도 안 되었다. 내 옆에 앉은 짝과 앞뒤에 앉은 아이들은 나만 빼고 자기들끼리 대화했다. 나는 전혀 상관하지 않는 척했다. 무표정하게 앉아 있다가 수업을 마치면 나왔다. 하루에 한 마디도 하지 않은 적도 많았다. 중학교 2학년이 되어서도 비슷했다. 그렇다고 공부를 유난히 잘했던 것도 아니었다. 성적은 늘 상위권이어서 무리 없이 인문계 고등학교에 합격할 수 있을 정도였다. 성적이 간당간당한 아이들은 부모님을 모시고 와야 했지만, 나는 그러지 않아도 되었다. 그러나 특출한 것도 아니었다.

버스에서 내려 가파른 언덕길을 15분 정도 올라가서는 다시 서른 개 정도 되는 계단을 밟고 올라가야 교실이 나왔다. 계단 끄트머리쯤 새장이 있었다. 꾀꼬리와 앵무새와 공작새가 있는 그곳을 천천히 들여다볼 여유가 없었다. 나는 늘 고개를 아래로 처박고 걸었고, 그 무엇이 나타나더라도 좀처럼 고개를 들지 않았다.

중학교 2학년 때였다. 담임선생님은 국어를 가르쳤는데, 첫 시간에 이렇게 고백하셨다.

"나는 사실 국어국문학과를 나온 게 아니란다. 교육학과를 나왔는데, 이렇게 국어를 맡게 되었어. 하지만 열심히 가르칠 테니까 모르면 언제든지 질문하렴. 우리 함께 잘해보자."

그 솔직함이 좋았다. 우리 반 아이들 모두 선생님을 잘 따랐다. 선생님은 우리를 집으로 초대하기도 했다. 미혼이셨던 선생님은 학교 뒤편, 지붕 낮은 집에서 부모님과 함께 살았다. 선생님이 거주하는 방에는 무수한 책들이 쌓여 있었다. 아이들한테 한 권씩 빌려주기도 하셨다. 나는《나의 라임오렌지나무》를 받아 들고 신나하면서 집으로 돌아왔다. 일주일 뒤 그 책을 돌려드렸는데, 도시락에 싼 김칫국물이 엎질러져 책 귀퉁이를 벌겋게 물들인 채 드린 기억이 난다. 선생님은 괜찮다며 웃었지만, 나는 부끄러워서 얼굴이 달아올랐다. 어느 날, 하교를 앞두고 선생님은 나를 살며시 불러내어 손에 뭔가를 쥐여주셨다. 선생님께 처음으로 받은 선물이었다. 가슴이 콩닥콩닥거렸다. 집에 돌아오자마자 펴보았다. 손수 만든 것이 분명해 보이는 노란 꽃무늬 봉투에 분홍색 리본이 달려 있었다. 리본을 풀어야 내용물이 보이게 되어 있었다. 끈을 살짝 잡아당겨 펼쳤다. 편지와 함께 볼펜 한 자루가 있었다. 빨간색 볼펜인데 꼭지가 독특했다. 손을 활짝 편 모양이었다. 편지 내용은 이러했다.

> 시아야, 손을 편다는 게 어떤 것인지 생각해보렴. 손을 펼 때 뜻한 대로 많은 일들을 할 수 있어. 안락의자 알지? 안락의자가 되어보렴. 누군가가 편안히 앉을 수 있는 안락의자. 시아야, 넌 분명 그렇게 할 수 있을 거야.

그리고 돛단배가 한 척 그려져 있었다. 어디로 가는 배인지는 모르겠지만, 희망의 돛을 단 게 분명했다. 나는 울었다. 머릿속이 박하사탕처럼 환해지는 느낌이었다.

선생님의 편지는 그 뒤 내 운명을 바꿔놓았다. 하루에도 몇 번씩 편지 내용을 떠올리고 또 생각했다. 손을 편다는 게 어떤 것일까. 안락의자가 된다는 것은? 단 한 번도 그런 생각을 해본 적이 없었다. 손을 편다는 것도, 안락의자가 되어야겠다는 것도. 그 당시 선생님은 교회를 다니고 계셨는데, 그 사실을 알고 부모님은 입을 삐죽거리셨다. 아버지는 다 좋은데 예수쟁이라서 안 좋다, 그러셨다. 나는 담임 선생님이 얼마나 좋은지, 그런 선생님을 만난 게 얼마나 큰 행운인지 주장했지만 통하지 않았다. 언젠가 한번은 우리가 너무나 시끄럽게 떠들어서 다른 반 선생님으로부터 항의가 들어왔다. 우리는 단체로 벌을 받아야 했다. 책상 위로 모두 올라가서 무릎을 꿇고 앉았다. 항상 생글생글 잘 웃으시던 선생님이 몽둥이를 들고 오셨다. 어색하기 이를 데 없었지만, 우리는 모두 고개를 숙이고 있었다. 선생님은 우리를 때리지 않았다. 자신의 손바닥을 세차게 때리며 울었다. 너희들을 잘못 가르친 내 잘못이다. 우리는 모두 울면서 용서를 빌었다.

그 이전에도 그 이후로도 두 번 다시 못 만날 선생님은 여름방학이 시작되기 직전에 학교를 그만두고 말았다. 결혼해서 남편과 일본으로 유학을 간다고 들었다. 우리는 선생님의 결혼식이 거행되는 교회 예배당 2층에 가서 준비해 온 색종이를 뿌렸다. 나는 봉지째 들고 마구마구 뿌렸다. 그게 당시 내가 해드릴 수 있는 유일한 것이었다. 선생님은 활짝 웃었고, 행복해 보였다. 그다음부터 선생님은 내 마음 속에서 늘 나와 함께했다. 언제 어디서든 그랬다. 손을 펴고, 안락의자가 되자고 스스로 속삭였다. 손을 펴야만 물건을 잡을 수도, 누군가의 손을 잡을 수도 있다는 사실을 서서히 깨달아가고 있었다.

17 / 49
너무나 다행한 일

중학교 3학년 때 선생님은 구레나룻이 긴 특이한 외모를 가진 분이셨다. 젊은 축에 속했지만, 정확한 나이는 잘 몰랐다. 국어 과목을 담당하셨고, 키가 좀 작으셨다. 남아서 자율학습을 하던 어느 날, 갑자기 정전이 되었다. 아이들은 환호성을 질렀다. 담임선생님이 뚜벅뚜벅 걸어오더니 다들 책가방을 챙겨서 나가라고 했다. 신나기 이를 데가 없었다. 우리는 가방을 싸면서 떠들어댔다. 담임선생님이 막대기로 단상을 후려치면서 조용히 하라고 엄포를 놨다. 우리는 그렇게 하나둘씩 교실을 벗어났다. 제일 마지막으로 내가 나갈 때, 나도 모르게 뒤뚱거리며 선생님 쪽으로 몸이 쏠렸다. 선생님은 아주 거칠게 내 어깨에 막대기를 갖다 대고 조심하라고 말했다. 내가 일부러 그랬다고 생각했던 걸까. 나는 얼굴이 빨개졌다. 나는 흡사 탁자가 흔들리면서 쓰러지기 직전인, 물이 담긴 컵이나 주전자 같았다. 쏟아지면 귀찮은 존재였다. 얼른 가거라. 어서! 선생님은 내 기분 따위는 아무런 상관도 없다는 듯 신경질적으로 말했다. 나는 후다닥 교실을 뛰쳐나갔다.

역시 중학교 때였다. 시청 뒤 13평짜리 서민 아파트에서 15분 정도 걸어서 뒤편으로 가면 철로가 있었다. 철로를 죽 걸어서 30분 정도 더 가면 어시장과 청과시장이 있었다. 시장통 한쪽에 아버지가 다니던 용달차 사무소가 있었다. 개인 용달이었던 아버지는 하루 종일 그곳에 머무르면서 손님이 부를 때까지 장기를 두곤 했다. 언니와 나는 자주 시장에 놀러 갔다. 시장으로 가기 전, 좁은 골목이 있고 다닥다닥 붙은 판잣집에 그미의 친구인 아줌마가 사셨다. 혼자 사는 분인데, 아이들은 장성해서 바깥에 나가 있다고 들었다. 아줌마는 우리 옆집을 자주 드나들면서 간혹 우리 집에도 놀러 오곤 했다. 우리 옆집은 그 아줌마의 남자 친구인 사장님이 사는 곳이라고 들었다. 화통하고 쾌활한 아줌마는 한 번씩 그미를 따라 판잣집으로 찾아가면 아주 반가워하며 맛있는 과자를 잔뜩 주시곤 했다. 그미는 때때로 이런 말을 했다. 그 남자는 유부남이야. 저 옆집에는 가끔 오곤 해. 그런데 그 친구 자식들도 그 남자가 유부남인 걸 알지.

알아도 다 이해해. 내가 만약 그런 짓을 하면 너희 두 년들은 나를 사람 취급도 안 할 테지. 그 집 아이들은 참 착해, 자기 엄마가 무슨 짓을 해도 다 이해해준단 말이야. 중학생이었던 나는 그 말을 어떻게 받아들여야 할지 도무지 알 수가 없었다. 이다음에 그미가 무슨 일을 저질러도 다 이해해야 한다는 뜻인지, 엄마의 친구를 그 자식들처럼 이해해야 한다는 것인지, 이도 저도 아니면, 나는 그미를 잘 이해하지 않는 나쁜 아이라는 것인지 종잡을 수 없었다.

그날도 시장에 갔다가 집으로 가는 길이었다. 맞은편에서 열 명도 넘는 한 무리의 남자아이들이 걸어오고 있었다. 고등학생 정도는 되어 보였다. 무리의 제일 앞에서 걷는 아이는 좀 작았다. 키는 작았지만, 대장인 듯했다. 그 옆에서 걷던 아이가 나를 가리키며 대장한테 말했다.

"저 애 어때요? 한번 먹을까요?"

대장이 나를 흘낏 쳐다봤다.

"에이, 비린내 나는 잔챙이잖아. 저런 것은 맛없어. 그냥 가자."

우리 옆을 바로 스쳐 지나가면서 나눈 대화였다. 언니와 나는 잽싸게 뛰어 그곳을 빠져나왔다. 얼마나 놀랐던지 가슴을 몇 번이고 쓸어내렸다. 레일 위로 걸으며 누가 오래 걸을 수 있는지 내기하던 그곳을 그 뒤로는 잘 가지 않게 되었다. 시장에 갈 일이 있으면 일부러 차가 다니는 큰길로 돌아서 갔다. 그때, 대장이 그렇게 말해준 것이 너무나 다행한 일이었긴 했다.

18 / 49
아버지는 말없이 고개를

고등학교 2학년 때였다. 현관을 들어서자 낯선 신발들이 꽤 많이 보였다. 좁은 현관에 서로 겹쳐 아무렇게나 포개져 있는 신발을 보니, 말문이 막힐 지경이었다. 우리 집에 손님이 이렇게 많이 찾아온 적은 없었는데 무슨 일이람, 나는 속으로 투덜거렸다. 슬며시 열린 방문을 향해 다녀왔습니다, 라고 힘없이 인사하고 내 방으로 갔다. 아버지가 이쪽으로 오라고 불렀는데 모른 척했다. 한 번 더 강력하게 불렀다면, 아마 갔을 것이다. 웅성거리는 소리들이 못마땅해서 숨죽인 채 있었다. 이윽고 손님들이 돌아가는 낌새가 느껴졌다. 나와서 인사를 했지만, 숙인 고개를 들지 않았다.

웬일인지 그미는 조용하게 움직이고 있었다. 나를 부르지도 않았다. 방을 재빠르게 닦고 아버지가 누울 자리를 폈다. 내의만 입은 아버지가 누웠다. 아버지가 누운 채 다시 오라고 해서 곁으로 갔다. 아무 말 없이 왼손을 내미셨다. 놀라웠다. 아무 말도 못 하고 신음 소리만 냈다. 아버지 손가락이 울퉁불퉁했다. 마디마다 붕대가 감겨 있었다. 필시 큰 사고가 난 게 분명했다. 아버지, 손이 왜 그래요? 사고 났어요? 아버지는 말없이 고개를 끄덕였다. 그러니까 시장 통에서 장사하는 아줌마들을 태웠는데 인원을 초과해서 태운 데다, 접촉 사고가 나서 날아오는 유리 파편에 손을 다쳤다고 했다. 좀 전에 가셨던 분들은 사고 날 때 함께 차를 타고 있던 시장통 아줌마들이었다. 아줌마들이 아무도 다치지 않아서 천만다행이라고 말하며 아버지는 애써 웃었다. 두 눈을 휘둥그레 뜨고 있던 나를 안심시키려는 눈치였다. 나는 울었다. 그런 줄도 모르고 아버지가 오라고 했을 때 모른 척했다. 많이 아프죠? 붕대 감긴 손가락을 살며시 쓰다듬으며 말했다. 아버지는 희미하게 웃으면서 조금 아팠어, 바늘로 꿰맸으니까 괜찮아, 라고 하셨다. 그미가 얼음주머니를 갖고 왔다. 아프면 얼음을 쥐고 있으면 된다고 병원에서 일러줬다고 했다. 아버지가 두 눈을 감으며 같은 말을 몇 번이고 되풀이했다. 다행이다 그만했으니. 그미는 아버지 쉬시게 나더러 일어나라고 눈짓을 했다. 차도 병원에 갔어. 고치려면 며칠 걸린단다. 그미가 내 등 뒤에 대고 말했다.

아버지는 오랫동안 사장님이셨다. 내가 세 살이 되던 해에 벽돌과 블록을 만드는 공장을 차리셨다고 했다. 어릴 적, 나는 공장에서 자주 놀았다. 벽돌을 쌓아놓은 안쪽에 아지트를 마련해서 동네 동생뻘 되는 아이 두엇과 소꿉장난을 했다. 그러다가 아버지가 1톤 트럭에 벽돌을 실을 때면 작은 손으로 한 개, 두 개씩 날랐다. 작은 힘이더라도 보탤 수 있다는 게 자랑스러웠다. 초등학생 무렵에는 아예 실장갑을 끼고 날랐다. 아버지는 먼 곳에 배달하러 갈 때, 언니와 나를 태우고 갔다. 경제속도를 지켜야 기름값을 절약할 수 있다며, 시속 60킬로미터를 넘지 않으셨다. 모든 차들이 우리 차를 추월해 지나갔지만 괜찮다고 했다. 아버지가 짐을 내리는 동안 언니와 나는 개울가에서 발을 담그고 놀았다. 돌아오는 길에는 발을 말리느라 앞 유리에 밀착해서 발을 올린 채 노래를 불렀다. 아버지는 나보고 운전대를 잡아보라고 시키기도 했다. 아버지는 한쪽 손으로 핸들을 잡고 있고, 나는 몸을 최대한 왼쪽으로 기울여서 핸들을 잡았다. 언젠가는 나도 운전을 할 수 있을 거라고 생각하며 뿌듯해했다. 간혹 그렇게 하다가 아버지가 깜빡 졸았다며 고백을 하곤 했다. 네가 핸들을 잡고 있어서 살았다고 하셨다.

너는 커서 사업하는 남편 만나지 마라, 회사원이 제일이다. 그미는 늘 이렇게 말했다. 아버지 사업은 기복이 심했다. 내가 초등학교 들어가기 전만 해도 가정부를 한 명 둘 정도로 유복했던 것 같다. 이후에 작은아버지와 함께 사업을 하면서 우리는 알거지가 되었다. 기억 속 한 장면이 떠오른다.

작은아버지와 아버지가 언성을 높이며 큰 소리가 오가더니 집 앞마당에서 뒹굴며 싸웠다. 숙모와 그미와 언니와 내가 다 있는 곳에서 그렇게 멱살을 잡고 한데 뒤엉켜 있었다. 나는 고함을 지르고 울었다. 아마도 일곱 살 때였을 것이다. 나중에 들은 바로는, 작은아버지가 아버지를 찾아와서 터를 옮겨서 같이 사업을 하자며 간곡하게 설득했다고 한다. 그래서 우리는 이사를 했고, 아버지는 '형제상회'라는 간판을 내걸고 작은아버지와 사업을 같이 하게 되었다. 부모님을 모시고 6남매를 키우던 작은아버지는 늘 돈이 궁했던가 보다. 공장을 하면서 아버지 몰래 돈을 빼돌렸다고 했다. 그걸 알게 된 아버지가 돈을 내놓으라고 하니 발뺌을 했다는 것이다. 몇 달 뒤 사업을 청산했을 때, 어찌 된 일인지 우리 수중에는 돈이 하나도 없었다. 제법 있던 재산들은 법을 잘 아는 영리한 작은아버지가 차지해버린 뒤였다. 그래서 갑자기 대구로 이사를 했다가 다시 원래 살던 곳으로 와서 터를 잡기 시작한 것이다. 아버지는 선량했고, 신용이 좋았다. 외상을 잘해주었고, 정직했다. 그래서 다시 일어설 수 있었으리라. 다만 사람을 너무 잘 믿었다. 보증을 서주었는데, 상대방이 갚지 않아서 망했다고 들었다. 그리고 아버지는 용달차를 운전하게 된 것이다.

언니와 내가 한창 학교에 다닐 때니 가정을 건사하기 위해서 짊어져야 할 무게가 얼마나 무거웠을지 짐작이 간다. 사고 후 분명 아버지는 차를 몰기 힘들었을 것이다. 그런데도 꾹 참고 일하러 나가셨다. 일거리가 없을 때는 장기를 둬서 이긴 돈으로 사 왔다며 자주 귤을 가지고 오셨다. 우리는 주먹 크기만 한 큰 귤을 까먹으며 웃었다. 장기 하나는 최고라며, 그미는 못마땅함이 섞인 묘한 말을 뱉기도 했다.

아버지는 점점 야위어갔다. 볼이 옴폭 들어가고 간혹 신경질도 부리셨다. 허리에는 늘 파스가 붙어 있었다. 한번은 고등학교 1학년 때, 내 친구가 자취방 짐을 옮기려고 아버지 용달차를 이용한 적이 있었다. 그때 나도 거들었는데 아버지는 웬일인지 부아가 나 있었다. 좀 더 친절하면 좋을 텐데, 나는 속이 상했다. 지금 생각해보면 아버지는 그때, 맞지 않은 일을 했던 거였다. 공장을 운영할 때의 모습과 판이한 아버지. 고단하고 자주 접촉 사고가 나고 늘 어깨가 처지고 등이 휘어 있던 아버지의 뒷모습이 기억난다.

19 / 49
아사와 상퐁정

고등학교 입학한 후 얼마 되지 않은 날이었다. 시조 백일장 대회에 지원했다. 참여 학생들은 모두 집결해서 용두산 공원까지 전세 버스로 이동했다. 시인으로 알려진 선생님이 우리를 인솔했다. 주제는 '탑'이었는데, 뭐라고 써야 할지 도통 생각이 나지 않았다. 쩔쩔매는 나를 보고 선생님이 세 구절 정도를 써주셨다. '천년 기운이 옥개석을 돌고 돌아……' 이런 구절이었는데 선생님이 써준 그대로 옮기다가 그만 '옥개석'을 '목개석'이라고 잘못 적었다. 사실, 옥개석이 뭔지 몰랐으니 목개석이라고 적었다 한들 그게 그거였다. 그래도 약간의 부당한 기대를 했었다. 선생님이 손봐주셨으니 상 하나쯤이야 하는 생각이 든 것이다. 수상자 명단에 없다는 것을 확인하니 오히려 홀가분했다.

그 대회에서 건진 게 있다면, 아사였다. 아사와 나는 다른 반이었는데, 그날 대회에 나가서 알게 되었다. 몇 마디 말을 나누면서 우리는 친구가 되었다. 아사는 남해 지방에서 유학을 왔다. 병원에서 근무하는 언니와 같이 산다고 했다. 그 후로 자주 자취방에 놀러 갔다. 차를 마시며 수다를 떨곤 했다. 아사도 우리 집에 가끔 와서 그미가 차려주는 밥을 먹었다. 같은 반이 아니어서 아쉬웠지만, 쉬는 시간에 얼른 달려가 편지를 주고받으며 그리움을 달래곤 했다. 아사는 내가 지어준 애칭이자 호였다. '아끼고 사랑하는 친구'의 줄임말이었다. 아사는 나를 '상퐁정'이라고 불렀다. '항상 퐁퐁 솟아나는 우물 같은 친구'라는 뜻이라고 고민해서 붙여준 호칭이었다. 우리가 주고받은 편지는 100통이 훨씬 넘는다. 나는 지금까지 이 편지들을 고스란히 간직하고 있다.

아사는 주로 소설을 썼는데, 굉장히 그로테스크했다. 낡은 오두막 2층 방에서 긴 머리의 백발 여자가 한 나그네를 100년 동안 기다리고 있다는 글을 썼다. 어떻게 그런 생각을 할 수 있는지 신기하기만 했다. 나도 소설을 쓰긴 했는데, 지금 생각하면 엉뚱하기 그지없다. 한 남자가 결혼해서 아들 둘을 낳았는데, 어느 날 여자가 바람이 나서 가출을 해버린다. 두 아들 중 하나는 군대에서 사고로 죽는다. 나머지 아들은 똑똑하고 재능이 뛰어났지만, 대학을 다니다가 그만 병을 얻어 정신병원에 입원 중이다. 남자는 실의에 빠졌지만, 동네 사람들의 온정에 힘입어 재기한다. 몸으로 하는 일이라면 뭐든 가리지 않고 부지런하게 한 덕분에 몇 마지기의 논이라도 장만하게 된다. 그러다가 마음 맞는 여자를 만나 재혼한다. 애교 많고 음식 솜씨가 좋은 여자와 함께 사는 맛에 즐거워하던 것도 잠시였다. 여자는 전 재산을 가지고 도망가고 만다. 남자는 좌절하고, 하루하루를 마지못해 버텨낸다. 세월이 지나 남자는 이제 노인이 되었다. 오랫동안 연락이 없던 아들한테서 소포가 왔다. 풀어보니 겨울 점퍼였다. 동봉된 편지를 읽었다. 정신병원에 있다가 퇴원해서 막일을 하고 있는 중이라고 했다. 사흘 뒤 집에 도착할 것이라고 했다. 소설의 제일 첫 구절은 동이 틀 무렵 주인공 허 노인이 언덕 위에 올라가 있는 장면이다. 노인은 평판이 좋지 않은 뒷집 아들이 술에 취해 걸어오는 것을 보고 있다. 이제 사흘 후면 아들이 올 것이다. 허 노인은 그 말을 자꾸 되뇌고 있다. 마지막 장면은 첫 장면과 이어진다. 언덕을 내려와서 다시 혼자 사는 집으로 들어선다. 쌀을 씻어 안치고 자배기에서 김치를 꺼내어 썬다. 아들이 오기 하루 전날에는 읍에 나가서 아들이 좋아하는 반찬이라도 사고 미역국이라도 끓여줘야겠다고 생각한다. 아들이 보내온 겨울 점퍼가 따뜻하다. 올겨울은 문제없을 것이다.

그렇게 마치는 소설인데, 이 100자 원고지 60매 정도 되는 소설을 완성하자마자 나는 겁 없이 국어 선생님을 찾아갔다. 원고지를 묶지도 않고 너덜거리는 그대로 들고 가서 건네드렸다. 도대체 어디에서 그런 용기가 난 것일까. 며칠 뒤, 선생님은 단편소설은 짧은 분량 안에 인생을 전부 담아야 하는 게 아니며, 단편소설의 골격에 맞춰야 한다고 충고해주셨다. 그래도 어디 공모전에 내보라고 하셨다. 원고지는 선생님 손을 거쳐 잘 묶여 있었고, 그렇게 말을 들은 것만으로 만족했다. 그 원고는 수십 년 동안 그대로 서랍 속에 담겨 있다. 신기한 것은 지금도 허 노인은 어슴푸레한 새벽빛을 받으며 나무 아래에 서 있다는 사실이다.

아사와 나는 그 이후로도 죽이 잘 맞아서 몇몇 백일장을 함께 나가기도 했다. 둘 다 함께 상을 받았던 기억은 없다. 한 번은 아사가, 한 번은 내가 받았다. 백일장에서 우리는 둘 다 시를 썼다. 한번은 용마산 공원 백일장에 나갔는데 주제가 '허수아비'였다. 아사는 꽤 큰 상을 받았다. 돌아오면서 도대체 어떻게 썼길래 상까지 받았냐고 물어보았다.

"허수아비잖아. 대개 허수아비는 논에 있는데 그렇게 생각하면 재미가 없어. 아무도 떠올리지 않는 곳에 허수아비를 세워두는 거야. 감히 상상할 수 없는 곳에 허수아비를 세워놓으면 글이 나와. 나는 사막에 허수아비를 세워두고 시를 썼어."

아사는 내가 미처 가보지 못했던, 아니 갈 생각조차 하지 않았던 곳에 도달한 것이 분명했다. 그곳은 황량하지만 수런거리는 바람이 불고, 갖가지 색깔의 무수한 꽃이 달린 아름드리나무가 서 있는 곳이리라. 그날부터 아사는 꼭 시인이 될 거라고 믿었다.

20 / 49
스카버러의 추억

고3이 되고부터 아사와 나 사이를 오가던 편지는 뜸해졌다. 2학년 때만 해도 나는 자퇴하고 싶었다. 종종 입에 그 말을 올렸는데, 아사는 맞장구를 쳐주는 듯했지만, 단호하게 결론을 내리며 말했다. 2년만 참자. 딱, 2년만. 편지에서도 이렇게 나를 달랬다. '2년만 참자. 자꾸 2년, 2년 하니까 무슨 욕 같다. 그치?' 그런 아사와 어쩌다가 소원해졌을까.

진지하게 서로의 마음을 털어놓지는 않았지만, 우리는 둘 다 같은 꿈을 꾸고 있었다. 갑자기 아무 말도 남기지 않고 이 세상을 날아가고 싶었다. 한번은 아사가 집에서 목을 매달려고 하는 것을 보고 말렸다며 언니가 은근히 내게 털어놓은 적이 있었다. 그때, 나는 놀라는 척했지만 속으로는 역시 나보다 한발 더 앞서는 아사한테 경탄하고 있었다. 그렇지만 우리의 편지 내용은 지극히 온건했다. 견디고 이겨

내자는 격려가 담긴 글들을 주로 주고받았다. 언젠가 아사는 작은 표주박 위에 '극기(克己)'라는 글을 칼로 파내어 검은 색깔로 색깔까지 입혀서 준 적이 있었다. 우리는 사실, 날마다 죽음을 극기하고 있었다.

아사와 연락이 소홀해진 틈에 많은 일들이 있었다. 나는 별로 관심도 없이 점수가 맞는 대로 지원했던 축산학과에 다니다가 석 달 만에 그만두었다. 그리고 아사가 재학 중인 것도 모르고 간호대에 입학했다. 학보사에 있다가 총학생회로 적을 옮겼던 아사는 갑자기 더 이상 학교에 오지 않았다. 그 전날만 해도 우리는 커피숍에서 만났었다. 당시 학보사에 있던 나는 책상 서랍을 열었다가 아사가 모자 한 개와 작은 노트를 남겨둔 것을 발견했다. 모자는 빌렸는데 수고스럽겠지만 그 사람에게 돌려주라고 했고, 노트는 내가 간직해달라고 했다. 유려한 필체로 빽빽하게 써 내려간 자작시 노트였다. 아사는 그 즈음해서 학보사 주관 백일장에서 〈구토〉라는 시로 장원을 했었다. '면도칼을 꽂아둔 생의 한가운데 / 누가 치웠을까 / 순간 해일처럼 구토가 일었다'라고 끝나는 시였다.

나는 아사를 원망했다. 가려면 같이 갈 것이지, 혼자 그렇게 탈출에 성공하면 어쩌란 말인가. 못내 아쉬웠다. 아사의 언니한테 가서 위로의 말을 건넸지만, 실제로는 거짓 위로였다. 속이 뒤틀릴 만큼 아사가 부러웠고, 나도 곧 탈출해야겠다고 다짐하고 있었다. 그렇게 사라진 일주일 뒤, 아사한테서 전화가 왔다. 반가운 마음에 어디냐고 물었더니 야영장인데, 꼭 돌아갈 거라고 했다. 잘 지내라고 말하는데 끊겼다. 목소리가 밝았다. 아마도 꿋꿋이 살아내리라. 성큼, 놀랄 만큼 자라서 돌아오리라. 나는 그렇게 믿었다. 우리가 다시 만날 때까지 10년의 공백이 있었다.

오랜 세월이 지난 다음, 동해안으로 여행하는 차 안에서 아사가 말했다.

"저 라디오 음악 말이야. 사이먼 앤드 가펑클의 〈스카버러의 추억〉. 저 음악 때문에 간 거야. 데모가 일상이던 그때, 2학년 때. 왜 그 잔디밭 있잖아. 학교 잔디밭에 누워 있었는데 교내 방송으로 이 음악이 나오는 거야. 음악을 들으며 눈을 감고 있었어. 노래가 끝날 무렵 갑자기 벌떡 일어났지. 그리고 교문을 벗어났어. 두 번 다시는 교문 안으로 들어서지 않겠다고 결심했고, 그대로 실행했지."

한 남자의 아내로 세 명의 아이를 키우고 있고, 그 아이들마저 스무 살을 훌쩍 넘긴 아사가 말했다. 그러니까 저 음악 때문이었구나. 나는 말없이 고개를 끄덕였다. 그럴 수 있었다. 저, 속삭이는 듯한 노래만 아니라 시시각각 표정을 바꾸는 구름 때문에, 은목서 향기 때문에, 비뚜름한 벤치의 그림자 때문에 그랬다고 해도 나는 고개를 끄덕였을 것이다. 우리의 방황은 건잡을 수 없을 만큼 자라났고, 아픔도 그러했다. 제대로 아프기 위해 길을 떠났던 아사와 나. 우리는 왁자지껄하게 웃으며 손을 잡았다. 동해 물결이 전속력을 다해서 육지로 돌진하고 있었다. 그 거센 물살이 허연 거품을 입에 물고 자꾸만 기절하고 있었다.

21 / 49
진작 질렀어야 하는

13평 작은 집에 살 때, 유난히 자주 왔던 친척이 있었다. 막내 이모와 이모부는 그 당시 왜 그리도 우리 집을 자주 찾아왔던 걸까. 어느 날, 집에 가니 얼굴을 모르는 손님이 와 있다가 나한테 지폐를 내밀며 담배를 한 갑 사오라고 시켰다. 그때만 해도 미성년자 판매 제한 조치가 그렇게 심하지 않았나 보다. 나는 아무 생각도 없이 시키는 대로 담배를 사다 드렸다. 그분이 이모부였다.

좁은 집에서 이모부는 며칠씩 묵기도 했다. 여유 방이 없어서 딱한 집에서 이모부는 부모님 사이에 껴서 몇 밤을 자기도 했다. 직업군인이었던 이모부는 인근에서 승진을 위한 교육을 받는다고 했다. 추운 날씨에 두꺼운 이불을 깔아놓고 언니와 나는 책을 읽고 있었다. 이모부가 내 곁에 앉아서 열심히 읽는다고 칭찬해주었다. 그러면서 이불 아래로 손을 뻗어 내 다리를 만졌다. 처음에는 친근함의 표시라고 생각했는데 느낌이 이상했다. 장딴지 아래를 만지다가 허벅지까지 만졌다. 그러면서 언니와 그미와 웃고 떠들었다. 한쪽 손으로는 계속 내 허벅지를 만지면서 아무렇지도 않게 얘기를 나누고 있었다. 이상한 느낌이 들었지만, 뭐라고 할 수 없어 가만히 있었다. 박차고 자리를 일어나면 안 될 것만 같았다. 그다음부터가 더 문제였다. 이모부는 이제 노골적으로 나를 만지고 내 몸을 훑곤 했다. 능글맞게 그렇게 한 후 다 너를 좋아해서 그러는 거야, 라고 했다. 나는 그 말을 믿었다. 어떻게 하는지도 모르고 일방적으로 입맞춤을 당하기도 했다. 온몸이 화끈 달아오르고 감미롭기도 했다. 좁아터진 공간에서 행해진 은밀한 행각은 관심을 갖고 보면 이내 들통날 법했다. 그미는 왜 적극적으로 나서서 막지 않았을까. 뒤에서 내 등을 껴안고 무수히 입술을 갖다 대며 은밀한 감각을 즐겼던 이모부한테 어느 순간 나는 모든 것을 바쳐야겠다고 결심했다. 이모부가 죽으라고 하면, 죽을 수도 있었다. 어디로 가자고 해도 다 따라나설 각오도 했다. 몇 달 뒤 수상한 낌새를 눈치챘는지 그미가 이모부를 더 이상 오지 못하도록 해야겠다고 말했을 때, 언니와 나는 펄쩍 뛰었다. 무슨 소리냐고 항변했다. 세상에서 가장 달콤하고 부드럽고 더없이 매력적이고 든든한 유일한 사람이 바로 이모부였다. 지금 생각해보면, 언니와 나는 번갈아가며 그렇게 성희롱을 당했으리라.

그 쾌락이 달콤한 만큼 죄악이라는 사실이 뼈아프게 다가왔다. 우리는 근친상간을 하고 있었을까. 이모부는 내 위에 올라타서는 이렇게 말했다. 내가 네 안에 들어갈 수도 있지만, 차마 그렇게는 못 하겠다. 나는 그게 무엇인지 정말 몰랐지만, 정신이나 육체는 완전히 무방비 상태였다. 나한테 어떤 짓을 해도 나는 그게 무엇인지도 모르고 받아들였을 것이다. 이모부는 금반지를 하나 사주면서 정표라고 말하기도 했다. 이모부한테는 세 명의 아이들이 있었는데, 이제 막 글을 깨치는 큰딸이 있었다. 나한테 외사촌이 되는 그 아이한테 내 이름을 알려주고 쓰게 했다고 하며 내 손을 만지작거렸다. 너를 아주 작게 만들어서 늘 호주머니에 넣어 다녔으면 좋겠어. 이런 말을 들을 때마다 온몸이 후끈 달아올랐다. 이 모든 것을 열일곱 살짜리 여자아이가 수긍했다고 올바른 관계라는 것이 성립될 수 있을까. 돌이켜보건대, 그 당시 나는 합리적인 생각을 아예 하지 못했다. 이모부가 그렇게 하는 것이 정당하다고 믿었다. 마치 세뇌당한 것처럼 나를 사랑하고 있다고 믿었다. 그러면서도 묘하게 가슴이 아팠다. 그나마 갈라지고 터진 양심이 괜찮아질 때는, 이모부는 친척이 아니라고 명시된 사회 참고서를 볼 때였다. 몇 달 뒤, 그미와 함께 이모가 사는 도시에 가서 1박을 했다. 텔레비전을 보면서 이모와 이모부는 내가 보는 앞에서 진하게 애무를 했다. 모든 게 혼란스러웠다.

당시 30대였던 이모가 이상한 기운을 눈치챘을 만도 하다. 이모는 나를 불러서 조곤조곤 얘기를 꺼냈다. 이모부 바람기가 장난이 아니어서 힘들게 살았다는 것, 언젠가 그것 때문에 자살하려고 약까지 먹으려다가 극적으로 발견되기도 했다는 것, 이모부가 말하는 것을 곧이곧대로 믿으면 안 된다는 것까지. 나는 어쩌면 울면서 그 얘기들을 들었던 것 같기도 하다.

다행히 이모부는 승진 교육을 더 받지 않아도 되었고, 우리 집에 머물지도 않았다. 그 모든 악몽이 비로소 끝난 것이다. 나는 도대체 사랑이 무엇인지, 어떤 것인지, 전혀 짐작할 수 없었다. 시작하기도 전에 이미 끝난, 낡고 빛바랜, 쓸모없는 천 조각을 걸쳤다가 벗어버린 느낌이었다. 그로부터 5년 뒤, 이모부는 다른 곳에 가면서 우리 집에 잠시 들린 적이 있었다. 이모부가 왔을 때 마침 집에는 아무도 없었다. 이모부는 익숙한 손놀림으로 내 엉덩이를 만졌고, 나는 반사적으로 몸을 빼내며 고함을 질렀다. 예전에 진작 질렀어야 하는 고함을 그때 겨우 지른 셈이다. 이모부는 무안해하며 문을 열고 나갔다. 나는 인사조차 하지 않았다.

또 다른 먼 친척도 있었다. 30대에 아직 미혼이었던 그 오빠도 무슨 일인지 한때 우리 집에 자주 찾아왔다. 언젠가 내가 샤워하고 있는데 오빠 목소리가 들려왔다. 욕실 문을 잠근 채 안에서 인사를 했다. 마침 집에는 그미가 있다가 잠깐 나간 상태였나 본데, 오빠는 별안간 문손잡이를 돌리면서 제발 한 번만 문을 열어달라고 했다. 제발, 한 번만. 제발. 그 소리가 하도 간절해서 문을 열어주지 않으면 안 될 것만 같은, 그러지 않으면 문을 부술 것만 같은 느낌이 들 정도였다. 너무나 두려워서 황급하게 샤워를 끝내고는 숨소리까지 죽인 채 그대로 틀어박혀 있었다. 제발, 제발, 제발을 외치던 소리가 그치고 거의 30분이 넘도록. 아니, 한 시간이 넘도록 기다렸다. 그리고 살그머니 문을 열어보았다. 다행히 오빠는 가고 없었다. 모든 충동은 얼마나 기막힌 순간에 여지없이 허리를 낚아채는가. 그 어떤 해괴한 욕망이 우리를 인간답지 못하게 이끄는가. 그다음부터 그 오빠를 한 번도 보지 못했다.

22 / 49
너는 단락도 모르니?

한동안 극심한 발표 공포증이 있었다. 원래부터 그런 것은 아니었다. 어떤 사건 때문이었다. 중학교 2학년 하반기에 담임선생님이 결혼과 동시에 학교를 그만두는 바람에 국어 선생님이 바뀌었다. 새로 오신 선생님은 키가 크고, 핸섬했다. 단연 인기가 하늘을 찔렀다. 아이들은 국어 선생님한테 잘 보이기 위해 갖은 애를 다 썼다. 티 나게 그렇게 하는 아이들이 있었고, 조용히 혼자 좋아하는 아이들도 있었다. 나는 후자에 속했다. 어느 날, 선생님은 국어책을 펼쳐서 한 단락씩 읽어보라고 했다. 내 차례가 되자 나는 씩씩하게 읽어가기 시작했다. 그러다가 나도 모르게 단락을 넘기고 말았다. 선생님이 매몰차게 말했다.

"그만! 너는 단락도 모르니?"

아이들이 와아아 하고 웃었고, 나는 새빨개진 얼굴로 주저앉다시피 앉았다. 그날부터 시작되었다. 앞에서 발표하면 심하게 말을 더듬거리거나 고개를 들지 못했다. 앞으로 나가지 않고 제자리에서 책을 읽을 차례가 되어도 증상이 없어지지 않았다. 한 페이지를 읽는 데 5분도 넘게 걸렸다. 덜덜덜 떨었다. 내가 책을 다 읽고 자리에 앉으면 아이들도 덩달아 한숨을 내쉴 정도였다. 단락을 넘겨 읽고 난 이후로 치명적인 증상이 생긴 것이다.

그 선생님을 대학에 와서 다시 만났다. 선생님은 교양 국어를 담당했는데 일단 반가웠다. 내가 대표로 있는 문학 동아리의 지도 교수 승인을 위해 선생님을 찾아뵈었다. 중학교 때 국어 과목을 지도받았다고 하니, 그제야 선생님도 반가워하셨다. 그 이후 자주 찾아뵙고, 일정을 의논하고, 그 선생님을 대학 연합 문학 동아리의 세미나 강사로 초청하기도 했다. 많이 고쳤다고 여겼는데 막상 사회를 맡게 되자 예전의 그 버릇이 나오기 시작했다. 덜덜덜. 선생님은 갑자기 내 손에서 건네받은 듯 익숙하고 자연스러운 손짓으로 마이크를 쥐면서 사회를 대신하겠다며 선수를 쳤다.

세미나 직후 선생님께 내 오랜 발표 공포증에 대해 고백했다. 선생님은 그런 줄 몰랐다며, 미안해하셨다. 모르는 것이 당연하다고 고개를 끄덕였지만, 참 아이러니한 일이었다. 그 선생님을 이렇게 다시 만나다니. 선생님은 나를 좋게 보셨는지, 운동권의 주역이 되라고 하기도 하고, 사회서적 탐독을 위한 소모임을 개최해보라며 격려하기도 했다. 우리는 한 무리의 추앙하는 자들을 가지고 있지 않니? 지도자란 그런 것이지, 라고 선생님이 으레 그럴 것이라며 말했을 때 나는 깜짝 놀랐다. '한 무리의 추앙하는 자들'이라니, 나는 늘 왕따였고, 언제나 왕따였다. 동아리 대표가 된 것은, 워낙 지지부진하고 전체 인원수가 열 명도 안 되는 문학 동아리여서 얼떨결에 맡은 것뿐이었다. 나를 과대평가하는 듯한 말씀에 어안이 벙벙했다. 그런데 그 말이 두고두고 내 가슴에 남는 거였다. 나한테도 그런 매력이 있을까? 추앙까지는 아니더라도 누군가를 이끌 만한 힘이 있을까? 한 번도 생각해보지 못한 새로운 도전 같은 말이었다.

선생님은 당시 알고 지내던 선배와 내가 결혼하기를 원하셨다. 문학 전사들끼리 만나서 꾸준히 투쟁해야 한다고 했다. 내가 알던 선배는 다른 학교 국문학과 3학년이었다. 주로 문학 모임 때문에 만나게 되었는데 언제나 어디서나 민족 투쟁을 외쳤다. 참여시를 써서 학보사가 주관한 시 대회에서 장원을 하기도 했다. 그 영향인 듯 나도 광주 항쟁에 대한 시를 썼고, 학보에 실리기도 했다. 뭔가를 잘 알아서 그렇게 한 것은 아니었다. 그저 우쭐거려본 것에 불과했다. 사회와 민중에 대한 지식이 몇 권의 책으로 제대로 얻어질 리가 없었다. 하지만 가만히 있으면 안 되고, 뭔가를 해야 한다는 생각이 팽배해질 무렵이었다. 연일 최루탄이 쏟아지는 거리, 데모가 일상이 되던 때였다. 음악 학원을 하던 언니 몰래 민중 서적 모임을 학원에서 개최한 일이 있었다. 옮겨 다니며 하는 모임이라 딱 한 번 그렇게 했다. 아는 선배는 안기부원을 따돌리는 방법을 교육하기도 했다. 자신도 쫓기는 몸이라 한 군데 오래 있으면 안 된다고 했다. 그 모든 것이 스릴이 넘쳤다. 그 선배를 사랑했던가. 그 물음에 자신이 없다. 나는 사랑이 무엇인지 몰랐다. 다만, 환한 얼굴과 빛나는 눈으로 밥을 먹다 말고 민중의 역사와 민중 시, 우리가 해야 할 일들에 관해 말하던 그 선배를 기억한다. 선배와 다닐 때는 첩보 영화 속 주인공이 된 것처럼 늘 뒤를 돌아봐야 했지만, 그런 것이 좋았다. 우리는 왜 헤어졌던 걸까. 교양 국어 선생님은 한 학기를 마치고 안기부에 끌려갔다고 들었다. 그 즈음 선배도 체포되었다.

선생님은 어디로 갔는지 몰라서 찾아가지 못했지만, 선배한테는 두어 번 면회를 갔다. 자갈길과 낮은 터널을 통과해서 난생처음 교도소를 갔다. 수인 번호가 이육사하고 비슷하다며 웃었다. 흰 저고리와 바지를 입은 선배는 민중 시를 쓰는 펜을 놓지 말라며 비장한 얼굴로 마치 자신한테 다짐하듯 나한테 말했다. 얼마 안 가서 집행유예로 풀려나온 선배를 마중 나갔다. 선배의 아버님도 오셨고, 함께 간 김에 집까지 따라갔는데 선배의 형수가 나더러 과일을 깎아 보라고 했다. 서툴게 칼을 쥐어 껍질을 뚝뚝 끊으며 겨우 사과를 깎았다. 우리는 어쩌다 헤어지게 되었을까. 선배가 먼저 헤어지자고 했고, 나는 울었다. 내 집착이 싫었던 걸까. 내 사상이 그와 맞지 않았던 것이었을까. 선배와 헤어지면서 나는 다시는 운동권도, 시도, 글도 모두 다 하지 않겠다고 맹세했다.

23 / 49
이름도 모르는 곳으로

간호대를 다니기 전에 먼저 다닌 곳은 축산학과였다. 순전히 점수 때문이었다. 고만고만한 점수에서 갈 수 있는 학과라고는 그 정도가 다였다. 사실, 고등학교 2학년 때부터 공부를 포기했다. 문과냐 이과냐를 선택해야 했을 때, 언니와 그미는 말했다. 무조건 이과야. 문과는 취직이 안 돼. 나는 문과를 가겠다고 우겼다. 그러려면 집 나가! 그게 다였다. 그때, 집을 나오는 편이 차라리 낫지 않았을까. 전혀 맞지 않은 수학 1과 수학 2, 지구과학과 물리 1과 물리 2, 머리가 돌아버릴 지경이었다. 내가 얼마나 수리에 어두운지, 얼마나 국어에 목말라하는지는 중요하지 않았다. 학교에 보내놓고 나중에 취직시켜 봉을 빼겠다는 것이 부모님의 계산이었다.

공부를 하지 않은 대신 백일장을 기웃거렸다. 우리 집에서 하천을 건너 살던 시인 선생님 댁에도 자주 찾아갔다. 선생님은 사모님이 책이 너무 많아서 싫어한다면서 문학잡지를 한 아름 안겨 주셨다. 누구의 영향으로 글을 쓰게 되었냐고 선생님이 물어보았을 때, 나는 한 치의 망설임도 없이 아버지라고 말했다. 아버지는 교훈이 담긴 구한말의 창가 가사 같은 것을 쓰기도 했고, 늘 책을 가까이하셨다. 즉석에서 창작해낸 옛날이야기를 들려주기도 하셨다. 시인 선생님은 내가 쓴 시 한 구절을 외웠다며, 참 좋다고 칭찬까지 하셨다. 누군가에게 있는 그대로 인정받는다는 것이 기뻤다. 한번은 아직 어린 선생님의 아이를 위해 선생님 댁에서 라면을 끓이기도 했다. 선생님은 내 부르튼 손을 다정하게 잡아주기도 했다. 그 모든 것이 나에 대한 특별한 관심이라고 여겼다. 언젠가는 같이 얘기를 나누다가 문득 방금 전화벨이 울리지 않았냐고 물어보기도 했다. 원고 청탁 전화를 놓치는 게 아닌가 하고 신경이 쓰여. 그렇게 말하던 것이 기억난다. 그토록 들락거리던 것을 그만 아버지한테 들키고 말았다. 아버지는 호되게 나무라셨다. 다음 날, 선생님은 나를 교무실로 호출했다.

"너, 이제부터 글 쓰지 말거라. 아버지가 나한테 전화를 거셨다. 네 인생 망치지 말라고. 그러니 나도 찾아오지 마라."

선생님은 너무나 단호했다. 가타부타 아무런 설명도 붙

이지 않았다. 아버지를 대신해서 무례를 용서해달라고 빌고 싶었지만, 그러지 못했다. 선생님의 표정은 이미 굳어 있었다. 아주 불쾌한 듯했다. 큰 잘못을 저질렀기 때문에 더 이상 선생님께 연락하면 안 된다는 생각이 들었다. 동시에 아버지가 너무나 원망스러웠다. 그런 감정이 결국 반항으로 이어졌다. 자퇴해야겠다고 결심했지만 정작 하지는 못했다. 겉으로 보면 조용히 학교를 다니는 듯했지만, 나는 결코 공부하지 않았다. 내 모든 반항의 본격적인 시작은 그렇게 고2 때부터였다.

그러다가 대학 원서를 낸 곳이 축산학과였다. 딱히 가고 싶은 학과가 없었다. 소와 양과 개를 키우는 것은 그나마 숭고한 일일 것 같았다. 대학에 들어가자마자 가공 실험실에 지원해서 들어갔다. 실험실에서 하는 일은 참으로 어처구니가 없었다. 그야말로 '가공'이었다. 소와 돼지를 죽여서 햄과 통조림을 만들었다. 그러니까 가축을 기르는 목적은 식용을 위해서였다. 학과 선택에 회의를 느낄 무렵, 연일 시위가 끊이지 않았고 수업에 참여하는 학생들도 거의 없었다. 급기야 과격 시위로 신문에까지 실릴 정도로 사건이 일어나고, 학교를 갈 때보다 가지 않을 때가 더 많아졌다. 그 틈에 나는 연구실 선배를 알게 되었다. 선배의 자취방에서 살다시피 했다. 그러다가 집으로 가는 차를 놓쳐 선배 집에서 자게 되었는데, 나는 그길로 모든 것을 다 내려놓고 떠나자고 했다. 어디로? 그냥 떠나는 거야, 그냥. 나는 달뜬 목소리를 내며 선배의 손을 잡아끌었다.

그러니까 드디어 가출다운 가출을 하게 된 것이다. 우리는 이름도 모르는 곳으로 무작정 가서 시골 농가에 허드레꾼으로 취직했다. 부모님은 학과 사무실이나 연구실로 나를 찾으러 다닐 것이다. 경찰에 연락했을지도 모른다. 나한테 가출은 색깔이 다른 자살이었다. 숨 막히는 일상으로부터의, 집으로부터의 탈출이었다. 함께 하는 짜릿한 가출. 선배는 내 말에 반대하지 않았지만, 영문을 몰라 했다. 왜 우리가 도망을 다녀야 하는지, 갑자기 왜 농가에 취직해야 하는지 어리둥절하게 여겼다. 게다가 나는 주인집 아이들 가정교사까지 했다. 그곳에서 묵었던 3박 4일 동안 나는 영락없는 시골 아낙네였다. '그는 한 번도 허리를 펴지 않았다'로 시작하는 〈목부의 아내〉라는 시를 써서 라디오 방송국에 부쳤고, 내 시가 방송되기도 했다. 나는 영영 돌아가지 않을 작정이었다. 불편한 게 있다면, 화장실이었다. 재래식 화장실에 배설물들이 흘러넘쳐서 도저히 볼일을 볼 수 없었다. 할 수 없이 수돗가에서 대변을 봤다. 물로 흘려버릴 생각이었다. 밤이었고, 우리가 묵었던 방은 주인집과 외따로 떨어져 있었다. 하필이면 그때, 주인아저씨가 수돗가를 지나가고 있었다. 나는 외마디 비명을 지르며 치마로 몸을 가렸다. 이게 사람이 할 짓이 아니라는 생각이 들었다. 홀어머니가 보내주는 학비로 얌전하게 학교를 잘 다니다가 졸지에 나를 따라나서서 어안이 벙벙한 선배는 아픈 허리를 바로 펴지도 못했다. 나흘째 되던 날, 그만 돌아가자고 했다. 탈출이 목숨을 버리는 것보다 낫다고 시도했지만, 한 사람의 삶을 훼방해서 될 일이 아니었다. 이래저래 못 할 짓이었다. 우리는 그렇게 돌아왔다.

나와 선배가 함께 도망간 것이 이미 학과에서는 파다하게 알려진 상태였다. 서면으로 제출할 자퇴서를 내러 학교에 가는 것도 부끄러웠다. 더 이상 학과에 미련이 없었다. 집안은 발칵 뒤집혔다. 선배라는 사람이 누구인지 밝히기 위해 아버지는 고향 주소를 수소문해서 가서 그의 어머니한테 고함부터 질렀다. 당신 아들이 미성년자한테 무슨 짓을 했는지 아느냐고 따졌다. 그때, 나는 열아홉이었다. 선배는 군대를 제대하고 갓 복학한 상태였다. 그 이후 선배는 1년 내로 고급 공무원 시험에 합격한다는 약속을 내걸고 우리 부모님한테 조건부 교제 승낙을 받았다. 선배는 우리 집을 몇 번 찾아오기도 했다. 그때마다 그미는 못마땅함이 가득한 볼멘 얼굴로 퉁명스럽게 대했다. 개는 발가락이 좀 이상하더라, 턱이 이상하게 생겼더라, 말하는 폼이 그게 뭐냐, 더럽고 역겹다, 그런 말들을 내게 해댔다. 하루가 멀다 하고 그미가 내뱉는 모든 지겨운 악담들과 저주와 함께 살았다.

학교를 그만두고서 1년 동안 집에서 할 일 없이 빈둥거리던 나는, 선배한테 줄 작은 달력을 직접 만들기도 했다. 공무원 시험 날짜가 자꾸 다가오고 있었다. 자꾸만 불안했다. 선배는 결국 나를 떠날 것이라는 생각이 나를 벼랑 끝으로 몰고 갔다. 그는 나를 버릴 것이다. 기필코 그러고 말 것이라는 생각에 사로잡혀 아무것도 할 수가 없었다. 연락도 없이 무작정 선배 집으로 가서 귀가할 선배를 기다리곤 했다. 선배가 오지 않으면, 무턱대고 의심부터 했다. 불안정하고 불안한 나날들이었다. 내 얼굴이 점점 사라지고 뭉개지고 있었다. 못 마시는 술을 진탕 마시기도 했다. 술에 취해서 엉엉 울며 선배를 원망하기도 했다. 급기야 선배를 찾아가서 헤어지자고 했다. 그래도 되겠냐며 선배가 재차 물었지만, 나는 단호하게 고개를 끄덕였다. 그런 몇 달 뒤, 선배가 정신과에 갔다는 소문을 들었다. 사실인지 아닌지 확인할 수 없었다. 정말 그랬다면, 그건 순전히 내 잘못이었다고 또다시 사정없이 나를 질책했다.

24 / 49
입술로 만든 배 위에

아버지는 어느 날, 개인 용달을 그만두셨다. 더는 못 하겠다고 했다. 7년간 견뎌내느라 무던히도 애를 쓰셨다. 갑자기 언니가 가장이 되었다. 용달차를 판 돈으로 그미는 무조건 언니가 돈을 벌 수 있도록 떠밀었다. 아버지의 사업이 그나마 잘될 때, 그미와 언니의 목표는 음악대학이었다. 중학교 때부터 비싼 수업료를 들여서 교수한테 레슨을 받으며 공들였지만 합격하지 못했다. 몇 년 지나지 않아 생각해보면, 그것은 다행한 일이었다. 당시에는 불합격 때문에 울고불고했지만, 합격되었더라면 뒷감당을 할 수 없었을 게 분명했다. 우리 집 형편은 영락없이 추락하고 있었다. 언니는 야간대학 유아교육학과에 진학했다. 낮 동안은 작은 피아노 교습소를 열어서 아이를 가르쳤다. 차고를 개조한 반지하 건물 안이었다. 제법 아이들이 모여들자 인근의 교습소에서 고발했다. 신고도 하지 않고 교습소를 냈다는 이유였다. 언니는 아직 학생이었고 자격증을 발급받기 전까지는 불법을 저지를 수밖에 없었다. 세상은 우리의 딱한 사정을 몰랐지만, 운명은 우리에게 살짝 문을 열어주었다.

언니는 다행히 학교를 졸업하고 유아 교사 자격증을 취득했다. 그러자 그미는 가진 돈을 전부 투자해서 본격적으로 피아노 학원을 열게 했다. 우리는 학원 근처로 이사를 했다. 온 가족이 학원에 매달렸다. 스물네 살의 언니는 너무 무거운 짐을 지게 된 것이다. 그때는 누구를 탓할 겨를이 없었다. 아버지는 학원 차를 운전했고, 그미는 학원을 쓸고 닦았으며, 내부를 꾸미는 것은 내 몫이었다. 나는 학교를 마치자마자 달려와서 초급반 아이를 가르쳤다.

아주 어릴 적 한 달 정도 피아노를 배운 적이 있었다. 일곱 살 무렵으로 기억한다. 언니와 같이 다녔는데, '백합 피아노 교습소'였다. 이름처럼 아름다웠던 피아노 선생님은 칭얼거리는 내게 과자를 주기도 하고 안아주기도 했다. 자기로 만든 동물 인형으로 피아노 교본 책장이 넘어가지 않게 했는데, 그 인형이 너무나 귀여웠다. 그 맛에 다녔지만, 이내 싫증을 느꼈다. 선생님과 과자와 인형은 좋았지만, 피아노는 내 친구가 아니었다. 그 이후 피아노 치는 언니를 실컷 보면서 자랐다. 언니의 어깨너머로 피아노를 익혔다.

아마도 내 실력은 체르니 100번 정도밖에 되지 않을 것이다. 규정대로 칸막이를 세우고 다섯 대의 피아노를 들여놓고, 아이들을 가르쳤다. 아버지는 늘 인상을 썼고, 지나치게 나이가 들어 보였다. 그미는 더 뚱뚱해졌고, 더 많이 화를 냈다. 유치부 아이들도 받았는데, 그 아이들을 통솔하는 언니는 너무나 예민했다. 우리는 구멍 뚫린 배를 타고 위험천만한 바다를 항해하고 있었다.

경제적인 능력을 거의 상실하다시피 한 아버지를 두고 그미는 본격적으로 욕설을 내뱉기 시작했다. 그미가 아버지한테 욕한 것은 사실 아주 오래되었다. 다만 아버지가 보는 앞에서 하지 않았을 뿐이었다. 아버지가 문을 열고 나가면 엄청난 증오심과 비아냥이 뒤섞인 욕설이 쏟아졌다. 빨랫감을 판에 비비면서도, 방을 쓸면서도, 설거지를 하면서도 아버지에 대한 욕설이 끊이지 않았다. 무슨 이유로 그렇게 화가 나서 매일 욕설을 해댔을까. 단 하루도 아버지를 욕하지 않은 날이 없었다. 아주 오래전부터 늘 그랬다. 언니와 나는 아버지를 존경했다. 아버지가 가끔 신경질적이고, 이해할 수 없는 언행을 하더라도 그래도 아버지를 좋아했다. 그미에 대한 감정은 결코 종잡을 수 없었다. 그미는 언니와 내가 문을 닫고 나가면, 혼자 있을 때조차 우리를 싸잡아서 욕할 것이 분명했다.

그런 그미가 이제는 아버지 앞에서 대놓고 욕을 퍼부었다. 적나라하고 망측하게. 우리가 있는 곳에서든 없는 곳에서든. 어떤 일에 꼬투리를 잡고서든 아니고서든. 아버지의 신경질은 늘어갔고, 얼굴에는 기쁨이 사라진 지 오래였다. 그때부터였을까. 아버지는 서서히 이 세상을 떠날 은밀한 작전을 꾸미고 있었다. 그런 점에서 아버지와 나는 통했다.

한번은 내가 세숫대야에 물을 담아 가지고 들어왔다. 방문을 잠그고 나서 커터 칼을 놓고 가차 없이 그으려고 하던 차에 수상한 내 꼬락서니를 보고 아버지가 방문을 두드렸다. 나는 문을 열지 않았다. 자꾸만 문을 두드리면서 그러지 마라, 제발 그러지 마라, 하고 애원하셨다. 나는 마음 놓고 죽지도 못하게 하는 아버지를 원망했다.

그랬던 아버지가 얼마 지나지 않아 쥐약을 먹었다. 응급실을 거쳐서 입원까지 했던 일주일 남짓 동안 나는 병원에 가지 않았다. 아버지는 반칙한 것이다. 나더러는 하지 말라고 하더니 이럴 수가 있는가, 나는 원망하고 또 원망했다. 아니, 경멸했다. 이처럼 엉망진창 수렁 같은 집을 혼자서 탈출하려고 했단 말인가. 퇴원하고 온 아버지를 외면했다. 아버지가 힘없이 나를 불렀다. 시아야, 이리 와봐라. 나는 아버지 곁에 가지 않았다. 밖으로 나돌았다. 학교를 마치고 학원에 가서 아이들을 가르쳐야 했지만, 그러고 싶지 않았다. 마침 총학생회 선거가 있을 무렵이었다. 학보에 실린 광주 항쟁에 대한 참여시를 부학생회 출마할 여학생이 읽고, 수소문해서 나를 찾아왔다. 나는 졸지에 정책 참모와 수행 참모를 겸해서 하게 되었다. 언니 졸업식에서 입으려고 샀던 단벌 양장을 입고 부츠를 신고는 매일 아침에 교문 앞에 서서 외쳤다. 기호 2번! 후보자들이 연설할 때는 그들을 지키는 수호 사자같이 굴었다. 눈을 부리부리하게 뜨고, 기선 제압을 하곤 했다. 얼마나 내가 눈을 부라렸던지, 누군가는 나를 가리키며 너무 무섭다고 호소하기도 했다. 나는 유행가를 개사해서 우리 편에 맞는 노래를 지어 부르게 했다. 그렇게 열을 올렸지만, 순간순간 그만두고 싶었다. 감정 기복이 심했고, 자괴감이 올라왔다. 땅에서 걸어가고 있는 자신이 혐오스러워서 견딜 수 없었다. 늘 바닥으로 고개를 내려뜨리고 걸었다. 숱한 날 동안 하늘을 올려다본 적이 없었다. 참모진들한테 그게 각인되었을 것이다. 뭔가 열심히 하는 듯했지만, 늘 그만두기를 원하는 종잡을 수 없는 불안한 태도가 못마땅했을 게 분명했다. 어쨌든 나는 그만두겠다는 말을 몇 번 하긴 했지만, 끝까지 함께했다.

한번은 선거 정책을 논의하다가 밤을 샌 적도 있었다. 부학생회에 출마한 여학생의 자취방은 학교 아래, 가난한 촌락에 자리하고 있었다. 그 동네가 유일하게 학교에서 가까운 곳이어서 학생들은 대개 그곳에서 자취하곤 했다. 외풍이 심하고, 천장이 터무니없이 높아서 의자를 세 개 정도 쌓고 올라가도 손이 닿을 것 같지 않은 그런 곳이었다. 천장 어딘가에서 쏜살같이 달려가는 쥐 소리를 들으며 우리는 이마를 맞대고 논의했다. 그러다가 잠이 들었는데, 일어나서 세수도 하지 않고 집으로 왔다. 네 명 정도의 남녀 학생들이 있었기 때문에, 알고 보면 혼숙이라고 할 수도 있을 것이다. 하지만 우리는 더없이 진지했고, 학교뿐만 아니라 나아가 나라도 구할 수 있을 거라는 알 수 없는 열정으로 뭉쳐 있던 때였다. 아침에 집으로 오니, 그미가 집 어귀에 나와 있었다. 나를 보자마자 흙을 던지기 시작했다. 나가라, 너는 내 딸이 아니다. 나가거라! 있는 대로 악을 쓰고 있었다. 던지는 흙을 고스란히 맞고, 흙 속에 든 돌멩이마저 맞고는 정처 없이 나왔다. 그 당시 유일하게 우리 집을 들락거리던 먼 친척 오빠한테 연락했다. 인근 도시에서 오토바이를 타고 오빠가 왔다. 외식을 시켜주고, 구두도 사주었다. 오빠는 나를 데리고 집으로 돌아가서 그미를 설득했다. 그 친절과 다정함으로만 기억할 수 있다면 얼마나 좋았을까. 오빠는 얼마 지나지 않아 불쑥 우리 집에 와서는 내가 샤워하는 소리를 듣더니 욕실 문을 열어달라고 애원했고, 그 후로 더 이상 볼 수 없었다.

아버지는 점차 회복하셨다. 그런데 쥐약을 먹었던 것이 화근이었다. 위세척을 하긴 했지만, 몸 어딘가에 독성이 남아 있다가 발현한 것이 틀림없었다. 위암 판정을 받은 아버지는 음식을 잘 못 드셨다. 자주 병원에 가서 돌봐드려야 했지 않았을까. 병원에 가긴 했지만, 나는 병원에서 아버지를 간호했던 기억이 없다. 아버지 곁에는 늘 그미가 붙어 있었다. 병원에서는 아버지한테 타박을, 욕을 하지 않았을까. 입이 근질거려서 어떻게 참았을까. 나는 그게 궁금했다. 언니는 아이들을 가르치는 데 더해 차도 직접 몰아야 했다. 운전면허증도 없이 그렇게 다녔다. 한번은 경찰 검문에 걸린 적이 있었는데, 사정을 설명하고 간곡하게 부탁했다 한다. 그런 사정이 통해서 넘어갔다니 신기한 노릇이었다. 아버지는 부분 위절제술을 받았다. 수술이 잘되었다고 들었다. 병원에서 퇴원한 후에도 아버지는 푹 쉴 수가 없었다. 학원 차를 운행해야 했고, 또다시 그미의 잔소리가 쏟아졌다. 아프기 전과 후가 똑같았다. 전보다 나아진 건 아무것도 없었다. 위암이 재발한 것은 당연한 일이었다. 불과 3개월도 되지 않아서 암은 곳곳에 전이가 되었다. 손쓸 수 있는 범위를 넘어서고야 말았다. 마지막 며칠 동안 나는 아버지 가까이 있어드리지 못했다. 눅눅하고 침울하고 기울어지는 배에 같이 타고 있다는 사실이 혐오스럽기만 했다. 그 어디에서도 낙을 얻지 못했다. 그나마 나를 버티게 했던 것은 글이었다.

아버지는 언제나 세상을 둥글게 살아야 한다고 하셨다. 무슨 뜻인지 모르는 바는 아니지만, 결코 마음에 들지 않았다. 그래서 아버지는 운전하다가 맞은편에서 오는 차한테 모퉁이를 돌면 경찰이 있다는 수신호를 그렇게 열심히 보내셨던 걸까. 그래서 아버지는 나한테 잔머리를 쓰라고 은근한 압박을 했던 걸까. 그래서 아버지는 부엌 개수대에다 소변을 갈기기도 했던 걸까. 이리저리 둥글게 활용하느라 그랬던 것일까. 사정없이 욕을 해대며 긁어대는 그미의 가슴에 손자국이 나게 때렸던 걸까. 마음을 포근하게 이해해주는 여자 친구를 잠시 만났던 걸까. 그 여자 친구의 딸한테 맛있는 것을 사주기도 했던 걸까. 어떻게 알았는지, 철저하게 뒷조사를 해서 그 사실을 알아낸 그미가 언니와 내가 지켜보는 자리에서 갖은 악담과 험담을 했는데도 아무 말도 못 했던 걸까.

나는 둥글게 산다는 것이 얼마나 얼토당토않은 얘기인지 말하고 싶었다. 세상을 둥글게 살라는 것은 삐죽삐죽 모가 난 마당에 할 수 있는 말이 아니었다. 아무쪼록 둥글게, 사정없이 바닥과 부딪혀서 굴러가라, 구르는 척이라도 해라, 멈추더라도 다시 구를 수 있다고 자기암시라도 걸어라, 이 딴 식의 강요가 모순 덩어리라는 시를 썼다. 제목은 〈동그라미 미학〉. 모질게도 둥근 세상에서 법조차 둥글다고 뇌까렸다. 그리고 〈석수장이〉라는 시를 썼다. '두드릴수록 튀어나오는 돌을 본 적 있는가'로 시작하는 시였다. 그때, 나는 의지가 충만했던가. 두들겨댈수록 자라나는 석순처럼 엉뚱한 반골 기질이 있었던가. 있었다면, 삶이 아니라 죽음에 대한 의지였을 것이다. 어디로 어떻게 사라질지 모르는 위험한 폭탄을 안고, 산 것도 아니고 죽은 것도 아닌 채 살아가고 있었다.

누구를 만나도 즐겁지 않았다. 타락할 수 있을 만큼 아니, 그보다 더 타락하고 싶었다. 우연히 걸어가는데 공중전화 부스 안에서 한 여자가 불렀다. 저기요, 저 대신 전화 좀 해주실 수 있어요? 진한 화장에 야해 보이는 옷을 입은 내 또래 여자였다. 여자가 시키는 대로 어딘가로 전화를 해서 누군가를 바꿔달라고 했다. 그리고 다시 그 여자한테 전화기를 건넸다. 여자가 눈짓으로 가지 말고 기다리라고 했다. 나는 뭔가에 홀린 듯이 그 여자를 기다렸고, 여자는 통화를 마치자마자 내 팔짱을 끼고 갑자기 친한 척을 했다. 메릴린 먼로를 닮은 여자였다. 저돌적이고 거리낌이 없었지만,

희미하고 가벼워서 모래 위에 그은 희미한 선 같은 여자였다. 이름을 말하고 악수를 나눴다. 나보다 약간 나이가 많았지만, 친구처럼 말을 놓고 지내자고 여자가 먼저 제의했다. 여자가 주로 하는 일은 애인을 구하는 일이었다. 이미 있는 애인을 제쳐두고 다른 애인을 만나는 것이 일과였다. 뭐, 괜찮아, 나 따라오면 돼. 여자가 나를 이끌고 의무경찰 내무관으로 갔다. 무수한 남자들 틈에서 여자는 웃고, 나는 멀뚱히 서 있었다. 그중 한 명이 내 연락처를 적었고, 외출 나올 때마다 연락했다. 아무런 느낌도 없었지만, 그 사람을 만나는 것을 그만두지 않았다. 여자를 집에 데리고 오기도 했는데, 그미가 기겁했다. 당장 그만 만나라고 호통이었다. 아주 버릇이 없고 머리가 이상한 애라는 거였다. 나는 화를 냈다. 내가 만나는 친구한테 심한 말 아니냐며 따졌다. 어느 날엔가는 여자가 나한테 예쁜 양장이 있으면 빌려달라고 했다. 졸업식 때 입은 뒤로 오래도록 처박아두었던 언니 옷을 허락도 받지 않고 빌려줬다. 그걸 나중에 알고 언니가 엄청 화를 냈다. 당장 찾아오라고 해서 나는 여자가 알려준 번호로 전화를 했지만, 받지 않았다. 수차례 시도해서 결국 통화를 했다. 여자는 주소를 일러주며 그곳으로 오라고 했다. 여러 여자들이 합숙하고 있었고, 모두 특정한 직업이 없어 보였다. 아니, 있어도 정상적인 직장에 다니는 여자들

같지는 않아 보였다. 퀴퀴한 냄새와 특유의 혼돈스러운 분위기가 감돌고 있었다. 그 방에서 잠시 기다리고 있으니 여자가 왔고, 옷을 전해주었다. 그러고는 뭔가 내게 말을 하려고 했지만, 한데 엮이면 곤란할 것 같은 느낌이 들어 서둘러 방을 빠져나왔다. 그게 마지막이었다. 우리는 서로 연락을 취하지 않았고, 더 이상 이어지지 않았다.

그날은 휴일이었다. 학원 출입문을 잠가놓고 나는 누군가를 만나고 있었다. 한창 나를 쫓아다니던 남자아이였을 것이다. 시시덕거리며 놀다가 문득 내 마음은 온전히 그곳에 있는 게 아니라는 사실을 알아차렸다. 웃고 있는 것은 진정한 내가 아니었다. 그저 겉으로만 허황하게 웃을 뿐이었다. 속으로는 계속 울고 있었는데, 그 속울음을 알아차릴 수 있는 존재는 이 세상에 아무도 없었다. 그게 내가 타인을, 세상을 속이는 방법이었다. 속이려 하지 않아도 된다고 말해주는 이도 없었다. 들숨과 날숨 속에 긴장과 불안을 담은 채 살고 있었다. 갑자기 나는 그 아이한테 빨리 집으로 가야겠다고 말했다. 갑갑하고 눅눅한 공기가 잔뜩 깔린 집에 좀처럼 일찍 들어가지 않으려 했던 나는, 나도 모르게 순식간에 그렇게 결정하고 서둘렀다.

아버지는 안방에서 힘없이 누워 계셨다. 인사를 하는 둥마는 둥 내 방에 와서 이불을 깔고 누웠다. 잠이 들지는 않지만, 온몸에 힘이 빠지고 꼼짝할 수 없을 지경이었다. 잠시 후 애써서 몸을 일으켜서 아버지 옆으로 갔다. 굉장한 아픔이 몰려오고 있는지 힘없는 표정으로 인상을 찌푸리고 있었다. 위암이 재발하기 직전, 아버지는 안 하던 행동을 하셨다. 그미가 아버지의 행동을 우리한테 전했다. 아, 글쎄. 네 아버지가 밖에 있다가 나한테 전화를 해서 갑자기 사랑한다고 하잖니, 참, 별일도 다 있다. 어머니의 그 말이 참 신기하게 들렸다. 6개월 전쯤 아버지는 그미 때문에 쥐약을 먹지 않았던가. 뭔가 앞뒤가 맞지 않았다. 위암이라는 병명을 받고부터 우리 집도 좀 이상해지고 있었다. 확연하게 다른 일은 교회를 나갔다는 사실이었다. 그것도 갑자기 맹종하듯 다니게 되었다. 초등학교 5학년 때, 나는 짝지를 따라 교회를 나갔었다. 과자와 빵을 주고 성경 인물의 이야기를 동화로 들려주어 듣는 재미가 쏠쏠했다. 어디 갔다 왔냐고 해서 교회에 다녀온 이야기를 했다. 갑자기 아버지는 다짜고짜 내 뺨을 때렸다. 무슨 이유인지, 왜 그런지 아무런 설명도 하지 않았다. 눈 감으라고 해놓고 신발 훔쳐 가는 곳이 교회다! 너는 이다음에 부모 제사를 안 모시려고 그러냐? 아버지는 호통을 쳤고, 그미도 덩달아 나를 불효막심한 년이라고 욕했다.

고등학교 때, 역시 짝의 권유로 몰래 교회를 다녔다. 신실한 신앙을 갖게 해달라고 기도드렸다. 아버지도 그미도 재혼을 했는데, 재혼해서 낳은 자식이 바로 언니와 나였다. 내가 세 살 되던 해부터 아버지의 자식, 그러니까 배다른 오빠 둘과 언니 한 명이 찾아오곤 했다. 그냥 온 것이 아니라 와서 돈을 달라고 행패를 부렸다. 숫제 날강도였다. 그게 부끄러워서 그미는 작은아버지가 도시를 옮겨 동업하자고 했을 때, 허락하자고 아버지를 부추겼다고 들었다. 그 배다른 형제 중 막내가 여자를 하나 데리고 다시 찾아왔었다. 당시 나는 대학 진학을 앞두고 있었다. 처음에는 그미가 지극정성으로 차려준 밥을 둘이서 먹었다. 그러더니 곧 본색을 드러내며 돈을 요구했다. 아버지는 내 대학 입학금밖에 없다고 말했고, 상대는 잘되었다며 그 돈을 내놓으라고 윽박질렀다. 아버지가 안 된다고 하니 장롱에 달린 거울을 부숴서는 잘근잘근 씹었다. 이걸 자식 놈 얼굴에 확 뿌려 버릴란다. 어째 그렇게 할까? 그러면서 내 얼굴을 가리켰다. 그미는 나를 돌려세우면서 빌고 또 빌었다. 얼른 나가라고 내 등을 떠밀었다. 등 뒤로 배다른 오빠가 하는 말이 그대로 들려왔다. 아버지를 아버지라고 부르지 않았다. 영감탱아, 너는 돈 안 주면 여기서 못 나가. 여기 오줌통도 있으니, 용변 보고 다 해. 나는 울면서 교회를 찾아갔다. 내

다급한 전화를 받고 짝이 나와주었고, 우리는 교회에서 같이 기도를 드렸다.

한참 만에 집에 돌아오니, 그치들은 가고 없었다. 아버지 얼굴은 흙빛이 되어 있었고, 그미는 욕설을 내뱉으며 청소를 하고 있었다. 나는 아무 말도 하지 못했고, 아마 대학을 못 가나 보다고 생각했다. 분명 그날 돈을 뜯겼을 테지만, 등록금은 사수한 모양이었다. 그게 아버지가 낳은 자식들에 대한 내 기억이다. 그때, 언니는 집에 없었지만, 내가 얘기를 들려주자 충분히 짐작한다는 듯 고개를 끄덕였다. 언니는 아주 어릴 적부터 주기적으로 찾아와서 행패를 부리던 기억을 고스란히 가지고 있었다. 그렇게 하고 나서 3년쯤 지난 후에 배다른 형제 중의 첫째가 결혼을 했다며, 여자와 아이를 데리고 집으로 찾아왔다. 어쨌든 멀쩡해 보였다. 오래전의 깡패다운 모습은 보이지 않았다. 온전하게 새사람이 되었나 보다고 아버지는 기뻐했다. 배다른 언니는 한 번도 본 적이 없었다. 사실, 나는 이 세 사람이 기억나지 않는다. 길을 지나가다가 우연히 마주쳐도 모를 것이다. 일부러 잊고 싶었고, 기억조차 하기 싫었다. 지금은 그들은 아버지의 비석에만 이름자가 남겨져 있는 존재다.

아버지의 병세가 악화되고 있을 무렵, 오래전 사업할 때 알게 되었던 어떤 분이 부모님을 전도했다. 그분은 집사였다가 신학을 공부한 뒤 목사가 되었다. 부모님은 그분의 인도로 교회를 다니기 시작했고, 언니는 다닌 지 며칠 지나지 않아 성령님을 만났다며 기괴하게 울부짖기도 했다. 끊임없이 어떤 소리가 들려오고 소복을 입은 할아버지가 눈에 보인다고 했다. 나는 그런 것이 성령이 아니라는 것쯤은 알고 있었다. 게다가 내가 믿을 때는 거들떠보지도 않고, 오히려 핍박하던 가족들이 이제 급해지니까 교회를 다닌다는 것이 참 어처구니가 없었다. 병이 낫기를 기도하는 것도 이기적으로만 보였다. 이익을 위해 신앙을 마음대로 요리하는 것만 같아서 못마땅했다. 오히려 나는 교회를 잘 나가려 들지 않았고, 그래서 또 욕을 먹었다. 오랫동안 담배를 피워왔던 아버지의 머리맡에는 재떨이 대신 어릴 적에 사다 주신 위인전기 책 중 예수 그리스도 편이 놓여 있었다. 책의 정중앙에 가시 면류관을 쓰고 긴 머리를 풀어헤친 젊은 남자가 하늘을 올려다보는 그림이 있었다. 통증이 엄청난 강도로 밀려들 때마다 아버지는 성경책과 위인전기 책을 붙잡곤 했다. 그즈음 아버지는 살며시 나를 붙잡고 말했다.

"나는 사실, 예수님이 안 믿어진다. 아무리 세례를 받고 해도. 그래도 이렇게 가까이하는 것은 너희들을 위해서야. 교회를 다니게 되니까. 나 죽어도 제사 안 지내도 된다."

뭔가 큰 비밀이라도 말하는 듯했다. 아버지는 수척해진 몸을 이끌고 교회를 나가서 세례까지 받았다. 막판에 아버지는 음식물을 아예 먹지 못했다. 링거로 연명했다. 약국을 통해서 연락된 여자분이 삯을 받고 주사를 놓아주러 주기적으로 방문했다. 나는 간호대 3학년이었다. 실습을 나가곤 하던 시기였다. 학교에서 실습 시간에 귤을 관통해서 근육주사 연습을 하고 짝끼리 생리식염수를 넣어 주사를 딱 한 번 놓아보기도 했다. 거기까지였다. 좀 더 애썼더라면 아버지한테 주사를 놓아드릴 수도 있지 않았을까. 좀 더 살갑게 아버지 옆에서 간호해드릴 수도 있지 않았을까. 나는 단 한 번도 제대로 돌봐드리지 못했다. 게다가 아버지 곁을 진득하게 지키고 있지도 않았다. 늘 밖으로 나돌기만 했다. 그때, 우리 집은 경제적으로 힘들었고, 돈 한 푼이 절실하던 때였다. 그런데도 나는 개의치 않았다.

웬일인지 잠시 누워 있다가 아버지 곁에 가야겠다는 생각으로 일어났다. 아버지는 힘없이 누워 있었고, 옆에는 갈아놓은 지 오래되어 갈색으로 변한 사과 주스가 있었다. 다른 것은 아예 입에 넣지도 못해서 그미는 강판에 사과를 갈아서 조금씩 아버지한테 드리고 있었다. 그런데 이제는 그것마저도 드시지 못하는 거였다. 인상을 찌푸리고 있는 것이 너무나 안돼 보였다. 내가 해드릴 수 있는 것이 없었다. 찬송가 543장을 불렀다. 그 찬송은 아주 오래전부터 내가 좋아했던 찬송이었는데, 한 번씩 내가 부르는 모습을 보고 가족들 모두 즐겨 불렀다. 저 높은 곳을 향하여 날마다 나아갑니다, 이렇게 시작했다. 내가 부르니 언니도 따라 부르기 시작했다. 낮고 부드럽게 우리는 노래를 이어갔다. 아버지가 왼쪽 손을 슬며시 들어서 오른쪽 손목에 갖다 대었다. 힘이 없어서 그런지 왼쪽 손을 오른쪽으로 옮기는 것조차 힘들어하는 것 같았다. 배 위로 손이 와서 천천히 아래로 떨어지면서 오른 손목에 대는 거였다. 아마도 스스로 맥박을 재시는 것 같았다. 노래를 계속 부르면서 나도 덩달아 아버지의 오른 손목을 잡아보았다. 불규칙적으로 아주 약하게 맥이 잡혔다. 아버지는 동시에 오른쪽 천장 부근을 빤히 바라보셨다. 뭔가를 보는 게 분명했다. 내가 노래를 부르면서 뒤를 돌아볼 정도였다. 확실히 보이는, 보이지 않는 세계가 아버지 앞에서 열리는 중이었을 것이다. 그게 무엇이었을까. 우리는 찬송가를 부르고 있었고, 아버지는 스스로 자신이 이미 죽었는지를 확인하고 있었다. 천사들이 나팔을 불며 날아오고 있었을까. 아버지를 먼 곳으로 모시고 가려고 백마가 이끄는 화려한 마차가 와 있었을까. 알 수 없지만, 아버지 얼굴이 점점 편안해져가고 있었다. 찌푸린 인상에서 서서히 놓여나고 있었다. 내 주를 따라 올라가 저 높은 곳에 우뚝 서 영원한 복락 누리며 즐거운 노래 부르리. 내 주여 내 발 붙드사 그곳에 서게 하소서. 그곳은 빛과 사랑이 언제나 넘치옵니다. 노래를 마쳤을 때 아버지는 숨을 거두셨다. 놀란 우리들이 그미를 불렀고, 그동안 줄곧 아버지 곁을 지키던 그미가 잠시 우리 방에 이불을 개러 간 사이, 아버지는 그렇게 돌아가셨다. 해야 할 과제를 다 마친 듯 개운한 표정이었다. 그미는 여전히 뜨고 있던 아버지의 눈을 감겨드렸다. 나는 꼭 아버지가 일어나실 것만 같아 계속 아버지를 뚫어지게 바라보며 있었다. 이렇게 간절하게 바라보면, 아버지가 툭툭 털고 일어나실 것만 같았다. 하도 그렇게 바라보고 있으니 조문객이 와서 그만 일어나라고 제지했다.

공원묘원에 아버지를 모시는 과정에서 교회 분들이 와서 봉사해주셨다. 우리는 줄곧 고개를 떨구고 있었는데 교회에서 오신 몇몇 분들이 아버지는 천국에 가셨는데 슬퍼할 수만은 없다고 했다. 찬송하면서 아버지의 관 위에 흙이 떨어지는 모든 광경을 지켜보았다. 아버지를 묻고 돌아온 날, 고종사촌이 내 곁에 찰싹 붙어 있었다. 고모는 바로 그다음 날 갔지만, 사촌은 하루 더 있겠다고 했다. 사촌은 대학 입학을 앞두고 있었다. 다들 외출을 하고 우리 둘만 잠시 있던 순간에 사촌은 내 얼굴에 자신의 얼굴을 비볐다. 아버지가 돌아가셨다는 사실이 믿기지 않았다. 학원생들의 집에 일일이 전화를 돌려 사정을 알리는 게 불과 사흘 전, 내가 맡은 임무였다. 꿋꿋이 그 임무를 해내느라 울 겨를도 없었다. 집에서 조문객을 받았는데 상복 치마저고리를 입고 손님들을 접대하기에 바빴다. 이 모든 것이 막바지에 이른 지금에야 갑자기 울음이 터져 나왔다. 사촌은 내가 울자, 내 입술에 자신의 입술을 갖다 대었다. 아버지가 누워 있던 자리, 안방에서 나는 사촌이 내 입술을 빠는 것을 망연자실하게 바라보고 있었다. 나는 울고, 사촌은 내 입술과 흘러내리는 눈물을 마시고 있었다. 어느 틈엔가 나도 모르게 무너지는 슬픔으로부터 놓여나기 위해 입술로 만든 배 위에 올라타서는 앵둣빛 호수로 달려가고 있었다.

아버지는 그 이후 1년에 한 번씩 꿈에 나타나곤 했다. 꿈속에서 아버지는 여전히 살아 있었다. 비쩍 마른 몸으로 어떻게 버티고 있을까 할 정도로 위태롭게 서 있었다. 아버지, 돌아가셨잖아요? 그런데 어떻게 오셨어요? 내 말에 아버지는 의아스럽게 고개를 저었다. 원, 무슨 말이냐. 내가 죽다니, 나는 안 죽었어. 아버지는 개인 용달을 할 때의 복장 그대로였다. 가벼운 점퍼와 회색 바지, 모자 차림으로 말씀하셨다. 한 바리 하고 올게. 그러고는 나가셨다. 나는 저 모습으로 일하면 안 될 텐데, 어쩌나, 그런 걱정으로 아버지의 뒷모습을 안타깝게 바라보고 있었다.

또 이런 적도 있었다. 역시 약하디약한 몰골로 나타나서 식사를 하고 계셨다. 부지런히 숟가락을 놀리고 있었지만, 안심이 되지 않았다. 저 정도로 야위어서 어떻게 지탱하고 계실까, 온몸에 뼈밖에 보이지 않았다. 염려스러웠지만, 아버지는 여전히 일하러 나가셨다. 눈물이 나올 지경이었다. 그렇게 나타나셨던 아버지가 언젠가부터 수년 동안 나타나지 않으셨다. 생각해보면, 나한테 염려되는 일이 있을 때마다 꿈에 나타나셨던 듯하다. 마지막으로 나타난 것은 4년 전이다.

아버지는 한창 전성기, 40대 초반의 체격이었다. 아주 활기차 보였다. 반가워서 가까이 다가가 여쭈었다. 아버지! 이제 괜찮으세요? 아버지는 흡족하게 웃으셨다. 아주 오랜만에 보는 모습이었다. 나도 덩달아 웃었다. 내가 초등학교 3학년 때 집을 지어 갔던 그곳으로 우리는 갓 이사를 했다. 그미는 이사 기념으로 팥죽을 끓이느라 정신이 없었다. 기운찬 젊은 이모들이 그미를 도와주고 있었다. 집은 아주 넓고 채광이 잘되었다. 바깥쪽으로는 따로 부엌과 방과 욕실이 구비 되어 있었다. 나는 아버지한테 바깥채는 세를 놓으실 거죠? 라고 물었다. 아버지는 고개를 내저으며 방에 대자로 뻗어 누우셨다. 아이고, 좋다. 뭐 하러 세를 주냐? 언제 우리가 이렇게 마음 놓고 살아봤냐? 그냥 우리가 다 쓸 거란다. 아버지의 유쾌한 말에 고개를 끄덕이며 나도 옆에 누웠다. 아, 참 좋다. 이게 꿈이 아니었으면. 안방 가득 햇살이 쏟아지고 있었다. 무지개들이 고운 가루가 되어 내 속눈썹 위에 대롱거리고 있었다. 생생하게 꾼 꿈이다. 그리고 며칠 뒤, 실제로 나는 집을 사서 이사를 했다. 생애 최초로 내 명의의 집이 생겼다.

25 / 49
부디 다른 세상만큼은

아버지가 돌아가시고 얼마 뒤, 아버지가 위암 수술 후 입원했던 병동에 실습을 나갔다. 2주간 실습하면서 자꾸 눈물이 났지만, 입술을 꾹 다물고 참았다. 그미는 악다구니와 욕설과 고함을 지르는 강도가 더해갔다. 언니는 아이들한테 피아노를 가르치다 말고 갑자기 신발을 꿰어 신고는 홀린 듯이 밖으로 나갔다. 나중에 들어보니, 밖에서 누가 불러서 그랬다고 했다. 자꾸만 개 짖는 소리가 들린다는 거였다. 내 방황은 활개를 치는 듯했다. 우리는 제각각 부정적인 면에서 날마다 수위를 갱신하고 있었다. 그즈음 그미는 언니와 나한테 의향을 물어왔다. 마침 빈방도 있고 하니, 큰 언니를 오라고 하면 어떠냐고 했다. 큰언니는 그미가 낳은 딸이다. 그러니까 성이 다른 언니인 셈이다. 언니와 나는 대번에 좋다고 했다.

그미는 아버지를 만나기 전, 오빠 둘과 언니를 낳고 이혼했다. 열일곱에 직업군인을 만나 결혼했다고 하는데, 그미를 먼발치에서 눈여겨보고 일방적으로 찾아와서 적극적으로 구혼했다 한다. 그미의 할아버지는 이름난 학자였지만, 대를 이어오면서 끼니를 잇지 못할 정도로 가난했다고 한다. 그런 탓에 든든한 직업이 있는 신랑을 만나서 다행이라 여겼던 부모님들이 서둘러 결혼을 시켰다 했다.

한때는 순조롭게 결혼 생활을 한 듯하다. 자세히는 알 수 없으나, 나중에 전해 들은 큰오빠의 말에 의하면, 그미는 친정 식구들을 유난히 챙겼던 듯하다. 조금이라도 돈이 생기면 친정집에 갖다주기 바빴다 한다. 게다가 친정 동생들 여러 명이 며칠씩 묵고 가기도 했다고 한다. 그미는 6남매의 맏이였고, 친정을 돌봐줘야 한다는 생각이 강했으리라. 아이 셋을 낳고 난 이후, 그미는 모아놓은 돈으로 친정집에 논과 밭을 사게 했다. 결국 그것이 남편의 심기를 건드렸으리라 짐작해본다. 아니면, 남편이 그걸 빌미로 해서 대놓고 나쁜 짓을 저질렀던 것인지도 모른다. 여하튼 남편은 이발소에 근무하는 여자와 눈이 맞았고, 급기야 그미한테 이혼을 요구했다. 그미가 차마 아이 셋을 놓아두고 이혼할 수 없다고 버티자 남편은 그미의 친정으로 가서 장인과 장모를 구타하고 만다. 천하의 패륜 행각을 저지르고 만 것이다. 이 사건은 신문에도 날 정도였는데, 지금 같았다면, 공무원 품위 손상이라는 죄로 직장을 다니지 못했을 것이다. 그러고도 남편은 아무 문제 없이 정년까지 잘 채워서 직장을 다녔다. 부모한테 몹쓸 짓을 당하게 했다는 죄책감에 그미는 바로 이혼을 했다고 한다. 그미 말로는 잘 있으라고 하면서 일곱 살, 다섯 살, 세 살 된 아이들한테 차례로 인사를 했는데, 일곱 살 된 아들이 매달리면서 떼를 썼다면 데리고 나왔을 거라고 했다. 하지만 아직 어린 아이들은 물론 큰아들도 멀뚱히 쳐다만 볼 뿐 그미를 잡지 않아서 그냥 나왔다고 했다. 그 말을 나한테 들려주면서 그미는 울었는데, 초등학교 3학년 때부터 그런 말들을 들어왔던 나는 의아했다. 그러면서 생각했다. 그미가 어디론가 가려고 할 때, 기를 쓰며 가지 말라고 해야겠다고, 울고불고 떼를 쓰면서 잡고 늘어져야겠다고, 그것이 그미를 살리는 길이 분명하다고 다짐하곤 했다.

큰오빠 바로 아래가 큰언니였다. 초등학교 다닐 때, 큰언니가 놀러 와서 내 그림 숙제를 봐준 적이 있었다. 가족 그림을 그려야 했는데, 여름날 마당에서 수박을 먹는 가족 그림을 멋들어지게 그려주고, 같이 색칠을 하며 웃었다. 큰언니를 본 것은 불과 몇 번 되지 않았지만, 기억 속의 큰언니는 착하고 인정 많고 친절했다. 그 언니가 온다니, 가슴이 두근거렸다.

큰 언니는 비구니 복장으로 왔다. 가져온 짐은 간단했지만, 향로가 있었다. 내가 쓰던 방을 사용하게 했는데, 늘 향을 피웠다. 며칠 지나지 않아서 친구 스님이 방문한다고 했다. 언니와 함께 근처 시장에 가서 쥐포를 샀다. 스님들은 고기를 먹지 않는다고 알고 있어서 고개를 갸웃거렸다. 언니가 이 정도는 괜찮다며 웃었다. 언니 덕분에 쥐포를 프라이팬에 구워 먹을 수 있다는 것을 처음 알았다. 갖가지 채소로 요리를 하고 친구를 맞이했다. 남자 스님이었다. 방에서 도란도란 같이 얘기를 나누다가 돌아갔다. 늠름하고 멋진 스님이셨다. 며칠 지나지 않아 언니가 가버렸다. 도로 암자로 간다고 했다. 일주일도 채 지나지 않아서였다. 안타까웠지만, 언니의 선택이 옳았다고 고개를 주억거렸다. 그미는 언니를 오라고 했던 다음 날 막상 언니가 오자 불편한 심기를 드러냈다. 애써 감추려 했지만, 빤히 보였다. 그미는 도대체 예수님 믿는 집안에 향이 뭐고, 스님이 뭐냐며 역정을 냈다. 내가 중학교 때, 그미는 아주 열성을 내어 절에 다녔다. 미륵보살을 섬기는 사이비 종교였다. 가기 싫어하는 나를 억지로 끌고 갔다. 그미 때문에 나도 학생부에 소속되어 며칠 다니기도 했다. 그곳에서 법회에 참석하기도 하고, 학생들만 따로 모아놓고 하는 공부도 해야 했다. 숨이 멎는 순간에 다섯 글자만 외우면 죽지 않는다며, 주문을 외우게 했다. 나는 죽어도 그 주문이 외워지지 않았다. 온몸으로 거부했지만, 그미는 내 손을 이끌고 그곳을 드나들었다. 그때, 나는 그미 몰래 교회를 나가고 있었다. 마음에 없는 종교를 믿으라며 억지로 끌고 다녔던 그미의 행동은 한마디로 폭력이었다. 늘 나를 윽박지르고 본인의 것만 강요했다. 나는 그미의 눈치를 보면서 내 주장을 제대로 펴지도 못하고 살았다. 나 자신을 괴롭히는 쪽으로 반항도 해보았지만, 결국 모든 방황은 고스란히 내 아픔으로 자리할 뿐이었다. 그미는 한때 그렇게 열심히 다녔던 절에 대한 기억을 깡그리 잊어버렸던 것일까. 처음에는 큰언니가 듣지 않게 조용히, 나중에는 들어도 된다는 식으로 큰 목소리로 비난했다. 그러더니 당장 교회를 나가자고 명령했다. 파르라니 깎은 큰언니의 머리 위가 새빨개지도록 그미는 화를 퍼부었다. 급기야 그 등쌀에 못 버티고 나가고 만 거였다. 언니와 나는 못내 아쉬웠다. 우리는 보잘것없는 인형을 작별 선물로 건넸다.

그게 마지막이었다. 큰언니는 그로부터 3년도 안 되어 세상을 하직했다. 나중에 들은 이야기로는, 큰언니는 결혼을 하고 아이 둘을 두었다 한다. 남편과 식당을 했는데, 어느 날 남편이 아침에 식당에서 숙식하는 종업원 방에서 나오더라는 것이다. 남편의 행동에 분노한 언니는 기를 쓰고 사실을 밝히려 했고, 결국 상황의 전모를 알게 되어 바로 이혼을 했다 한다. 아이들은 남편이 키우고, 언니는 혼자 지내게 되었다. 식당 서빙 일을 하다가 손님으로 온 스님을 알게 되었고, 그 스님을 따라 출가하게 되었다. 언니는 스님 곁에 머물면서 기도하며 가르침을 받았다고 한다. 예전에 집으로 찾아왔던 바로 그분이었다. 큰언니는 우리 집에 잠시 머물다가 떠나서는 다시 스님이 거처하는 근방의 암자에서 기거했다고 한다. 그러다가 어느 날, 절에 강도가 들어 스님이 살해당하는 사건이 일어났고, 그다음 날, 큰언니는 자살을 하고 말았다.

그 이야기를 들려준 것은 그미였다. 영안실에 가서 마지막 모습을 본 그미의 심정은 얼마나 힘들었을까. 갔다 와서 그미는 하소연처럼 말을 풀어냈다.

지랄 맞은 년. 남편이 한 번쯤 바람을 피워도 그냥 보고 있든지, 아니면 살짝 일을 처리하지 동네방네 다 듣도록 싸워서 뭐가 좋았노? 거기다가 중은 뭐 하러 되어서 꼴사납게 그렇게 갔노? 참.

세상으로부터 자유를 찾아 떠난 언니의 다른 세상이 부디 꼴사납지 않기를, 그곳에서는 고요히 안식을 되찾았기를 나는 간절히 바라고 바랐다.

26 / 49
여전히 얼룩덜룩하게

간호대 3학년 늦여름 무렵, 드디어 집을 나왔다. 아버지가 돌아가신 지 8개월 만이었다. 극심한 데모 때문에 학교에 가지 않은 날들이 많았다. 시국 정세와 상관없이 학교만의 이슈가 있었다. 교명에 '간호보건'이라는 말을 삭제한다는 것이 이유였다. 교명은 곧 우리의 위상이었다. 우리는 버젓이 '간호보건'이라는 교명이 있는 학교에 입학했을 뿐이라고 주장을 폈다. 학생들이 강당에 모여 노래를 부르며 주먹을 쳐들고 있을 때, 교수들이 우리를 만류했다. 이러다가 시험을 치지 않으면 졸업이 안 됩니다. 일단 시험 기간이 지났기 때문에 리포트로 받겠는데, 이것마저 안 하면 점수가 나가지 않습니다. 게다가 리포트도 시험처럼 온전히 점수를 다 줄 수가 없는 실정입니다. 여러분은 지금 이렇게 모여 궐기하는 것이 당연하다고, 목숨을 걸 정도로 가치 있다고 여기겠지만, 실상 그렇지 않습니다. 학교 측은 분명히 교명을 바꿀 겁니다. 그게 추세입니다. 간호보건만 가지고는 앞으로 오랫동안 견뎌낼 수가 없습니다. 학교 발전을 위해서 그렇게 하는 겁니다. 지금 학생들은 일괄적으로 점수를 많이 못 받을 텐데, 이와 같은 학교의 사정을 타 대학이나 다른 기관에서는 전혀 모릅니다. 일단 학교를 졸업해서 나가면 이번 학기에 점수가 형편없이 낮다는 것을, 이렇게 모여서 궐기를 해서 그렇다는 것을, 아무도 알아주지 않을 겁니다. 아마도 나중에 억울한 일을 겪고 후회할 겁니다.

우리는 젊었고, 패기만만했다. 그런 말들이 귀에 들어오지 않았다. 당연히 우리 모두 엉망인 점수를 받았고, 나는 그중에서도 더했다. 한 시간에 한 대씩 오던 시내버스를 타고 가면 종점 부근에 바다가 있었다. 바닷가에 앉아서 날마다 같은 노래를 불렀다. 고려 가요 〈가시리〉였다. 〈가시리〉를 알려준 것은 중학교 2학년 때 잠시 한 학기만 가르쳤던 담임선생님이었다. 딱 한 번, 가사를 칠판에 적어주고 노래를 불렀는데 나는 단번에 외워버렸다. 그 노래를 부르고 또 불렀다. 장구벌레들이 온통 바위 주변을 기어 다니고 있었다. 신발을 벗어놓고 노래를 부르다가 누군가 지나가면 속으로 불렀다. 내가 하는 일이란, 온종일 노래를 부르고 또 부르는 거였다. 저만치 사람이 지나가면 물에 빠져야지, 물

속에서 아예 나오지 말아야지, 그게 내 목표였다. 다음 날도, 그다음 날도 그랬다. 인적이 뜸한 것 같으면서도 끊이지 않고 누군가가 다가왔다. 조용하다고 믿고 기필코 실행하려고 하면 꼭 그랬다. 마치 저 멀리에서 지켜보던 어떤 존재가 나를 말리기 위해 보내는 것만 같았다. 급기야 한 대학생이 내게 말을 걸어왔고, 나는 죽고 싶다는 말을 털어놓았다. 인근의 다른 대학에 다니는 그 학생은 자신이 즐겨 앉는 바위에 내가 앉아 있는 것을 보고 놀랐다고 했다. 나보다 세 살 정도 많은 복학생이었던 그와 몇 번 만났지만, 곧 헤어졌다. 헤어지자고 하자, 그가 졸업 사진을 주면 헤어져주겠다고 했다. 양장을 멀쩡하게 입고 고민도 없어 보이는 내 사진을 줬다. 그즈음, 또 한 사람이 있었다. 역시 바닷가에서 만난 사람이었다. 아마도 나는 간절하게 도와줄 사람이 필요했던 건지도 모른다. 학교에 제출할 리포트를 모두 써놓고는 바다에 가서 갈기갈기 찢어버렸다. 어차피 죽을 텐데 이런 리포트가 무슨 소용이란 말인가. 모든 것이 의미가 없었다. 그리고 물 안으로 들어갔다. 어디선가 한 남자가 나타나 기겁을 하며 말렸다. 나는 몸부림을 쳤지만, 사실 두려웠다. 죽어야 한다는 생각과 이대로 죽으면 어쩌나 하는 생각이 팽팽하게 교차하고 있었다. 남자의 억센 손아귀에 마지못해 끌려나왔다. 인근 여관에서 옷을 말렸다.

극진하게 나를 돌봐주는 남자의 말에 힘을 얻긴 했지만, 그 남자 때문에 집을 나온 것은 아니었다. 얼마 되지 않는 돈으로 자취집을 구하기란 어려웠다. 남자가 약간 보태주었는데도 턱없이 부족했다. 하지만 부지런히 집을 구하다 보니 드디어 좋은 수가 났다. 학교 아래 자취하고 있는 같은 과 학생과 함께 지내기로 의견이 모아진 것이다. 큰 왕래는 없었지만, 그렇다고 서로 싫어하는 처지도 아니었다. 그렇게 독립이 시작되었다.

집을 나온 지 한 달쯤 지난 추석 때, 집으로 전화를 했다. 그미가 울면서 그만 들어오라고 했다. 나는 대답하지 않았다. 그미가 이제 안 그러겠다고 했다. 무엇을요? 뭘 안 한다는 거예요? 나는 되물었다. 그미는 모를 것이다. 무엇을 하지 않아야 되는지. 알았다면 애초에 나한테 그러지 않았을 것이다. 한 학기가 지나가도록 그렇게 버텼다.

2학년 때, 언니 학원 일 외에 초등학생, 중학생 개인 과외를 해서 한 학기 등록금을 마련한 적이 있었다. 그 당시에 개인 과외는 불법이었다. 아이러니하게도 내가 가르친 아이의 아버지는 경찰 간부였다. 한번은 가르치고 있던 중3 아이한테 부당한 일이 생겼다고 판단해, 학생 어머니와 함께 학교로 가서 담임선생님을 만나 항의하기도 했다. 불의를 참지 못하는 당당함이 있었지만, 나는 늘 고개를 아래로 숙이고 걸었다. 항상 불안했고 자살에 대한 생각은 너무나 자연스러워서 숨 쉴 때마다 툭툭 튀어나오곤 했다. 남자들은 말초적인 쾌락을 추구했지, 진정한 대화를 나누려 하지 않았다. 나는 늘 혼자였고, 외로웠다. 마지못해 학교를 다녔지만, 그만둔다고 뾰족한 수가 생기는 것도 아니라는 생각에 버티고 있었다. 그나마 학교를 가게 하는 원동력은 바로 동아리였다.

유일한 창작 문학 동아리였던 '글터'는 내 삶의 자양분이었다. 글터에 소속된 인원은 선배를 포함해서 열 명도 채 되지 않았고, 그나마 동아리 회장인 선배를 싫어했던 회원들에 의해 와해될 처지에 놓여 있었다. 나도 그 선배와 썩 잘 지내지는 않았지만, 일단 선배를 존중했다. 그게 마음에 들었는지 선배는 나를 회장으로 추대했고, 다섯 명도 참석하지 않은 회의에서 만장일치로 나는 4대 회장이 되었다. 동아리 방 하나를 가림막 하나 없이 다른 동아리와 나눠 쓰고 있었다. 각각 회의 책상과 비품 보관용 캐비닛이 하나씩 있을 뿐, 의자도 모자랐다. 나는 조금이라도 쓸모가 있다고 생각하는 모든 것들을 외부에서 갖다 놓았다. 집에서 쓰던 물건들도 옮겨놓았다. 다행히도 옆 동아리는 주로 밖에서 봉사 활동을 해서 방을 잘 쓰지 않았다. '글터 수상록'을 마련해서 책상 위에 두었다. 누구든지 방문하면 글을 쓸 수 있도록 했다. 그 노트를 메꾸는 이는 거의 나뿐이었지만. 2학기 때는 가두 모집을 해서 신입생 세 명을 가입시켰다. 모든 것을 혼자서 해냈다. 그러던 것이 실습하는 동안 학교에 오지 않고 있다가 다시 수업받는 날에 학교에 가니 공고가 게시되어 있었다. 활동이 부실한 몇몇 동아리를 전격 탈퇴시킨다는 내용이었다. 글터 이름이 포함되어 있었다. 다행히도 그날 오후 5시에 회의를 한다고 적혀 있었다. 일찌감치 회의에 참석을 해서 내가 회장인데 그동안 실습 때문에 학교에 오지 못했다고 해명했다. 유일한 문학 창작 동아리라는 점을 깊이 헤아려달라고 했다. 강경하고 단호한 어투로 글터는 존속해야 한다고 역설했다. 말을 끝내고 자리에 앉자 몇몇 동아리 연합회 간부들이 박수를 보내기도 했다. 밀린 동아리 회비를 모두 납부한다는 조건으로 유지 결정이 났다. 그날 내가 참석하지 않았다면 글터는 사라졌을 것이다. 끔찍한 일이었다. 나는 더 애정을 갖고 글터에 붙어 있었고, 아예 책가방을 놓고 갔다가 수업을 마치면 바로 글터로 직행했다. 혼자서 책을 읽거나 시를 썼다. 마침 인근 대학 문학 동아리 연합회가 창설되었고, 나는 학술부장을 맡게 되어 세미나를 개최하기도 했다.

그 무렵 단편소설도 하나 썼다. 언니 학원에서 일했던 경험을 바탕으로 쓴 것인데, 그 당시 경도되었던 자본주의의 폐해를 풍자해서 표현했다. 학원에 다니는 안하무인격인 한 아이와 그 아이의 아버지인 비리 공무원. 그리고 뇌물을 요구하는 행태가 주 내용이었다. 그리고 연이어 〈날개〉라는 시를 썼는데, 학보사 주관 문학상에서 소설과 시, 둘 다 장원을 했다. 그 전해에는 〈석수장이〉라는 시로 장원을 해서 연이어 두 해에 걸쳐 상을 받은 거였다. 전문대학이고, 국문학과도 없는 상황이고 글 쓰는 사람도 거의 없으니 상을 받았다는 것이 그렇게 자랑할 만한 일은 아닐 수도 있다. 어쨌든 신입생 때, 학보사에 수습기자로 두어 달 몸담았던 인연으로 알게 된 학보사 소속 친구가 말했다. 도대체 어느 선배가 해마다 상을 받고, 올해는 시와 소설 모두 장원을 한 거냐고 다들 놀라고 있어. 비결이 뭐야? 비결이라고는 혼자 있는 시간이 많다는 것 말고는 없었다.

나는 더 많은 글을 쓸 수 있었다. 그렇지만 뜻대로 잘되지 않았다. 글이 안 나왔다는 것이 아니라 지나치게 우울해서 글 쓸 여력이 없었다고 말해야 옳다. 간호사는 내 꿈이 아니었다. 간호대를 선택한 이유는 다니던 축산학과를 그만두고 집에 있을 때, 외할머니가 찾아와서 말했던 영향이 컸다. 병원에 가니까 간호사들이 깨끗한 옷 입고 종이 하나

들고 왔다 갔다 하더라. 참, 편한 직업이더라. 거기 가봐라. 할머니의 말에 전적으로 찬성한 그미는 나를 닦달했다. 어쨌거나 나는 취직해야 했고, 더 망설일 필요가 없었다. 입시 공부를 한 것이 아니라 그냥 집에서 놀다가 시험을 쳤는데 합격했다. 그나마 1학년 때는 견딜 만했다. 교양 과목 중에서 철학, 교육학이 숨통을 트이게 했다. 철학 교수는 철학 개론서 위주로 수업을 했는데, 수많은 철학자, 사상, 흐름만 달달 외우게 하는 방식이었다. 나는 보다 철학적이고 싶었다. 예컨대, 하늘을 바라보고 느낀 점을 말해보라고 하거나 들판의 풀을 오감으로 느껴보고 생각을 말해보라는 식의 진행이면 좋지 않을까 하고 생각했다. 생활에서 느끼는 철학이 간절히 그리웠다. 먼 훗날 내가 개발한 치료 방식에서 이때 품었던 생각을 그대로 활용했다.

한번은 교육학에서 책을 읽고 난 소회를 리포트로 제출했는데 만점을 받았다. 당시 교수님은 특이하게도 원고지에 쓰게 했는데, 전혀 오류가 없다고 칭찬 글을 적어준 것을 지금도 기억한다. 본격적으로 간호학을 공부하면서 이 길이 내 길이 아니라는 사실을 또렷하게 깨달았다. 관심도 흥미도 없는 데다가 오로지 취직만 목적에 두고 살아야 하는 운명이 서글펐다. 만약 내가 그렇게도 원했던 국문학과에 갔더라면 숱한 가출과 방황을 했을까. 아마도 학과 공부에 빠져 행복했을 것이다. 집에서 얻지 못했던 즐거움을 마음껏 누렸을 것이다. 그나마 유일한 내 안식처는 바로 동아리 방이었다. 그때, 몇몇 아이들이 있었다. 극히 소규모였지만 나를 잘 따르던 후배도 있었고, 동료도 있었다. 3학년 말에 우리는 남해 바닷가로 1박 2일 동안 엠티를 가기도 했다. 그때, 고종사촌도 따라갔다. 우리는 함께 어울려서 술을 마시고 놀고 사진을 찍고 바다를 달리곤 했다. 해변 저쪽으로 걸어갔던 동료 두 명이 알코올중독인 한 시인을 봤다고 했다. 그 시인이 아주 심하게 손을 떨면서 어디에서 왔는지 물어봐서 문학 동아리에서 왔다고 했더니 반갑다며 자신의 이름을 알려줬다고 했다. 그는 정말 유명한 시인이었다. 그 사람을 만나기 위해 마주쳤다는 장소로 걸어가봤지만, 그는 벌써 사라지고 없었다. 그때, 허름한 민박집 앞에서 유난히 꼬리를 흔들던 비구 같은 진돗개가 있었다. 나는 손가락이 뺑 뚫리고 손바닥만 가리는 장갑을 즐겨 끼곤 했는데, 그 손으로 개를 쓰다듬었다. 평화로웠고, 즐거웠다. 글터를 상징하는 깃발을 들고 찍은 사진이 지금 내게 남은 전부이지만, 살면서 그토록 많이 웃어본 적이 없었던 듯하다. 석양이 드리운 바닷가, 불그레한 기운을 볼에 가득 받으며 단발머리인 내가 후배의 손을 잡고 앉아 있었다. 우리는 즉석 백일장을 열기도 했다. 각자 쓴 글을 발표하고 박수를 보냈다. 스물두 살의 그 감성을 어디에서 찾을 수 있을까. 끊임없이 파도가 이는 바다가 그날 내가 지녔던 빛나는 환희를 간직하고 있는 게 틀림없다. 햇살이 내려앉을 때마다 소중한 시간들은 찬연하게 일어서서 고스란히 그 느낌을 내게 돌려주고 있다.

그 당시, 나는 가출을 청산하고 다시 집에 들어간 상태였다. 그리고 나를 물에서 구해준 유부남과 자주 만나는 중이었다. 그날, 점퍼 하나 살 돈이 없어서 그 남자의 점퍼를 빌려 입고 갔었다. 삶은 여전히 얼룩덜룩하게 불안과 우울과 슬픔으로 가득 차 있었다. 버스에 앉아 있을 때면 창문 밖으로 뛰어내리고 싶은 충동을 자제하기 위해 무던히도 애를 써야 했다. 병원에 갔다면 분명히 우울이나 공황장애 진단을 받았을 것이다. 그런데도 거친 황무지에서 단비를 만난 몇몇 순간들이 있었다. 그날의 엠티가 그랬다.

27 / 49
함께 있으면 마음이

아버지는 위절제술을 받고 나서 부쩍 야위었다. 그 와중에 가관식(간호사들이 임상 실습을 시작하기 전에 간호사의 상징인 모자를 수여받는 의식)이 있었고, 아버지는 서둘러 나를 태워서 미용실로 데리고 갔다. 오랜만에 양복을 차려입고 아버지와 그미, 언니까지 학교로 왔다. 촛불을 들고 19세기 복장을 한 나이팅게일을 중심으로 우리는 열을 지어 촛불을 들고 섰다. 구령에 맞춰 오른손을 들고 선서를 했다. 숭고하고 거룩한 의식이었다. 식을 마치고 사진을 찍었다. 사진 속 아버지는 자랑스러움이 가득 묻어난 눈빛이었다. 아, 나는 조금 더 아버지의 마음에 들도록 행동했을 수도 있었다. 많은 날 동안 숱하게 반항했다. 그래도 자식이라고 학교 행사에 참석하면서 아버지는 기뻤던 것이다. 교정에서 꽃다발을 안고 함께 찍은 사진 속 아버지의 눈동자는 더없이 빛났다.

가관식 이후 정식으로 실습을 하면서 우여곡절이 많았다. 늘 주눅 들어 있고, 조심했다. 조용한 목소리로 인사를 하면 인사를 안 했다고 뭐라고 했고, 누군가 큰 소리로 인사하면 시끄럽다고 뭐라고 했다. 눈치껏 알아서 하는 것이야말로 참 어려운 일이었다. 행동이 굼떴던 것은 아니었지만, 익숙해질 때까지 혈압과 맥박을 재는 일은 생각보다 쉽지 않았다. 각종 과를 다 돌다가 거의 막바지에 이르러 정신과 실습을 했다.

그즈음 나는 정신과에 관심이 있었다. 주위에 마음이 아픈 이들이 유난히 눈에 띄었다. 그미와 언니는 늘 우울했고 감정 기복이 극심했다. 언니는 점점 그미를 닮아가고 있었다. 지나치게 크게 웃다가 불같이 화를 내며 서로 엉켜 싸우기도 했다. 그 모습은 도저히 사람이라고 할 수 없었다. 한마디로 개싸움이었다. 그렇게 하고도 아무렇지도 않은 척 지내곤 했다. 그런 그미와 언니를 이해할 수 없었다. 언니는 고등학교 무렵 내 일기장을 몰래 훔쳐 봤고, 그걸 그대로 그미한테 고자질했다. 내가 화를 내자 그미는 가족끼리 당연히 봐야 한다며 오히려 나한테 화를 내고 욕을 퍼부었다. 그런 일련의 사건들을 잊을 수 없다. 오래된 억울함과 원한으로 인해 나도 아팠다. 게다가 고등학교 때 내 짝의 오빠는 정신과에 오래도록 입원해 있다가 사망하고 말았다. 그런 일들 때문에 정신과 간호사가 되는 것은 어떨까 하고 생각하던 중이었다. 실습했던 병동의 간호사들은 그다지 환자를 가까이하지 않았다. 직원들끼리 어울리는 정기적인 간식 시간이 있었고, 그때 실습생은 무조건 환자들 틈에서 직원의 눈에 걸리적거리지 않게 있어야 했다. 같은 병동에 자신의 어머니가 치매로 입원하고 있는 남자 직원이 있었다. 그 직원은 어머니 머리채를 잡아 질질 끌고 이동하기도 했다. 한편으로는 그런 모습들에 질려서 정신과를 지원하기가 망설여지기도 했다. 강철로 심장을 대신해야 할 수 있을 거라는 불길한 예감까지 들었다. 정신과 실습을 마칠 때쯤, 내 또래로 보이는 한 여성 환자가 내 손을 잡고 말했다.

“학생 간호사님, 이다음에 꼭 정신과로 지원하세요. 학생 간호사님과 함께 있으면 마음이 참 편안해져요. 꼭요. 제 말 기억하세요.”

울컥거리며 눈물이 나올 뻔했다. 당연히 그 말을 기억했고, 그대로 했다. 적성에 맞건 맞지 않건 그게 중요한 게 아니었다. 내가 필요한 곳에 있고 싶었다. 우여곡절 끝에 간호대학을 무사히 졸업했고, 열심히 공부하지 않았는데도 신기하게 국가고시에 합격했다. 나는 정식 간호사가 된 것이다.

28 / 49
이왕 이렇게 된 것

간호사 국가고시를 마치고 바로 취직을 했다. 첫 직장은 부산에 있는 병원이었다. 기숙사가 제공된다는 말을 믿고 지원했다. 신입 간호사는 나 외에 한 명 더 있었다. 처음에 입사 면접을 하러 간호과장을 찾았더니 원무과에서 어디로 가라고 안내를 해주었다. 노크를 하고 그 방에 들어섰을 때, 간호과장은 화투를 치고 있었다. 우리를 보고서도 잠깐 기다리라고 하고는 화투를 마저 쳤다. 당혹스러웠지만 가만히 기다렸다. 그런 다음 병동을 바로 배치받고, 일하기 시작했다. 기숙사는 병동 안, 간호사실 옆 창고 같은 방이었다. 밤 근무를 하고 낮에 자고 있으면, 환자들의 소리가 시끄럽게 들려오는 그런 방에서 나를 포함해서 세 명이 같이 생활했다. 세면장은 멀리 떨어져 있어서 한 번 씻기 위해서는 몇 층 아래로 내려가야 했다. 그 불편한 와중에 좋았던 점은 합법적으로 집에서 벗어날 수 있다는 것이었다. 그런데 아이러니하게도 그 즈음해서 그미는 살던 집을 정리하고 내가 있는 도시 근처로 이사를 했다. 굳이 그러지 않아도 된다고 했지만 소용없었다.

그미는 전셋집을 구해서 들어갔는데 그곳에서 일을 벌였다. 주방 옆 작은 방을 합해서 총 세 개의 방이 있었다. 방 하나는 피아노를 들여놓고 언니가 교습소를 하도록 했다. 다른 방 하나는 잠자는 방으로 내놓았다. 인근에 대학이 있었던 것이다. 하필이면, 그 방에 남학생을 받았던 이유는 무엇이었을까. 나는 쉬는 날마다 집에 왔었는데, 하루는 집에 와보니 현관 입구 쪽 방문이 비스듬하게 열려 있고 한 남학생이 있었다. 잠자는 방을 내놓았다는 말을 듣긴 했지만, 남자라니 놀라웠다. 짧게 눈인사를 하고 부엌으로 들어가 밥을 차려 먹으려다 말고 불렀다. 저기요, 혹시 식사하셨어요? 같이 드실래요? 라고 했더니 냉큼 건너왔다. 밥 두 공기를 뚝딱 비우고 물까지 맛있게 마시면서 잘 먹었다고 했다. 그게 시작이었다. 복학생인 남자는 후배와 같이 지냈다. 책상도 없이 엎드려서 공부를 했다. 내가 오면 같이 학교 도서관에 가기도 하고 캠퍼스를 거닐기도 했다. 이내 친해진 우리는 함께 밥을 먹기도 하고 술도 마시기도 했다. 그게 불과 대여섯 번 정도 되었을 무렵이었다.

남자는 멀리서 친한 선배가 이 지역에 와서 만나기로 했다며, 잠깐 나올 수 있겠냐고 했다. 딱히 거절할 말을 찾지 못해서 나가기로 했다. 맥주 가게에서 만나서 같이 얘기를 나누고 돌아왔다. 그미와 언니는 당시 근처에 있는 교회를 다니고 있었는데, 금요 철야 예배를 드리고 오는 길에서 마주쳤다. 그미는 눈에 불을 켜고 몰아댔다. 이 창녀야. 남자라면 사족을 못 쓰는구나. 또 언제 눈이 맞았노? 나가거라. 둘 다. 보기 싫다. 절대 내 집에 돌아오지 마라. 그리고 나를 두들겨 패기 시작했다. 놀라서 막아서는 남자도 덩달아 맞았다. 그리고는 우리 둘을 내쫓고 현관문을 잠갔다. 졸지에 바깥에서 밤을 보내게 된 것이다. 돈도 없고 갈 곳도 없었다. 더군다나 아직 날이 풀리지 않은 3월 초였다. 무작정 학교 동아리 방으로 갔다. 그곳에서 서로의 체온에 의지해서 밤을 보냈다. 그다음 날, 집으로 돌아오니 더욱 난리가 났다. 나더러 사탄이라고 했다. 그미는 무조건 나가라고 이제 절대 집에 돌아올 생각 하지 말라고 했다. 나는 겨우 가방만 챙겨 들고 나갔다. 덩달아 쫓겨난 남자는 어리둥절해했다. 나는 이왕 이렇게 된 것, 결혼하자고 했다. 남자는 심각한 얼굴로 10초쯤 가만있더니 고개를 끄덕였다. 나는 또 말했다. 정식으로 결혼하기 위해서 일단 법적으로 부부여야 하니까, 혼인신고부터 하자고. 남자는 또 고개를 끄덕였다.

그래서 우리는 닷새 후, 근무를 쉬는 날에 혼인신고를 하러 갔다.

그때는 내 본적에 가서 서류를 떼서 남자의 본적으로 가서 신고해야 했다. 내 본적은 아버지 본적이기도 한 양산이었다. 시골이어서 몇 번이나 버스를 갈아타고 그곳으로 갔다. 관련 서류를 떼고 빈대떡을 사 먹었다. 처음으로 먹는 빈대떡이었다. 둥글넓적한 그 빈대떡 맛이 어땠는지 기억에 없다. 내 앞에 펼쳐진 모든 것은 반항이고 모험이었다. 등 뒤에서는 나를 표적에 두고 칼바람이 사정없이 불고 있었다. 그런 다음, 남자의 본적인 남쪽을 향했다. 신고하려면 증거인이 있어야 한다고 해서 남자는 고향 후배를 긴급하게 불렀다. 후배는 흔쾌히 와주었다. 우리는 다방에서 서류를 작성했고, 그렇게 하루 만에 혼인신고를 마무리했다. 모든 것이 일사천리였고, 남자의 선배가 특별히 배려해준 덕분에 선배 자취방에서 하루 정도 묵을 수 있었다. 다음 날부터 적극적으로 방을 구하러 다녔다. 모든 돈은 내가 부담했다. 방을 구하기 전까지는 그대로 기숙사에 머물렀다.

그러던 중, 학교 과사무실로 언니가 찾아와서 만나기를 청한다는 메시지를 남겼다면서 남자가 어떻게 해야 하냐고 물어왔다. 만나긴 하되 반격하지 말고 그대로 참고 들어주라고 남자한테 부탁했다. 남자는 알겠다고, 그렇게 하겠다고 했다. 언니와 남자가 만나기로 한 날 늦은 저녁에 남자가 병원으로 찾아왔다. 눈 바로 아래에 심각하게 상처를 입은 채였다. 피와 고름이 엉겨 붙어 있었다. 번화가에서 만났는데 사람들이 오가는 길에 서서 악담을 퍼붓더라고 했다. 그가 담배를 피우자 언니가 담뱃불을 끄라고 했고, 남자는 계속 피웠다고 했다. 그랬더니 담배를 빼앗아 들고 얼굴에 그대로 지지더라는 거였다. 피하지 않았냐고 하니, 그냥 그대로 있었다고 했다. 가슴이 저려서 견딜 수가 없었다. 나는 그미와 언니 틈에서 살면 미치거나 자살하거나 둘 중 하나일 것 같아서 결혼을 선택했다. 그것 말고 다른 이유는 없었다. 최근에 나한테 관심을 표현한 것이 바로 이 남자였다. 그것이 사랑이고 아니고는 상관없었다. 나는 완벽한 독립이 필요했고, 결혼이 그 목적을 이룰 수 있는 유일한 방법이고 탈출구였다. 그런데 그런 내 욕심 때문에 남자가 이런 고통을 당하니, 마음이 너무나 아팠다. 일단, 남자와 함께 머무를 방을 구하는 것이 급선무라고 생각했다. 우리는 비교적 깨끗한 아파트 안, 잠자는 방으로 내놓은 곳에 가서 사정했다. 갓 결혼했다는 사실을 말했더니 착한 주인 내외는 흔쾌히 허락했다. 우리도 이렇게 아무것도 없이 시작했어요, 하고 주인아줌마가 나를 격려했다. 남자가 없는 틈에 이웃 아줌마들이 모여서 훈계를 곁들인 말을 했다.

남편 인상만 봤더라면 방은 안 내줬을 수도 있겠네요. 새댁이 하도 인상이 좋아서 방을 내줬나 봐요. 그치? 주인아줌마는 손사래를 치면서 어색한 눈짓을 보냈다. 남자가 어둡고 강렬한 인상을 지니고 있었던가. 그랬을지도 모른다. 말이 잘 통하고 자상하고 음식을 잘하던 남자. 나는 결혼을 잘했다고 스스로 위안했다. 돈 하나 벌어다 주지 않았지만, 마음만은 편했기 때문이었다. 이제 더는 외로워하지 않아도 되었다. 그러나 이 안도의 느낌은 3개월이 채 가지 못하고 산산이 깨졌다.

하루는 버스를 타고 출근을 하고 있는데 너무나 배가 아팠다. 버스와 지하철을 갈아타고 두 시간 정도는 가야 하는 거리여서 일찍 출발했는데, 배가 아파서 견딜 수가 없었다. 사색이 된 내 얼굴을 보고 누군가 자리를 양보했다. 지하철을 갈아타야 하는 곳에서 내렸지만, 걸을 수 없을 만큼 배가 아팠다. 그대로 벤치에 버티고 앉았다. 다행히 30분쯤 지나니 통증이 멈추었다. 나는 그대로 다시 출근해서 일했다. 그다음부터 몸이 이상했다. 하체에 뭔가 달랑거리는 게 느껴졌다. 이상해서 인근에 있는 한의원에 갔다. 한의사가 내진을 해보더니 잘 모르겠다며 산부인과에 가보라고 했다. 산부인과에 갔더니 계류유산이 되었다고 했다. 급히 수

술을 진행해야 한다고 해서, 바로 소파수술을 받았다. 부분 마취를 했다. 잠시 후 곡반에 담은 죽은 태아의 모습을 보여주었다. 귀가 또렷하게 보였다. 그날, 나는 밤 근무였는데 산부인과 간호사들이 일하지 말고 가서 쉬어야 하는 거라고 만류했지만 곧바로 근무하러 갔다. 내가 수술했다는 사실을 남자한테 알렸다. 누구의 아이였는지 짐작 가지 않는 것은 아니었지만, 그저 잊고 싶을 뿐이었다. 남자와의 만남 이전에 일어난 일이었다. 그게 수치스러운 죄악이고, 잘못 되었다는 생각을 하지 않았다. 그 일은 상처일 따름이었고, 세상에서 유일하게 기댈 수 있는 존재는 지금의 남자라고 믿으며 거리낌 없이 털어놓았다. 나는 무지했고, 어렸다. 스물세 살, 4월에 일어난 일이었다.

남자는 그런 일이 있고 나서부터 술을 자주 마셨다. 내가 숫처녀가 아니라는 사실에 속이 상했던 게 틀림없었다. 남자의 기분을 돌이키기 위해 사과까지 했지만, 그렇게 무마될 일이 아니었다. 서로 주고받았던 은반지가 있었는데, 술을 마시고는 그 반지를 잃어버리고 왔다. 또 어느 날은 아파트 근처 놀이터 벤치에 앉아서 술을 마시고 새벽이 되어서야 겨우 귀가했다. 다음 날, 벤치에 나가보니 여기저기 술병이 깨진 흔적들이 있었다.

나는 입사한 지 5개월 만에 병원을 그만두었다. 홍미진

진한 화제들을 잔뜩 남긴 뒤였다. 신입 간호사로 와서 갑자기 남자 친구가 생기나 했더니, 결혼했다고 하다가 순식간에 직장을 그만두고 말았으니 수수께끼 같은 여자라고 했으리라. 남자와 결혼하기 전, 그 병원에 다녔던 3개월 동안 기억나는 몇몇 아름다운 추억이 있었다. 첫 월급을 받던 날, 나는 고전적인 방법으로 선물을 준비했다. 그미한테 빨간 내의 한 벌을, 언니한테는 최고급 아이섀도 세트를. 그리고 내가 번 돈으로 외식을 하고 영화를 봤다. 그미한테 생활비도 드렸다. 그미는 당연히 앞으로 내가 벌어들일 돈에 대해 계산했으리라. 그런 계산이 착오가 나고 만 것이다. 그날, 그미가 나를 내쫓지 않았다면, 나는 아마도 꼬박꼬박 생활비를 드렸을 것이다. 내 아픔들은 옆으로 슬쩍 밀어놓고 분명 그랬을 것이다.

그즈음, 고종사촌 동생한테서 연락이 왔다. 그런데 어떻게 연락이 왔을까. 그때는 휴대전화가 없던 시절이었고, 더군다나 나한테는 삐삐도 없었다. 따로 연락할 방도가 없었는데 우리는 어찌 된 영문인지 연락이 닿았다. 나는 새로 다니던 직장을 알려주며 찾아오면 된다고 했다. 동생은 내가 근무를 마칠 때쯤 병원 로비 의자에 앉아 기다리고 있었다. 나는 동생을 데리고 집으로 들어갔다. 남자가 술을 사

왔고, 동생과 같이 마셨다. 그 작은 방에서 다 함께 잠이 들었다. 다음 날 아침에 나는 깨어나서 출근을 했다. 간밤에 마신 술에 절어서 동생과 남자는 곤히 자고 있었다. 오후에 집으로 들어가자 남자가 말했다. 동생이 고백하더라며, 나를 좋아했다는 말을 했다고 했다. 나는 아무렇지도 않게 웃으면서 말했다. 고종사촌 동생이잖아요. 그 말 가지고 뭘 그렇게 예민해졌어요? 남자는 나를 쏘아보았다. 그게 내 기억의 전부다. 동생은 그때 대학을 다니고 있었다. 늦은 나이에 동생을 낳은 고모와 단둘이 살고 있었다. 고모 삶의 전부인 아들이었다. 우리는 어릴 때부터 닮았다는 말을 많이 들었다. 동생은 유난히 나를 잘 따랐다. 어릴 때 즐겨보던 〈은하철도 999〉 애니메이션에 나오는 메텔이 나라면, 동생은 철이였다. 친척 형제들이 우리를 그렇게 불렀다. 그 동생이 대학 입학할 무렵에 나는 선물로 옷을 사주었다. 제법 좋은 브랜드 제품이어서 비쌌지만, 카드 할부로 결제해서 동생이 온 그 무렵에야 겨우 다 갚았다. 고종사촌 동생은 그렇게 왔다 갔고, 그게 마지막이었다.

7년 정도 세월이 흐른 다음, 우연히 서류를 뗄 일이 있어서 호적등본을 떼어 살펴보았다. 아버지는 장남이어서 그 아래로 혼자 사는 고모가 함께 있었다. 고모 이름 아래 사촌 동생이 나와 있을 터였다. 그 애의 이름 위에 크게 엑스자가 그려져 있었다. 음주 후 귀가하다 개울에 빠져 사망했다고 사인이 적혀 있었다. 사망 연월일을 보다가 까무러칠 정도로 놀라고 말았다. 우리 집에서 술을 먹고 잤던 날을 나는 똑똑히 기억하고 있다. 그런데 사망은 그보다 열흘 전이었다. 어떻게 된 일인지 알 수 없는 노릇이다. 함께 걸어가고 얘기를 나누고 술을 마셨던 것은 도대체 누구였단 말인가.

대학 3학년 겨울, 남해 바닷가 엠티에 따라가서 햇살처럼 웃던 사촌 동생. 이다음에 내가 결혼할 여자는 딱 누나처럼 키가 이만했으면 좋겠어, 그렇게 말하던 내 동생은 이 세상을 홀연히 떠나고 말았다. 나보다 훨씬 먼저.

29 / 49
엄청난 속도에 비례해서

뜻밖에도 정식으로 결혼식을 올릴 기회가 생겼다. 학교 축제 기간에 전통 혼례 체험 순서가 있는데, 그때 혼례식을 하는 것이 어떻겠냐고 총학생회 측에서 제의를 받았다고 했다. 당시 총부학생회장이었던 남자의 처지가 충분히 고려되었을 것이다. 우리는 좋은 기회라고 여기고 준비를 했다. 연지 곤지를 찍고 활옷을 입고 사모관대를 쓴 전통 혼례를 하게 된 것이다. 남자 쪽 집안에서는 아픈 홀어머니를 제외하고 형님과 형수, 여동생과 누나가 참석했다. 친정 쪽에서는 당연히 아무도 나오지 않았다. 참석해달라는 연락을 취했지만, 오지 않을 거라고 짐작했다. 혹시 찾아와서 행패를 부리면 어쩌나 싶어 불안하기도 했다. 다행히 식은 잘 치러졌고, 신랑 신부가 퇴장할 때, 전통 방식대로 하객들이 쌀을 던졌는데 그 쌀이 제법 아팠다. 식이 끝나고 노랑 저고리와 빨간 치마를 입었다. 짓궂은 동료 남학생들이 남자의 발바닥을 때리고, 게임을 시켰다. 남자는 연신 웃었고, 나는 너무나 쑥스러웠다. 스물세 살 5월이었다. 그러니까 그해 3월에 처음 만나서 5일 만에 쫓겨났고, 열흘 만에 혼인신고를 해서 두 달 만에 결혼식까지 치르게 된 것이다. 그 엄청난 속도에 비례해서 불행이 다가왔다.

결혼식 이후, 우리는 뜻밖의 소식을 접하게 되었다. 그미와 언니가 우리를 받아들이기로 했다는 거였다. 언니가 우리를 데리러 왔다. 언니 차로 얼마 되지 않는 짐 보따리를 날라 집으로 들어갔다. 그날, 그미한테 안겨서 울었다. 그미가 우리를 받아주다니, 전혀 예상하지 못한 반전이었다. 그러나 집으로 들어가겠다는 결정은 심각한 실수였다. 망설이거나 주저할 틈도 없이 남자가 가자고 했다. 언제까지나 이렇게 살 수 없다는 것이 이유였다. 아파트 현관문 입구에 있던 방 한 칸이 우리가 머물 수 있는 전부였다. 베란다를 부엌처럼 사용할 수 있다고 해서 그곳에 쪼그리고 앉아 요리를 하곤 했다. 화장실은 주인집에서 쓰지 않을 때 사용할 수 있긴 했지만, 마음 놓고 쓸 수가 없었다. 언젠가는 변이 급했는데, 주인아줌마가 계속 샤워를 하고 있었다. 참고 참다가 울음이 터져 나오려고 했다. 이런 상태로 살아가는 것은 결단코 무리였다. 결국 그미의 집으로 들어갔지만, 오래

가지 않아 여지없이 욕설과 악다구니가 시작되었다. 게다가 남자는 내가 만난 지 얼마 되지 않아서 유산했다는 사실을 무기처럼 들고 그미한테 따졌다. 흠이 있는 여자 아니냐는 식이었다. 그미는 끊임없이 남자의 험담을 했고, 남자는 술을 마셨다. 도저히 어울릴 수 없는 사이였다. 다시 방을 찾아 나섰다. 요행히 부엌과 화장실을 공용으로 사용하는 조건으로 방 한 칸을 구할 수 있었다. 나는 병원에 적응을 잘할 수 없어 여러 군데를 전전했다. 한번은 찾아가니, 행정원장이 채용할 수 없다고 했다. 알고 보니 그미가 인근의 큰 병원들을 찾아다니면서 이런 악한 년이 내 딸인데 못된 년이니 채용하지 말라고 했던 거였다. 기가 막혔다. 할 수 없이 멀찍이 떨어진 곳을 찾았다. 응급실이 있는 중급 규모의 병원에서 얼마간 버텼다. 그러는 동안 나는 임신했다는 것을 알게 되었다.

다행히도 안락한 곳에 기거할 기회가 생겼다. 남자의 학과 교수님이 미국에 교환교수로 가게 되어 1년간 집을 비우는데, 관리비만 내고 그 집에 당분간 살 수 있도록 배려해준 것이다. 너무나 감사한 일이었다. 사모님과 인사를 하고, 당부하는 것을 그대로 지키겠다는 약속을 한 후 그 집으로 들어갔다. 낡은 아파트였지만, 아주 넓었다. 방 세 개 중에서 안방은 잠겨 있었다. 그 외의 방은 마음대로 사용할 수 있었다. 해산하고 몸조리를 할 수 있는 공간이 생겼다는 것이 행운이었다. 그 아파트에 들어가고 나서 얼마 지나지 않아 남자는 시어머니를 모셔 왔다.

시어머니를 처음으로 마주했다. 내 눈에는 백 살은 더 되어 보였다. 행동이 부자연스럽고 굼떴다. 몇 년 전에 뇌출혈을 겪으셨다고 들었다. 나는 당시 응급실에서 근무하고 있었는데 입덧이 심하고 스트레스 때문에 자주 쓰러졌다. 그 와중에 시어머니가 오신 것이다. 남자는 전혀 나와 상의하지 않았다. 그냥, 당연히 그래야 한다고 했다. 형제들은 잘되었다며 이제부터 막내가 모시라고 했다. 어른을 어떻게 대해야 할지 알 수가 없었다. 게다가 아프신 분이어서 도와드려야 했는데, 시어머니는 너무나 완강했다. 악취가 풍겼지만, 아들이 권유하지 않으면 아예 씻지 않았다. 도저히 힘들어서 견딜 수 없을 지경에 이르자 남자가 시어머니를 누나 댁으로 모시고 갔다. 그러면서 어머니도 제대로 못 모신다며 나를 비난하고 타박했다. 당시 남자는 4학년이었고, 졸업을 앞두고 있었다. 드물게 막노동을 했지만, 큰 소득은 없었다. 나는 계속해서 병원에 다녔지만, 7개월쯤 되어서는 직장에서 일어나는 갖가지 스트레스를 견디지 못하고 그만두고 말았다. 당장 돈이 없었다. 내가 일해서 갚는다는 조건으로 남자가 누나한테 생활비를 빌렸다.

그렇게 몇 개월 쉬는 동안, 언니는 새로 이사를 해서 피아노 교습소를 열었고 나는 그곳 내부를 꾸미는 일을 맡아 했다. 예전 집보다 못한 허름한 건물이었지만, 교습소로 쓰기에는 적당해 보였다. 창문과 내부를 아이들이 좋아할 만한 그림으로 디자인해서 코팅하고 붙였다. 너무 열중해서 간혹 신물이 올라왔지만, 몸을 사리지 않고 일했다. 그러면서 그동안 전혀 쓰지 않았던 글을 긁적거리거나 스텐실을 했다. 산과 들판에 고운 꽃들이 피어나고 그 중앙에 통나무집이 따뜻하게 그려져 있는 바탕 위에 털실로 메꿔나갔다. 배경을 겨우 반 정도 진행하고, 통나무집은 전혀 손을 대지 못한 상태에서 아이가 태어났다. 6월이었다.

30 / 49
내 자존심이 허락하지 않아서

해산하기 전날, 간호대학 시절 친구가 놀러 왔었다. 우리는 살아가는 얘기를 나눴다. 수술실에서 근무하는 친구는 다소 지쳐 보이기도 했다. 나는 어땠던가. 행복했던가? 그때쯤 내 사전에서 '행복'이라는 단어는 아주 멀리 사라진 뒤였다. 살아내려고 결혼을 선택했지만, 늘 생존을 걱정하고 있었으니 행복 따위를 거론할 계제가 아니었다. 남자는 학과 모임에서 술을 마시고 만취되어 오는 일이 잦았다. 새벽녘에 귀가하곤 했지만, 다음 날에는 멀쩡해 보였다. 술을 자제해야겠다고 했지만, 그 어디에도 진심이 없었다. 때로 웃었고, 더 많이 울부짖었다.

나는 임신 초기가 지나자 몸이 좋아졌고, 심지어 피부도 좋아졌다. 라마즈 호흡법이 적힌 책을 봤지만, 급한 순간에 그걸 할 수는 없었다. 정기검진도 하지 않았다. 진료

비가 무서웠기 때문이었다. 임신하고 딱 한 번, 병원에 가서 확진을 받은 게 다였다. 진통이 찾아온 날은 일요일이었다. 그나마 진료를 받은 적이 있는 종합병원의 산부인과 병동은 문을 닫은 상황이었다. 개인 의원으로 찾아갔고, 처음 나를 만난 의사는 보통 이렇게 잘 받아주지 않는다는 말을 하면서도 분만을 도왔다. 진통이 자주 찾아오자, 나는 고함을 지르기 시작했다. 분만 대기실, 작은 방 안에서 남자는 내 옆에 있다가 나갔다가를 반복했다. 줄담배를 피우는 듯했다. 그미와 언니는 뒤늦게 달려왔다. 그미는 내가 보는 데에서 언니를 타박했다. 뭐 하러 왔냐? 네 동생 아기 낳는데 넌 배알도 없냐? 뭐 하러 와? 그미의 등쌀에 언니는 곧 돌아갔다. 그러던 그미조차 얼마 후에는 어디 있는지 보이지도 않았다.

엄청난 고통이 밀려왔지만, 나와는 상관없이 세상은 한가로웠다. 창밖에서 계란, 두부 사라는 확성기 소리와 개 짖는 소리가 들려왔다. 간혹 간호사가 들어와서 아랫도리에 손을 넣어보고 갔다. 아직, 아직 멀었어요. 그리고 그렇게 고함지르면 아기한테 안 좋아요. 그래서 소리를 안 내려고 무진장 애를 썼다. 천장이 노랗게 보일 때쯤, 분만실로 실려 갔다. 간호사 한 명이 내 손을 꽉 잡아주었다. 그게 참, 감사했다. 온기와 정이 느껴지는 유일한 순간이었다. 아기가 우렁찬 울음소리를 낼 때, 손과 발이 다 있냐고 물었다. 그렇다는 대답에 희미하게 웃었다. 이런, 아기가 물을 좋아하나 봐요. 씻기니까 웃어요. 아래쪽에서 그런 소리가 들려왔다. 6월 20일, 오후 2시 54분이었다.

대기했던 방으로 돌아오고, 그곳은 이제 회복실이 되었다. 곧 딸이 내 곁으로 왔다. 그곳은 따로 신생아실이 구비되어 있지 않았다. 젖이 돌 때까지 처음에는 포도당을 섞은 물을 주라며 간호사가 우유병에 넣어온 것을 아기한테 물렸다. 잠시 뒤 초유가 나와서 젖을 먹일 수 있었다. 하루를 그곳에서 보내고 다음 날 퇴원했다. 수박이 먹고 싶었지만, 좋지 않다고 해서 참았다. 무더운 날이었지만, 찬물을 쓸 수 없었다. 그미가 미역국을 끓여주고 갔다. 당시, 그미는 상주하는 가정부로 취직해 있었다. 아기 아빠가 된 남자가 나를 돌봐주었지만, 이상하게도 싸늘했다. 억지로 내 곁에 붙어 있는 느낌이었다. 언제부터였을까. 순수한 기쁨을 가졌던 순간이 있긴 했지만, 다시 돌아오지 못할 바람이 되어 날아가버리고 말았다. 나는 차가운 서재 방으로 가서 울었다. 기껏 내 인생의 책을 넘겨보니, 글씨가 뭉개져 있어서 도무지 읽을 수 없다는 기분이 들었다. 막막하고 억울했다. 안방에는 남자와 아기가 있었다. 그 누구도 내 마음을 어루만져주지 않았다. 방의 어둠 속에 파묻혀서 해로운 모든 것들을 고스란히 받겠다는 저주를 스스로 걸고 있었다. 남자는 지쳐 쓰러질 때까지 나를 내버려두었다. 그의 침묵은 이내 주정으로 이어졌다. 그게 해산 후 며칠 동안 일어난 현실이었다.

우려했던 일이 일어나고 말았다. 아기가 황달 증상이 심해진 것이다. 병원에 가서 문의했더니 모유 성분이 황달을 심화시킬 수 있다며 모유 수유를 중단하라고 했다. 분유를 사기 위해서는 돈을 벌어야 했다. 남자는 술과 학교와 늦은 귀가가 전부였다. 해산한 지 보름도 안 된 몸으로 이곳저곳에 전화를 걸어 일자리를 구했다. 면접을 보러 오라는 말을 듣고 인근에 살던 둘째 오빠 집에 아기를 잠시 맡겼다. 신발을 신는데 부은 발이 잘 들어가지 않았다. 단추도 잘 잠기지 않아 헐렁한 옷을 꺼내 입고 나섰다. 그렇게 다시 정신과 병원에 취직을 했다. 얼마간 비용을 드리고, 둘째 오빠네 올케언니가 아기를 봐주기로 했다. 그렇게 백일까지 맡겼다. 쉬는 날마다 아기를 찾아갔다. 병원에서 일하는데 자꾸만 젖이 흘러나왔다. 브래지어에 거즈를 대고 일을 했다. 버스를 두 번 갈아타고 한 시간 반 넘는 거리를 오갔다. 고단해서 버스 안에서 곯아떨어질 때가 많았는데, 잠시 꿈속에 아기가 나타났다. 목도 제대로 가누지 못하는 아기가 제법 커서 똘망똘망한 눈으로 나를 쳐다봤다. 먹던 과자를 나한테 건넸다. 기특하고 귀여운 그 손짓에 슬그머니 웃음이 나왔다. 그러다가 깨어났다. 버스에 앉은 채 졸던 그때, 아마도 입을 크게 벌렸을 것이다.

아기는 무럭무럭 자라났다. 백일 되던 날, 조촐하게 생일상도 차리고 사진도 찍었다. 그미의 환갑이 되자, 나는 돈을 아껴 금목걸이를 장만해드리고 또, 상을 차려드렸다. 부족한 솜씨였지만, 미역국을 끓이고 케이크를 준비했다. 그미는 고맙다고 하면서 어색하게 웃었다. 그때쯤, 언니는 결혼하느라 한바탕 그미와 전쟁을 하고 있었다. 여러 이유를 들어서 반대하는 그미와 결혼하겠다고 우기는 언니 사이에 엄청난 실랑이가 오갔다. 아가의 첫돌이 다 되어갈 무렵 언니는 드디어 결혼을 했다. 거처를 옮긴 언니 집으로 우리가 들어가 살았다. 그 집은 언니가 교습소를 하려다 만 곳이었다. 나는 직장을 관두고 집을 가정식 유아원으로 꾸며 두 명의 아이를 키웠다. 그즈음, 그미가 전화를 했다. 가정부로 취직한 집에서 푸대접을 받았다며 서럽게 울었다.

마음이 아팠다. 그미가 그런 처지에 놓여 있는 것도 속상했다. 나는 그동안 그미로 인해 숱한 괴로움을 겪었고 거기서 벗어나려고 무진장 애를 썼지만, 정작 그미가 아픔을 당하고 있다는 사실에 견딜 수 없이 힘들었다. 그것은 이해할 수 없는 감정이었다. 얼굴도 보지 않고 살던 때도 있었고, 두 번 다시 마주치지 않기를 바라던 때도 있었다. 그렇지만 그미가 불행해지기를 바란 적은 없었다. 그미는 무수히 나한테 저주를 퍼부었지만, 나는 그미한테 단 한 번도 그런 적이 없었다. 그미가 우는 소리를 듣고, 나도 울었다. 이제 그만하고 같이 살자고 했다. 그미가 정말이냐고, 그래도 되겠냐고 했고, 나는 물론이라고 했다. 그게 화근이었다. 불행의 막이 본격적으로 열린 것이다. 그미는 일하던 곳에서 곧장 나왔고, 우리는 함께 살게 되었다. 그미가 딸을 전담해서 돌봤고, 나는 아이 돌보는 일을 그만두고 다른 일거리를 찾았다. 병원에 돌아가기는 정말이지 싫었다. 무슨 일을 해야 할지 막막하기만 했다. 그러다가 학습지 영업 사원으로 한 달 정도 근무했을 때 첫돌이 다가왔다. 아기를 몇 달간 맡아주었던 둘째 올케언니가 와서 그미와 함께 음식 준비를 했다. 신발을 신고 내려가야 하는 작은 부엌, 환풍기도 없는 싱크대에서 준비한 음식들은 그럴듯했다. 겨우 걸음마를 시작한 딸은 연필을 집어 들었다. 그때만 해도 즐거웠던가. 그렇지 않았다. 남자는 날마다 술을 마셨고, 늘 그미와 부딪쳤다. 날카롭게 응수하는 그미와 사사건건 언쟁을 했고, 지옥이 따로 없었다. 몸싸움까지 할 정도가 되자 단호한 결단을 내려야 할 지경에 이르렀다. 화가 난 그미가 가방을 싸 들고 나갔다. 다른 가정부 자리로 간다고 했다. 남자는 학교를 졸업하고 중소기업에 취직했지만, 하루도 편할 날이 없었다. 귀가 시간이 더 늦어지고 만취 상태로 오는 날이 잦아졌다. 월급은 한 번도 갖다주지 않았다. 할 수 없이 그렇게도 적성이 맞지 않아 피해오던 병원에 재입사했다.

딸아이 첫돌을 지내고 난 며칠 뒤였다. 남편은 성추행으로 고소를 당했다. 술을 마시고 상사 집으로 갔는데 그곳에서 상사 부인을 성추행했다는 것이다. 남자는 억울하다고 했다. 전혀 기억에 없는 일이라는 남자의 말을 믿었다. 아기를 들쳐 업고 변호사 비용을 구했다. 나는 적극적이었다. 남자의 말이 무조건 옳을 것이라고만 믿었다. 상대 여자는 분명 신경쇠약에 걸린 것이다. 있지도 않은 일을 있다고 거짓말을 한 혐의를 벗기기 위해 전력을 기울였다. 여자가 근무하는 학교까지 찾아가서 교장 선생님을 만나기도 했다. 나는 극히 비정상적인 방법으로 비정상적인 행동을 취했다. 그러지 않으면 불안해서 견딜 수가 없었다. 모든 죄는 남자가 아니라 그 이상한 여자가 계획한 일이다. 그렇다면, 도대체 왜 멀쩡한 남자를 죄인으로 몰아세웠던 것인가. 그 원론적인 의문에 대해서 나는 아예 회피하고 있었다. 내 생각은 온전치 못했다. 오로지 남자를 옹호해야겠다는 기괴한 신념에 사로잡혀 있었다. 이런 일로 처벌을 받게 된다면, 가정을 잃을지도 모른다는 두려움이 문제를 왜곡해 보도록 나를 이끌었다. 변호사 사무실에서 사무장을 만나 그간의 일을 상세히 말했다. 내 모든 말을 귀담아듣고 메모하던 사무장이 걱정하지 말라고 나를 안심시켰다. 대질심문하는 날에 나는 경찰서 문 앞에서 기다리고 있었다. 사무장이 따라갔는데, 잠시 후에 싱글거리며 돌아왔다. 상대 여자가 고소를 취하하기로 했다는 거였다. 꽤 많은 계약금을 받은 사무장이 했던 역할은 여기까지였다. 그때쯤 범죄 경력조회를 해보던 사무장의 입을 통해 알게 된 일이 있었다. 남자는 결혼 전, 민주화 투쟁을 해서 집행유예를 받은 적이 있다고 고백했었다. 그런데 알고 보니 술을 마시고 싸움을 하던 도중에 병을 깨뜨려 상대방을 찔렀고, 상해죄로 복역했던 거였다. 남자에게 진위를 물었더니, 이렇게 말했다. 그게 말이야. 민주화 투쟁으로 하면 나올 수 없다며, 폭행 건으로 위장하자 해서 그렇게 한 거란 말이지. 사실이 아닌 거야.

이후 그 일에 대해 자세히 물어봐도 시누이들은 함구하기만 했다. 제대로 된 답변도 없이 큰 시누이는 결혼해서 신혼여행 가려고 마련한 자금이 변호사비로 다 들어갔다며 불평만 늘어놓았다.

생각해보면, 그 여자는 없던 일을 지어낸 게 아닐 것이다. 아무 일도 없었다면, 그 여자가 왜 고소까지 했겠는가. 그때, 나는 스스로 이성을 마비시켰다. 남자를 사랑해서가 아니라 내 자존심이 허락하지 않아서였다. 그 전에도 남자는 이런 적이 있었다. 스무 살 갓 넘어 결혼했던, 고등학교 때 같은 반 친구 집으로 놀러 간 적이 있었다. 친구 부부, 나, 남자와 아기까지 같이 있었는데 술을 꽤 마셨다. 친구는 무슨 이유에선지 등이 깊이 파인 좀 야한 옷을 입고 있었다. 남자와 친구가 간격을 두고 밖으로 나가더니 한참 있어도 오지 않았다. 나와 아기, 친구의 남편은 좁은 방 안에서 머쓱하게 텔레비전을 보고 있었다. 몇십 분이 지난 다음 그 둘이 돌아왔는데 낌새가 이상했다. 나는 불쾌해진 얼굴로 서둘러 자리에서 일어나 나왔다. 남자에게 그 일을 따져 물었지만, 무슨 말을 하냐며 잡아뗐다. 정황이 더 있었다. 그때는 막 결혼했던 시기였는데 잠깐 다녔던 한의원에서 일하던 동료들과 회식하는 날이었다. 남자가 회식 막바지에 같이 자리를 하겠다며 왔다. 블루스 타임이 되자 그 여자들 중 한 명한테 춤을 추자고 청했다. 으레 혼자 오는 여자한테는 이렇게 하는 것이 예의라고 했다. 무슨 말인지 납득이 잘 가지 않았지만, 남자가 하는 일은 다 옳거나 이유가 있을 것이라고 여겼다. 그다음부터 그 여자와 함께 근무하는 것이 어색했다.

성추행 사건에 대해 처음 소식을 들었을 때, 나는 어찌할 바를 몰라서 울다가 지쳐 잠들었다. 꿈속에서 남자와 나는 헤어졌다. 남자가 가버리고 나자 울긋불긋한 옷을 입은 어떤 무리가 다가와 나를 억지로 데리고 갔다. 그 무리들이 들쳐 멘 가마 위에는 웃통을 벗고 화려한 관을 쓴 어떤 얼굴 모르는 사내가 있었다. 그들은 어디론가 이동 중이었고, 기원전 페르시아 군인들 같은 느낌이 들었다. 나는 전리품처럼 이끌려 걸어가고 있었다. 기묘했다. 꿈에서 깨어난 뒤 만약 남자와 헤어지게 되면, 나는 포로처럼 여기저기 끌려다니고 말 거라는 기괴한 생각이 나를 사로잡았다. 결단코 그와 헤어질 수 없다는 결심이 그 당시 내 판단을 왜곡시키고 말았다.

딸이 어린이집에 갈 만큼 자랄 때까지 갖은 우여곡절이 있었다. 남자는 여전히 돈을 전혀 가지고 오지 않았으며, 그나마 다니던 직장까지 그만두었다. 공장의 운영이 어려워져서 다른 직원들 임금부터 지급하라고 했고 자신은 월급을 받지 않았다고 했다. 모든 것이 거짓말이었을 테지만, 당시 나는 그런가 보다 하고 믿었다. 내가 번 돈이 우리 가족의 유일한 생활비였다. 남자는 우리가 묵고 있는 방 앞부분을 개조해서 냄비 판매를 하겠다며 그 공장에서 몇몇 물건들을 가지고 와서 진열했다. 몇 달 그렇게 하다가 고향 후배와 함께 일하겠다고 누군가를 데리고 오기도 했다. 그러다가 점포를 하나 구했다며, 본격적으로 냄비 판매점을 열었다. 그럼에도 여전히 돈은 한 푼도 가지고 오지 않았고 새벽 늦게 들어오는 일은 이제 다반사가 되었다. 게다가 한 번씩 점포가 있는 곳을 기웃거려보면, 남자들 서넛이 모여서 노름을 하고 있었다. 게다가 하루라도 술을 마시지 않는 날이 없었다. 한번은 음주 운전을 한 채로 화가 난다며 골목에 주차되어 있던 차들을 마구 들이받았다. 또 다른 때는 심하게 주정을 하며 온갖 물건들을 부수기 시작했다. 급기야 나는 아이를 데리고 인근 놀이터로 피신을 했고, 주위 사람들이 경찰을 불러 연행되어 갔다. 굵직하고 자잘한 시끄러운 일들이 끊임없이 일어나고 일어났다.

31 / 49
엄청난 지옥이 익숙해져가고

남자가 나한테 손찌검을 시작한 것은 언제부터였을까. 그때, 시어머니가 잠시 와 있던 임신 말기부터였다. 나를 끌고 나가서 포장마차에서 술을 마셨다. 길거리에서 내 머리를 잡아끌고 때렸다. 뭔가 기분이 단단히 틀어진 모양이었다. 나는 창피해서 그 일을 무마시켰다. 남자가 실수했겠거니 했다. 처음 내게 손을 댔을 때, 어떤 반응이 나오는지 찝쩍거려본 것이었을까. 그때 단호하게 안 된다며, 화를 내면서 펄쩍 뛰어야 했던 걸까. 어쨌거나 그 이후부터 지옥이 시작되었다. 술을 마시는 횟수도 점차 늘어갔다. 함께 기거한 지 6개월쯤 지나자 본격적인 행동이 나오기 시작했다. 남자의 형수는 내게 연락을 해서 술 먹고 지금 집에 와서 깽판을 부리는데 왜 만류하지 않았냐고 따졌다. 술을 먹는 사람을 만나본 적이 없어서 나는 그 행패가 어떤 것인지 짐작할 수조차 없었다. 그러다가 남자와 사는 5년 동안 그 실체를 낱낱이 알게 되었다.

내가 스물여섯 살 되던 해 겨울, 병원을 그만두고 놀이방을 오픈했다. 야외 놀이터 바로 앞, 방 하나가 딸린 작은 점포에 미끄럼틀과 시소, 놀잇감을 놓고 아이들을 모집했다. 인근에 사는 몇몇 엄마들이 아이들을 맡겼다. 놀이방을 해야겠다고 결심한 이유는 바로 돈 때문이었다. 간호사 월급으로 돈을 모으기가 요원했다. 남자는 아예 돈을 가져다주지 않기로 결심한 사람 같았다. 오히려 내가 용돈을 주는 형편이었다. 놀이방을 하면서 내 아이도 돌볼 수 있겠다 싶어 선택한 길이었다. 그동안 어린이집에 맡길 때마다 아이는 서럽게 울곤 했다. 그 당시에는 자격증이 없어서 언니 이름을 빌려 개원했다. 제법 아이들이 모였다. 남자는 잠깐 놀이방을 돌봐주기도 했지만, 밤이 되면 말도 없이 사라졌다. 한번은 집요하게 그를 따라가보았다. 도대체 어딜 가냐면서 한 시간을 놓치지 않고 따라다녔다. 어느 골목에서 그는 잽싸게 사라졌다. 한 번도 말한 적은 없었지만, 그때 그는 노름에 빠져 있었던 듯하다. 그는 늘 돈이 없었고, 돈이 필요했다. 아마도 오랫동안 노름을 해왔던 것 같기도 했다. 나만 잘 몰랐을 뿐이었다.

생각보다 놀이방이 잘되었다. 3개월 뒤에 권리금을 받고 이사를 했다. 이번에는 대출을 받아서 집과 차까지 마련해 40평 공간에 어린이집을 열었다. 갓난아이부터 일곱 살 아이까지 받았다. 인근에 사는 부모들이 아이를 맡겼는데, 제법 잘되었다. 그게 한 3개월 정도였다. 그때, 그미한테 가정부 일을 그만두고 어린이집에 와서 요리를 하면 어떻겠냐고 제안을 했다. 그미가 흔쾌히 승낙해서 와서는 부엌일을 도맡았다. 하지만 그것도 오래가지 못했다. 나는 어쩌자고 그미를 자꾸 불러들였던 것일까. 조금이라도 그럴 수만 있다면, 가정부 일을 그만두게 하고 싶었다. 그도 그럴 것이 툭하면 그미는 전화를 걸어와서 하소연하곤 했다. 손을 다쳤다느니, 서러운 말을 들었다느니 하며 불평을 늘어놓았다. 그만두라고 했지만, 딱히 생활비를 대줄 수 있는 처지가 아니었다. 이제는 그래도 돈이 들어오니, 그미한테 돈을 드릴 수 있어서 꺼낸 말이었다.

그게 불과 한 달이 채 가지 않았다. 문제는 돈이 아니라 남자와 그미 간의 갈등 때문이었다. 남자는 학원 차를 운행했는데, 마치고는 늘 술이었다. 그 모습을 지켜보던 그미는 절대 같이 있지 못하겠다며 가버렸다. 이번에는 아예 지역을 떠나 그미의 고향으로 이사했다. 처음에는 그나마 학원 차를 잘 운행하기도 하고, 아이들도 돌보곤 했다. 아이들은 '큰 선생님'이라는 호칭을 쓰면서 남자를 잘 따랐다. 유난히 우는 아이는 남자가 데리고 들어가서 혼을 냈다. 한두 살 된 아이를 달래다가 안 되면 침대에서 낙하시키기도 했다. 그때 나는 분명 말렸어야 했다. 그런 행동을 하는 것을 뻔히 보고도 왜 나는 아무 말도 하지 못했을까. 돈 욕심이 난 나는 24시간을 계속 봐야 하는 갓 돌이 지난 아기도 돌봤고, 야간에만 맡기는 여섯 살 남자아이도 받았다. 무리하게 대출을 받았던 까닭에 매달 갚아야 할 돈이 엄청났다. 번 돈의 3분의 2 이상이 빚을 갚아나가는 데 쓰였다. 돈을 벌긴 했지만, 너무나 힘들었다. 그 와중에 언니는 한 번씩 볼일을 보러 가야 한다며 어린 조카 두 명을 무턱대고 맡기기도 했다. 보조 선생님을 써야 했지만, 그러지 못했다. 임금을 지급할 형편이 못 되었다. 그렇지만, 결단을 내려서 선생님을 고용했다. 나보다 스무 살 가까이 많은 선생님한테 함부로 명령할 수가 없었다. 일주일 후 그만 나오시라고 했다.

유일하게 즐거웠던 순간은 수업할 때였다. 일주일 커리큘럼을 혼자서 짜고, 수업 계획표를 학부모들한테 보내고, 아이들을 가르쳤다. 구연동화 시간이 가장 자신 있는 시간이었다. 단 한 번도 배워본 적 없었지만 나는 그럴듯하게 등장인물들을 연기하며 책을 읽어주었다. 그림을 그리는 시간에는 주제를 정해서 그리되 어떤 색깔이든 마음대로 써도 좋다고 했다. 하늘이 노란색이어도 되고, 바다가 분홍색이어도 된다고 했다. 자유롭게 마구 그린 아이한테는 칭찬을 아끼지 않았다. 아이들을 돌보면서, 신기한 것을 느꼈다. 아이들은 저마다의 방식으로 표현하고, 소통하고, 권위를 잡고, 허세를 떨거나 눈치를 보곤 했다. 아이들은 부족하거나 미숙한 것이 아니라 있는 그대로 온전했다. 그 상태에서 나날이 조금씩 자라날 뿐이었다. 그렇지만 나는 그다지 좋은 선생이 아니었다. 게다가 딸한테는 몹쓸 짓을 했다. 내 아이를 내가 직접 가르치고 돌볼 수 있다는 것은 허울 좋은 핑계였다. 딸은 내가 놀이방을 했을 때부터 동생들한테 쉬를 뉘게 하는 일을 도맡았다. 그렇게 하는 딸을 칭찬해서 그 행동을 강화시켰다. 딸을 교육하기보다는 그렇게 허드렛일을 마구 시켰던 것이다. 어린이집에서 딸의 임무는 주로 변기통을 비우고 씻는 일이었다. 한두 번도 아니고, 줄곧 그렇게 하니 얼마나 힘들었을까. 딸은 다른 친구들과 놀다가도 부르면 달려와서 변기통을 씻어 와야 했다. 그렇게 일을 시키면서도 미안해하지도 않았다. 온 가족이 같이 일해야 먹고살 수 있다고 여겼다. 한동안 그런 패턴이 반복되었다. 낮이나 밤이나 줄곧 아이들과 함께였고, 내 유일한 개인 시간은 아이들이 잠들 때나, 오전반 아이들이 막

나가고 난 후 한 시간 정도였다. 그때, 겨우 책을 읽거나 그림을 그렸다.

4절지로 된 길쭉한 스케치북을 펼쳤다. 양쪽으로 무성한 나무들이 있고, 가운데 한 여자가 자전거를 타고 숲길로 들어서고 있다. 하늘거리는 긴 치마를 입고 긴 고수머리를 나풀대며 자전거 페달을 밟는 여자는 혼자다. 땅은 보랏빛으로 물들어 있다. 나뭇잎들은 여자가 지나갈 때마다 환영한다는 듯 팔랑거렸다. 울퉁불퉁하지만, 길은 곧게 뻗어 있어서 여자는 곧장 앞으로 페달을 밟고 있다. 저 멀리 나무들 사이로 푸른 보자기처럼 하늘이 드리워져 있다. 여자의 둥근 등에는 보이지 않는 보따리가 있다. 그동안 마주한 모든 시간들을 몽땅 싸매어 짊어지고 있다. 갈 수 있는 곳까지 여자는 자전거 페달을 밟고 있을 것이다. 그렇게 그림을 그려놓고 창틀에 세워두었다. 아이들이 선생님이 선생님을 그렸다며 웃었다. 그 그림이 너무나 마음에 들어 고이 간직했지만, 몇 번 이사하는 동안 사라지고 말았다. 당시 내가 읽은 책은《티베트 사자의 서》였다. 죽음 이후의 세계에 대한 고찰이 너무나 흥미로웠다. 책을 막 다 읽고 난 어느 날, 한 친구가 놀러 왔다. 나는 열을 올리며 죽음 여행의 여정을 자세히 설명했다. 진학 대신 우체국에 취직해 일하던 친구는 상사와의 고충을 토로했다. 친구의 고민을 경청했고, 공감했다. 그리고 한마디 했을 뿐이었는데 친구는 마음이 가벼워졌다며 고맙다고 했다. 나는 사실 아무런 도움이 되지 못했고 갈등을 해결해줄 어떠한 묘책도 없었다. 다만, 내가 했던 말은 이러했다. "그렇구나. 많이 힘들겠다. 나라도 그렇게 힘들었을 거야. 그래도 한번 버텨내보자. 내가 마음을 보탤 테니, 견뎌보자."

친구는 그렇게 해보라는 투가 아니라 청유형을 썼다는 것에 큰 의미를 두었다. 떠미는 식이 아니라 함께하자는 말이 큰 힘이 되었다고 했다. 건물 옥상에서 차 한잔을 하고 친구는 씩씩하게 돌아갔다. 어쩌면 내가 듣고 싶었던 말을 친구한테 해주었는지도 모른다. 누구에게도 듣지 못해서 절실했던 그런 말을.

그미가 한 달 정도 후에 다른 도시로 간 것은 교회 때문이기도 했다. 놀이방을 하기 전, 병원에서 3교대를 하던 시절이었다. 밤 근무를 마치고 아침에 오더라도 우리는 다 함께 교회를 가야 했다. 얼마나 고단한지 상상을 초월할 정도로 잠이 쏟아졌지만, 가지 않으면 바로 욕이 쏟아졌다. 그때, 소형차가 있었고 남자가 운전해서 온 가족이 함께 교회를 가서 오후 늦게 집에 돌아올 수 있었다. 그미는 오로지

한 교회만 고집했는데, 나중에 안 사실이었지만 그 교회는 이단이었다. 어쨌든 우리는 두 시간이나 되는 거리를 일요일마다 다녔다. 나는 병원에서 거의 막내여서 야간 근무를 많이 했고, 한숨도 자지 못하고 그렇게 교회를 다녔다. 교회 입구에서 인사를 하던 집사님이 나를 보고 얼굴이 왜 그렇게 굳어 있냐고 염려스럽게 말을 걸기도 했다. 그미와 사는 것은 고역이었지만, 그래서 제발 같이 살지 않았으면 했지만, 남자는 막무가내로 같이 살자고 했다. 그렇게 서로가 앙숙인데, 갈등의 끝판을 찍고도 남자는 그미와 사는 것을 포기하지 않았다. 사실 우리가 살았던 집은 그미의 명의였고, 우리에게는 모아놓은 돈이 하나도 없었다. 나간다고 해도 갈 곳도 없었다. 게다가 남자는 내가 일을 하러 가야 하니 아이를 봐줄 사람이 있어야 한다며, 오히려 내게 좀 참지 그러냐고 타박을 했다. 그러고는 늘 그미와 싸웠다.

그러다가 어린이집에 그미가 오고 나서 교회를 가지 않았다. 일요일에도 돌볼 아이들이 있기 때문이었다. 그미는 혼자서 버스를 세 번이나 갈아타고 교회를 다녔다. 갖은 욕설과 저주와 악담을 내뿜으며 그미가 가고 나서, 하루는 너무나 화가 나서 성경책을 창밖에 집어 던졌다. 그렇게 욕할 바에야 차라리 교회를 안 가는 게 백번 낫겠다며 소리쳤다. 내가 보기에 그미는 독기를 가지고 기도하는 이율배반을 저지르고 있었다. 그렇게 먼 거리를 몇 번 다니다가 어느 날, 그미가 선언했다. "교회를 안 다니는 연놈들을 보고 있자니 내가 속에서 천불이 난다. 너희들은 마귀고 사탄이다. 돈을 아무리 많이 준다 해도 너희 연놈들과 같이 안 있으련다. 나는 우리 교회 옆으로 가서 은혜롭게 살란다."

그렇게 그미는 나가고 말았다. 어린이집을 시작한 지 여섯 달째로 들어서자 완연히 적자가 되고 있었다. 아이엠에프가 터지고, 중소기업에 다니던 부모들은 직장을 잃기 일쑤였다. 더 이상 아이를 맡기지 않았다. 한 달에 갚아야 할 집 대출금과 차 할부금이 숨통을 조여왔다. 아이들이 빠져나가면서 부족해진 돈을 메우기 위해 나는 파트타임 학원 강사로 뛰었다. 언니는 자신의 명의로 우리가 사업을 하고 있는데 번 돈의 얼마쯤은 줘야 하는 게 도리가 아니냐며 압박을 해왔다. 이런 말을 듣지 않기 위해서는 유아 교사 자격증이 필요했다. 시간이 나지 않는 나를 대신해서 남자가 자격증 과정을 밟았다. 1년간 평생교육원에 다니면 발급해주는 과정이 있었고, 그 자격증이면 어린이집을 할 수 있었다. 남자는 재미를 붙이며 다니는 듯했다. 그래도 자주 술을 마시고 왔다.

그러던 어느 날, 몇 달 동안 어린이집에 딸 또래의 아이를 맡기던 여자가 대접을 한번 하겠다고 해서 함께 저녁을 먹은 적이 있었다. 그때는 시어머니와 함께 생활할 때였다. 어린이집에는 홀 두 개와 방 하나가 있었는데, 그 방에 어머니가 기거했다. 우리는 넓은 홀 한쪽 귀퉁이에 이불을 깔고 자곤 했다. 그날, 딸과 또래 아이는 저녁을 먹고 나서 일찌감치 재웠다. 남자와 아이 엄마가 노래방에 있다고 해서 찾아갔다. 남자는 자꾸만 그 아이 엄마와 밀착하고 있었다. 그만하고 돌아가자고 눈치를 줬지만, 남자는 노래를 계속 신청했고, 급기야 새벽 2시를 훌쩍 넘기고 있었다. 노래방에서까지 술을 시켜서 마시고, 또 노래를 부르고 그런 행동이 이어졌다. 그러다가 내가 그만하자며 정식으로 항의를 하자 내가 보는 앞에서 아이 엄마의 손을 잡고 사라졌다. 어쩔 수 없이 내가 돌아왔을 때, 아이 둘은 이미 깊이 잠들어 있었다. 남자는 다음 날, 정오가 다 되어갈 때 부스스한 모습으로 나타나서 아이를 태워준다며 나갔다. 그 아이 엄마는 혼자 사는 여자였다. 그 어떤 말로도 변명할 거리가 없는 일이었다. 몇 마디 물어봤으나 신통한 답이나 하다못해 사과 한마디 들을 수가 없었다. 나는 시어머니 앞에서 남자에게 제대로 말을 걸지 못했다. 시어머니는 아들을 너무나도 끔찍하게 여겼다. 없는 형편이었지만 막내였던 남자가 돈을 달라고 하면, 해녀 생활을 했던 시어머니가 열 일 제쳐놓고 돈을 줘가며 키웠다고 들었다. 시어머니는 그 누구의 말도 듣지 않았지만, 유일하게 귀한 막내아들 말은 잘 들었다.

시어머니가 수년 전, 뇌출혈을 일으킨 것은 둘째 며느리와 말다툼 끝에 까무러쳐서 그렇게 된 것이라고 들었다. 그게 원한으로 남아 남자는 술을 먹고 형수한테 가서 행패를 부리곤 했는데 그 버릇은 결혼해서도 잘 고쳐지지 않았다. 그리고 이제 행패는 형수가 아니라 나한테로 넘어왔다.

어느 날에는 시어머니가 하는 말에 바로 대꾸를 하지 않는다고 때렸다. 또 다른 날에는 다른 이유로 때리곤 했다. 아이들이 가고 난 뒤, 늦은 밤부터 새벽까지 나는 맞고 또 맞았다. 건너편 홀에 가서 문을 걸어 잠그고는 구타를 했다. 어린이집을 꾸밀 때 내가 직접 만든, 창문의 화려한 성 모양 깃발들이 하나하나 떨어져 바닥에 흥건한 피를 뿌리는 환영을 보기도 했다. 이러다가 나는 미쳐버릴 거라고 중얼거렸다. 나는 지금 고문을 당하고 있고, 밝혀야 할 암호는 이미 사라져버려서 지금 이 남자 손에 죽고 말 거라고 중얼거렸다. 그렇게 중얼거리고 있다고 또 얼굴을, 머리를, 허리와 다리를 주먹으로 갈기고 밟고 때렸다. 나는 벌을 받고 있었다. 그미를 피해 독립한 벌을. 아무리 욕설과 악담으로 뒤범벅되어도 교회를 나갔어야 했는데, 나가지 않은 벌을. 하느님의 징죄가 두렵지 않냐, 이 사탄들아, 마귀들아, 그렇게 말했던 그미의 말이 그대로 실현되고 있었다.

남자는 기분이 풀릴 때까지 샌드백처럼 나를 두들겨 패놓고는 다음 순간 나를 껴안고 잤다. 이상한 일이었다. 나는 점점 맞는 게, 그 엄청난 지옥이 익숙해져가고 있었다. 얼굴과 몸에 멍이 드는 것이 예사였다. 시어머니가 말릴 때도 있었지만, 남자가 이렇게 다뤄야 한다고 윽박지르면 못 이기는 척 뒤로 물러서곤 했다. 남자가 아직 어릴 때 세상을 떠난 시아버지의 행동이 꼭 그러했다고 나중에야 들었다. 그 행동을 남자가 그대로 따라 했던 거였다.

아무리 노력해도 빚을 감당할 수가 없었다. 시어머니는 누님 댁으로 거처를 옮겨 갔다. 남자는 술을 마셔서 차 운행을 못 할 때는 택시를 불러 아이들을 보내주기도 했다. 안 되겠다 싶어서 그때쯤, 나는 운전면허를 취득하기 위해 학원에 등록했다. 3개월 만에 운전면허를 땄다. 하지만 미숙한 탓에 운전대를 잡지 않았다. 그날도 남자는 새벽까지 술을 마시고 아침에 일어나지 못했다. 아이들을 태우러 가야 하는 시간은 다가왔는데 남자는 꼼짝도 하지 않았다. 일어나라고 하다가 급기야 찬물을 가지고 와서 얼굴에 들이부었다. 남자가 벌떡 일어나더니 아무 말도 없이 나를 때렸다. 그냥 때리는 것이 아니라 거울을 깨고 물건을 집어 던지고 죽일 듯이 팼다. 바닥이 피로 범벅이 되었다. 다리가 찢어졌다. 1년 전쯤에 뺨을 때렸을 때, 그때는 고막이 찢어졌었다. 오른쪽 귀가 먹먹하고 소리가 잘 들리지 않았다. 그때, 나는 이혼 소송을 결심하고 있었다. 이비인후과에 가서 2주 진단을 받았다. 3주는 되어야 유리하다는 말을 들은 뒤라 한 주 더 달라고 했지만. 이비인후과 의사는 단호하게 2주를 고집했다. 이번에는 다리였다. 양쪽 다리에 피가 멈추지 않았다. 붕대를 찾아서 대충 싸맸다. 남자는 그길로 나가서는 어쨌거나 아이들을 태우고 왔다. 아이들을 남자에게 맡기고 병원부터 갔다. 깊은 곳까지 찢어졌으니 엑스레이를 찍어야 할 것 같다고 의사가 말했다. 그냥 꿰매주세요, 시간이 없어요. 나는 황급하게 같은 말을 반복했다. 젊은 의사는 상처를 다시 살펴보더니 흉터가 남을 거라고 말했다. 괜찮으니 얼른 꿰매주세요. 내가 다시 채근했다. 열바늘도 넘게 꿰맨 다리를 끌고 어린이집에 돌아와서 아이들을 돌봤다. 이제 무릎까지 오는 치마는 결코 못 입을 거라는 생각이 들었다.

어린이집이 잘되지 않을 즈음, 남자는 유아교육 자격증반 공부를 마친 뒤 공원에서 정어리 회를 썰어 팔겠다며 나갔다. 한번은 어떤 여자가 와서 위에 걸쳐 입을 옷을 달라고 했다. 누구냐고 물었더니 같이 공부하는 친구라고 했다. 남자가 새로 사귀고 있는 여자 같았지만, 그 사실을 인정하고 싶지 않았다. 짐작하면서도 제대로 따지지도 못했다. 대신 나도 똑같이 갚아주겠다고 벼르고 있었다. 그렇지만 그런 기회가 없었다. 다만, 내가 했던 것은 좀 엉뚱한 일이었다. 남자가 아침까지 집에 오지 않을 때, 어디에서 무엇을 하고 있는지 연락이 아예 되지 않던 어느 날, 나는 혼자 노래방에 가서 고래고래 고함을 지르면서 노래를 불렀다. 그 밖에 유일하게 스트레스를 해소할 수 있는 일은 큰마음 먹고 다른 도시에서 하는 그림 전시회에 가는 거였다. 아이를 데리고 갈 수도 있었지만 그러지 않았다. 나한테 주는 선물 같은 시간이라고 여겼다. 그렇게 1박 2일을 보내면서 사기꾼일 성싶은 남자와 술을 마신 적도 있었다. 그는 북한 미술품을 주로 취급하고 유명 인사를 많이 안다며 자신을 떠벌렸다.

한번은 이런 적도 있었다. 그때는 경제적으로 악화일로여서 어떻게 살아야 할지 막막하던 때였다. 여전히 남자는 정어리 회 장사를 한다고 했지만, 생활비를 한 푼도 준 적이 없었다. 나는 실의에 빠진 채 거리를 걷고 있었다. 딸아이는 다른 도시로 이사 간 할머니가 데리고 있었다. 오랜만에 방문했던 그미가 아이를 보고 너무 말라서 볼 수가 없다며 데려가겠다고 했고, 나는 말리지 않았다. 그때, 딸은 비쩍 야위어 있었고, 신체검사 때는 소변에서 단백질이 나오기도 했다. 내게는 음식을 해줄 힘도 없었다. 어린이집을 하면서도 파트타임으로 학원을 좀 다니다가 그만두기도 했다. 날마다 죽음을 생각했다. 하루에도 수십 번씩 자살을 꿈꾸고 있었다. 거리를 걷고 있는데 누군가 말을 걸어왔다. 왜 그렇게 우울해요? 힘든 일이 많은가 보군요. 나는 깜짝 놀랐다. 이 세상에 나한테 이렇게 말을 걸어오는 사람이 다 있다니, 나는 걸음을 멈추고 그 사람을 쳐다봤다. 대학생 정도로 보이는 젊은 남자였다. 옆에 잠깐 앉아보라고 해서 벤치에 나란히 앉아 얘기를 나눴다. 현재 내가 가지고 있는 고민들, 남자로부터 당하는 폭행, 경제적 어려움들을 두서없이 늘어놓았다. 내 말을 고스란히 경청하던 젊은 남자는 해결 방법이 있다며 같이 가겠냐고 물었다. 나는 흔쾌히 그 말에 응했고, 우리는 버스를 타고 부산으로 갔다. 그가 이끈 곳은 대궐이었다. 엄청나게 큰 기와집에 휘황찬란한 불빛들이 쏟아지고 있었다. 그 안으로 나를 데리고 갔다. 무수히 많은 방 중 한 방으로 안내했는데 들어서자마자 깜짝 놀라고 말았다. 연분홍 드레스를 입은 여자들이 높다란 상 위에 차려놓은 음식들 앞에 줄지어 서서 절을 하고 있었다. 거기는 별천지였다. 그 방을 가로질러 안쪽 작은 방으로 안내했다. 그곳에서 잠깐 기다리라고 하더니 누군가를 데리고 왔다. 한복을 입은 중년 여자가 빨간 입술로 흉하게 웃었다. 불행의 근원은 전부 조상 탓입니다. 조상을 잘못 모셔서 지금 불행이 온 거예요. 액을 막기 위해서는 제사를 지내면 됩니다. 모든 것이 술술 잘 풀릴 겁니다. 알다시피 제사는 비용이 있어야 해요. 여자의 말은 거침이 없었다. 얼마 드나요? 내가 묻자 여자가 말했다. 최소 50만 원은 잡아야지요. 조상한테 정성을 쏟을수록 일이 풀리게 되어 있어요. 그 말에 나는 벌떡 일어서면서 말했다. 돈이 없어요. 단 한 푼도요. 나는 거지입니다. 거지라서 고민이 되어 상담하다가 여기까지 온 거란 말예요. 여자가 지지 않고 말했다. 그러니까 해결하려면 빚을 내서 제사를 지내야지요. 빚을 내더라도 해야 해요! 나는 문을 박차고 나가면서 말했다. 빚이란 빚은 다 졌어요. 신용 불량입니다. 그들은 더 이상 나를 잡지 않았다. 그 소굴을 나서면서 안도의 한숨을 내쉬었다. 그러면 그렇지. 나를 위로해주고 지지해줄 사람은 아무도 없어. 난 혼자야. 항상, 아주 오래전부터 그래왔지. 그렇게 속으로 뇌까리면서 돌아왔다.

내가 그러고 있는 동안, 남자가 어디에서 무엇을 했는지는 알 수가 없다. 날마다 술이었고, 걸핏하면 나한테 폭력을 휘둘렀다. 그에 비례해서 나는 비수처럼 자살을 품고 있었다. 도서관에서 책을 빌리곤 했는데, 빌린 책을 반납하지 못할까 봐 늘 걱정이었다. 2주간 대출인데, 내가 죽으면 이 책을 제대로 반납하지 못하게 되고 그러면 나는 죽어서도 걱정일 것이라는 생각이 들었다. 이 책을 찾을 시민한테, 약속을 지키지 않은 도서관 측에 미안할 노릇일 것이다. 이상하게도 그렇게 미리 죄책감을 가지며 사로잡혀 있었다. 그러다가 우연히 대학 동아리 때의 동기와 연락이 닿아서 전화를 주고받았다. 그 직전에 역시 우연히 연락이 닿은 후배가 내가 있는 곳으로 찾아온 적이 있었다. 반갑고 그리운 마음에 학교 동아리 방으로 찾아가서 후배들한테 밥을 사 주기도 했다. 그때는 어린이집이 제법 잘될 무렵이었다. 동아리방은 이제 다른 동아리와 나눠 쓰지 않아도 되었다. 버젓이 체육관 한쪽의 간이 공간을 단독으로 차지하고 있었다. 후배들도 많았다. 놀라웠다. 학교 이름에서는 '간호보건'이 아예 삭제된 지 오래였고, 내가 다닐 때보다 학과들이 열 개나 더 늘어났으며 해마다 과가 늘어나는 추세였다. 나는 선배 노릇을 하느라 문학에 대한 이론을 즉석에서 강의하기도 했다. 여전히 내가 했던 마지막 시화전 큰 액자가 동아리 방 한쪽에 놓여 있었고, 내 글이 적힌 낡은 수상록이 서랍 안쪽에 놓여 있었다. 그걸 챙겨서 가지고 왔다. 그렇게 해서 알게 된 동기의 연락처였다. 한때, 그 동기는 나를 좋아했던 것도 같다. 내가 그리워서 담뱃불로 지진 적이 있다고 손에 난 상처를 보여주기도 한 것이 기억났다. 괴롭고 힘든 일이 많았다고 말하자, 항상 동생 같기만 했던 그가 말했다. 나무만 보지 말고 숲을 보렴. 이 모든 괴로움도 결국 지나가는 거야.

그런 말들이 너무나 감사했다. 입에 발린 위로라도 그때 내게는 무척 소중했다. 피 흘리던 마음이 조금이라도 지혈되는 듯했다. 그날도 남자가 술을 마시고 왔고, 나는 현관문을 열어주지 않았다. 문을 쾅쾅 쳐댔지만, 문을 열지 않기로 작정했다. 그러면서 나는 빠르게 동기한테 말했다. 다시 내 몸에 손을 댄다면, 경찰을 부르거나 탈출하고 말 거라고. 그러면 내가 연락할 테니 꼭 전화를 받아달라고 했다. 문을 열지 않자 남자가 욕실 세면대 위 작은 창문을 통해 안으로 들어왔다. 세면대 부서지는 소리가 요란하게 들렸다. 방문을 열자마자 남자가 부엌에서 칼을 꺼내 들고 나를 향해 다가왔다. 놀란 나는 숨죽인 채 주저앉아 있었다. 어느 놈이야, 어느 놈하고 놀아났어? 남자가 나한테 욕을 해대며 칼로 위협했다. 목에 칼이 들어오자 숫제 눈을 감았다. 내 목을 찌르려다가 말고 남자가 방바닥에 칼을 꽂았다. 으아악! 크게 오열을 하면서 울었다. 그 틈에 나는 신발을 신고 도망갔다. 일단 위층에 사는 주인집으로 피신을 했다. 주인아줌마는 도와달라는 내 말에 일단 자초지종을 들어보자며 말해보라고 했다. 바로 경찰을 불러달라고 요청했지만, 진정부터 하고 이유를 말하라고 했다. 나는 장황하게 남자가 그동안 나한테 가한 행동과 지금 일어난 일들을 설명했다. 젊은 사람들이 착실하게 어린이집을 해서 돈을 모으는 줄 알았는데, 그런 일이 있었네. 아줌마는 입술을 삐죽거리며 비아냥거리는 표정으로 바라보았다. 아줌마의 태도를 보니 경찰을 불러서 시끄럽게 하고 싶지 않은 것이 분명했다. 나는 슬며시 내려와서 동태를 살폈다. 남자는 곯아떨어져 있었다. 그때 마침 딸아이는 그미한테 가 있었다.

나는 재빨리 옷가지 몇 개만 챙겨서 집을 빠져나왔다. 새벽 첫 버스를 타고 무작정 부산으로 갔다. 가정폭력 피해자 여성 센터를 문의해서 찾아갔다. 담당자는 내 말을 자르더니 단호하게 말했다. 묵을 곳이 필요한가요? 나는 그렇다고 답했다. 그는 피해 여성들이 묵는 안전가옥으로 안내했다. 한적한 골목 안쪽 단독주택이었다. 들어서자마자 탁한 공기가 훅 끼쳐왔다. 여자들은 나를 짠하게 바라보았다. 저렇게 젊은 여자가 맞고 살았구나, 안됐다, 그런 눈초리였다. 방 한 칸에 여러 명이 생활하고 있었다. 사생활이라고는 전혀 없을 수밖에 없는 구조였다. 그곳에 있는 여자들의 유일한 꿈은 위자료를 톡톡히 받고 이혼하는 거였다. 완전히 이혼하는 순간까지 남편을 만나지 않는 것이 소원이었다. 이혼하고 난 다음에도 보복을 당하지 않는 것 또한 꿈이었다. 법 조항들과 씨름하면서 서로 이혼에 대한 구체적인 계획을 말하면서 보내고 있었다. 거기서 하루를 지내고 나서 이대로는 안 되겠다고 생각했다. 나가서 돈을 벌어야겠다고 결심했다. 올 때처럼 홀연히 나가서 동기한테 전화했다. 그러고는 동기가 있는 다른 도시로 가기 위해 버스를 탔다. 동기가 취직해 있던 병원에 가서 동기의 룸메이트이자 또 다른 동아리 동기와도 재회를 했다. 그 후 나는 슬프고 억울한 감정을 술로 달랬다. 내가 갈 곳이 없다는 것을 알고 동기는 자기 방에 머무르도록 해주었다. 남자 둘 있는 방에 언제까지 머물 수는 없었지만, 당장 돈 한 푼 없는 내가 갈 수 있는 곳은 달리 없었다. 편안하게 내 몸을 누이고 쉴 수 있는 공간이 필요했다. 동기가 돈을 내어 근처 방을 하나 얻어주었다. 아주 낡고 작은 자취방이었지만, 그런대로 혼자 지낼 만했다. 동기는 조만간 아파트를 사서 이사할 예정이라고 했다. 나는 곧 돈을 벌기 위해 취직을 할 거라고 했지만, 자신이 없었다. 온몸에 돌 피가 없고, 차려야 할 정신이 없는 듯했다. 나는 내가 아니었다. 어중이떠중이로 살아온 듯했다. 낭떠러지에 간신히 매달린 손가락이 이제 하나 둘 풀어지고 있었다. 별다른 생각 없이 나는 함부로 동기를 사랑하고 있다고 믿어버렸다.

우리는 그렇게 보름 가까이 지냈다. 어떻게 알았는지 남자가 동기의 휴대전화로 전화를 걸어왔다. 동기는 나를 본 적이 없다고 잡아뗐다. 동기가 근무를 마칠 때까지 나는 인근에 있는 도서관에서 책을 봤다. 그곳에서 처음으로 위트릴로를 만났다. 몽마르트르의 잿빛 하늘과 술과 우울에 늘 파묻혀 살던 19세기 화가 위트릴로. 한눈에 나는 그와 함께할 운명이라는 사실을 알았다. 동기가 야간 근무를 하던 숙소 벽에는 조명이 두드러진 옛 건물이 액자에 담겨 있었다. 그곳에서 동기와 함께 밤을 보내면서 나는 액자 속 건물이 근정전일 거라고 제멋대로 생각했다. 우리는 배를 타고 있어. 달칵달칵 노 젓는 소리가 들리고 산들바람이 기분 좋게 불어오고 금목서 향기가 달달하게 입에 씹히는 근정전. 그 근정전 아래에서 잠이 들곤 했다. 이상한 관계이긴 했지만, 그때 그 동기가 내겐 유일한 삶의 끈이었다. 살면서 데이트다운 데이트를 한 번도 해본 적이 없었던 나는 처음으로 그 동기와 데이트를 했다. 야외 공원을 가기도 하고, 카페에 가서 맛있는 커피를 마시기도 했다. 그러는 순간순간, 나는 불안했고, 갑자기 온몸을 떨기도 했다. 속옷이 없어서 팬티 하나를 빨아서 말리지도 않고 입는 바람에 냉증이 심각해지기도 했다. 그즈음, 내 불안과 비정상적인 정서가 전염되었는지 동기는 한숨이 늘어갔고, 급기야 근무하고 있던 곳에 내 이야기를 털어놓았다고 했다. 그 말을 전해준 것은 동기의 룸메이트였다. 이제 그만하고 네 갈 길로 가라는 의미로 들렸다. 모르는 바는 아니었지만, 취직을 바로 할 수가 없었다. 늘 자리가 넘치던 병원이라고 여겼지만, 그 당시에는 일자리가 없었다. 돈을 많이 준다는 광고를 보고 바 같은 곳에 취직해볼까도 했지만 결국 그러지 않았다. 나는 아이의 엄마였다. 당당한 직업을 가져야지 떳떳하게 아이를 만날 수 있겠다는 생각이 들었다. 생각 끝에 오래전 병원에서 같이 근무했던 의사를 찾아갔다. 일자리를 구할 수 없겠냐고 했더니 대번에 아는 곳을 추천해줬다. 그렇게 나는 한 번도 가보지 못한 새로운 도시의 한 병원에 취직을 하고 기숙사 생활을 시작했다. 그런 다음 처음으로 그미의 집에 전화를 했다. 그미가 울면서 전화를 받았다. 나는 아이를 바꿔달라고 하고는 울음을 터뜨렸다. 쉬는 날마다 내려가겠다고 아이와 약속했다. 아이는 이내 명랑한 음성으로 그럼 언제 와? 하고 물었고, 나는 닷새 뒤라고 말해줬다.

기숙사는 말이 좋아 그렇지 단체 합숙소였다. 병원의 가장 위층 공간에 2층 침대를 다닥다닥 붙여서 엉성하게 만든 공간이었다. 개인 생활이라고는 전혀 할 수 없었다. 가자마자 공동으로 쓰는 냉장고와 책상, 내 침대를 주위를 닦고 정리했다. 정신과 병동은 내가 다녀본 병원 중에서 최악이었다. 수간호사는 50 가까운 나이의 미혼이었고, 날카롭고 신경질적이었다. 수간호사 앞에서 나는 늘 주눅 들어 있었고, 숨도 제대로 쉬지 못했다. 걸어 다니는 환자들이 거의 없었다. 다른 정신과 병원에서 수술해야 하는 환자들이 모이는 곳이었다. 수술 전과 후에 손길이 많이 가는 일을 죄다 해야 했다. 게다가 소아부터 노인까지 각 연령층의 환자들이 한꺼번에 모여 있었다. 정신적 문제가 기본적으로 깔린 상태에서 전부 일곱 개 과의 의사들이 협진하고 있는 구조였다. 조금만 실수해도 바로 타박이 날아왔다. 근무를 마치고는 배갈을 사놓고 마시면서 잠들곤 했다. 그렇게 6개월을 버텼다. 함께 근무했던 직원들과 친해져서 근처 유원지로 놀러 가기도 했다. 쉬는 날에는 어김없이 세 시간 동안 버스를 타고 그미의 집으로 가서 딸을 만났다. 내가 갈 때마다 아이는 너무나 좋아서 어쩔 줄 몰라 했다. 걸어가면서도 춤을 췄다. 근 한 달이 지나 만난 딸은 몰라볼 만큼 통통해져 있었다. 할머니가 자꾸만 고기를 구워줬다고 했다. 그미는 다행히도 의료급여 대상자가 되어 보조금이 나온다고 했다.

"네가 연락이 안 되어서 어디로 갔는지도 모를 때, 얘가 이러더라. 할머니가 죽어서 하늘나라 가면 엄마가 어디 있는지 알게 될 거잖아. 그때 엄마가 어디 있다고 나한테 알려줘. 응? 그러더라. 그리고 자꾸 네 옷에 킁킁대고 냄새를 맡더라. 여기에서 엄마 냄새가 난다고 자꾸 그 옷을 껴안더라."

나는 아이를 안고 울었다. 미안하고 또 미안했다. 다시 기숙사로 돌아가는 버스를 타러 정류장으로 향할 때, 아이는 큰길까지 나와서 나를 배웅했다. 위험하다고 만류했지만, 말을 듣지 않았다. 버스에 타서 자리에 앉아 뒤돌아보면 아이가 손을 흔들면서 자꾸만 따라오고 있었다. 어서 가라고 손짓해도 버스가 속력을 내어서 아예 따라오지 못할 때까지 뛰면서 손을 흔들고 있었다. 자꾸만 눈물이 났다. 그렇게 울면서 몇 달을 다녔다. 내 나이 스물아홉 살 때의 일이다.

32 / 49
그리고 나는 결정을 내렸다

기숙사 생활을 한 지 4개월쯤 지났을 때였다. 남자에게서 연락이 왔다. 신신당부를 했는데도 그미가 알려준 거였다. 남자는 딸을 데리고 있으니 한 번만 다녀가라고 말했다. 어쩔 수 없이 어린이집을 찾아갔다. 내가 나가고 나서부터 어린이집을 그만두었다고 했다. 방과 홀이 엉망이었다. 청소한다고 했다는데 뭔가 퀴퀴했고, 암울하기 짝이 없었다. 게다가 돈을 내지 않아 전기가 끊어진 상태였다. 다행히 물은 나왔지만, 보일러 기름이 하나도 없어서 따뜻한 물을 쓸 수가 없었다. 그곳에서 딸과 함께 하루를 묵었다. 밤에 남자가 나를 안으려고 해서 기겁을 하며 손을 못 대게 했다. 남자는 이제 술을 끊었다고 했지만, 그 말이 사실이 아니라는 것쯤은 잘 알고 있었다. 아이는 다시 그미의 집으로 데려다줄 거라고 알고 다음 날, 나는 다시 기숙사로 돌아갔다.

며칠 후, 쉬는 날이어서 그미의 집에 있는데 남자가 찾아왔다. 우리는 함께 레스토랑에서 밥을 먹었다. 헤어져도 아이 때문에 이렇게 만날 수밖에 없겠구나 하는 생각에 한숨이 나왔다. 이혼에 관해 얘기를 꺼내려고 했는데 남자가 말을 가로챘다. 다음에 만나서 얘기하자고 해서 알겠다고 했다. 며칠 후 남자는 차를 몰고 아이와 함께 내가 근무하는 병원으로 찾아왔다. 아이와 함께 외식을 하고 돌아갔다. 나는 당시 병원에서 권유해서 카드를 하나 내었는데 주소를 따로 말하지 않아서 주민등록상의 주소지로 배송되었다는 것을 알게 되었다. 카드를 수령한 남자는 횡재라고 여기고 그 카드를 마음껏 썼을 것이다. 일시불 대출 한도 금액까지 모조리 빼서 술을 마시며 실컷 쓴 모양이다. 그게 화근이었다. 남자는 그날, 술을 진탕 마시고 음주 운전을 하다가 횡단보도를 건너는 두 사람을 그대로 들이받은 뒤 뺑소니를 치다가 경찰에 체포되었다. 구치소에 있다는 연락을 받고 면회를 갔다. 동그랗게 여러 개 구멍이 뚫린 아크릴 판 안에서 남자가 수갑을 찬 채 있었다. 시원해요? 그렇게 하니까? 이제 끝까지 오고 만 것이다. 대답 대신 남자가 웃었다. 남자는 어떤 여자를 불러서 수중에 남아 있는 모든 돈을 그 여자한테 주었다. 예전에 점퍼를 가지러 왔던, 같이 수업을 받는다고 하던 여자였다. 여자한테 연락해서 만나자고 했다. 그 돈은 내 카드에서 빼낸 돈이니 돌려달라고 했다. 여자는 주지 않았다. 그 돈을 받지 않으면 아이와 생활을 할 수도 없다며 달라고 간청했다. 여자가 내 말에 못 이겨 슬며시 돈을 돌려주었다. 남자는 보험금을 내지 않은 무적 차량을 몰았고 음주 운전에 뺑소니 건까지 겹쳐 있었다. 남자가 한 번만 찾아가달라고 부탁해서 횟집을 하는 선배한테 찾아가서 사정을 설명했다. 선배가 딱하다는 듯이 말했다. "어떨 때 돈이 있어서 술 사 먹으러 올 때는 참 의기양양해. 그러다가 또 어떤 날에는 돈이 없는지 다 죽어가는 상으로 온단 말이지. 참 종잡을 수 없는 친구였어." 내가 해줄 수 있는 것은 없지만, 피해자한테 사과하는 게 예의일 것 같아서 병원에 함께 가달라고 부탁했다. 입구까지만이라도 가달라고 하자, 선배의 부인이 큰 소리로 사납게 말했다. 어디 와서 부탁이야, 부탁이! 그만 가봐요! 선배가 무안한 듯이 나를 이끌고 나와서 병원까지 태워줬다. 나를 보자 합의금을 준비한 게 틀림없다고 생각했는지 피해자의 얼굴에 화색이 돌았다. 어디를 얼마나 다쳤는지 모르겠지만, 수술할 정도는 아니었다고 기억한다. 불행 중 다행이었다. 그리고 나는 결정을 내렸다. 이혼소송을 제기했다. 남자는 법정에 나오지 않았고 답변을 포기했다. 아이의 양육권이 내게 넘어왔고, 나는 위자료나 양육비 한 푼 청구하지 않고 소송을 끝냈다. 모든 결정이 내려졌을 때, 시누이한테서 전화가 왔다. 교도소에 있는 가장 힘든 시기에 이혼을 하는 파렴치한 여자가 어디 있냐고 따졌다. 아무 말 없이 수화기를 내려놓았다. 막 이혼을 하고 집에 돌아가 그미와 마주했을 때, 그미는 살기등등한 얼굴로 나를 노려보며 퍼부었다.

"너, 이혼까지 했으니 쪽박 찬 거야. 너, 얘 대학까지 못 시키면 네 배때기를 확 갈라놓을 거다!"

연이어 만난 언니도 냉담한 얼굴로 혀를 끌끌 찼다. 잘하는 짓이다. 뭐냐, 그게?

맞다. 나는 천만 번 잘 이혼한 것이다. 그때는 그 말을 듣고 울부짖었지만, 그래서 아무 말도 못 하고 벌게진 얼굴로 고개를 숙이고 있었지만, 지금 나를 다독인다. 그래, 나 참 잘했어!

33 / 49
간호사님만 알고 있어요

병원 일은 사실 전혀 적성에 맞지 않았다. 나는 돈을 벌기 위해서 어쩔 수 없이 다녔다. 언젠가 병원을 떠날 수 있다면, 공장에서 단순 노동을 하는 것도 나쁘지 않겠다는 생각까지 들었다. 그렇지만 이런 생각은 순전히 관념적이었다. 나는 공장에서 한 번도 일해본 적이 없었다. 무엇 때문에 그다지도 병원에 다니는 것을 꺼렸을까. 그것은 환자들 때문이 아니었다.

정신과 환자를 처음 만났을 때를 기억한다. 키가 훤칠하고 이목구비가 뚜렷한 중년 남자였는데 양극성 정동장애 환자였다. 링거를 놓아야 했는데 그 당시 나는 형편없이 서툴렀다. 괜찮아요. 그냥 놓아요. 얼마든지 찌르세요. 나는 혈관이 아주 잘 나와요. 그리고 정말 몇 번 실패를 거듭했는데도 환자는 괜찮다며, 그 정도는 아픈 것도 아니라고 했다. 그 환자의 너그러움이 없었다면, 정맥주사를 익히는 데 꽤 많은 시간이 걸렸을 것이다. 내 또래로 보이는 한 환자는 슬그머니 나한테 비밀 이야기를 해주겠다고 했다. 자신의 아버지는 본 조비인데, 아무에게도 말하지 않았다고 했다. 그 사실을 말하면, 다들 자신이 미쳐서 그런다고 할 것 같다며 간호사님만 알고 있으라고 넌지시 말했다. 그 말을 했을 때, 환자의 눈빛이 빛났다. 알 수 없는 긍지까지 느껴졌다. 나는 어떻게 그 사실을 알았냐고 물어보았다. 텔레비전에서 그가 손짓하면서 말했어요. 너는 내 아들이라고. 다른 간호사님들한테는 말하지 마세요. 네? 거의 온종일 아무 말도 하지 않고 병실 한구석에 앉아 있는 환자였다. 정말 아무에게도 그 말을 하지 않았다. 그다음부터 나는 본 조비를 좋아하게 되었다. 무수한 군중들이 운집해 있던 런던 광장에서 거침없이 당당한 얼굴로 손을 들어 환호하던 그는 신화 속 주인공이었다. 온몸을 흔들며 노래를 따라 부르던 관중들은 황홀에 겨워 울기도 했다. 간주가 나오자 군중한테서 아예 등을 돌린 채 오로지 자신 안으로 들어가 막춤을 추기도 했다. 그에게서 발산되는 에너지는 거칠면서 부드러웠다. 터져 나오는 광기를 갖고 노는 듯했다. 방황 가득하나 자신이 사랑하는 것을 위해 죽음도 불사할 수 있는 그런 느낌, 아무도 흉내 내지 못할 정도의 열정이 사람들을 열광하게 했을 것이다. 환자의 내면적 소망은 거기에서부터 시작되었을 것이다. 최소한 그 에너지와 접붙이고 싶은 욕망, 현실에서는 이뤄지지 않는 그 괴리에서 생각은 튀어나가 얼토당토않게 본 조비와 끈끈한 연결 고리를 만들고만 거였다.

첫 직장에서 한번은 이런 적이 있었다. 이른 아침부터 벨이 울리고 문을 열자 다짜고짜 한 여자가 내 얼굴을 가격했다. 나는 순간 나뒹굴며 소리를 질렀다. 여자는 웅크린 나한테 다가와 계속 주먹을 휘둘렀다. 남자 직원이 달려와 제지했고, 여자는 바로 입원 조치 되었다. 얼마 전에 퇴원한 환자였는데 상태가 좋지 않아 부모님이 일찌감치 병원에 데리고 와서 첫 진료를 기다리던 중이었다. 부모님이 잠시 한눈판 사이에 병동으로 먼저 올라와 벨을 눌렀던 것이다. 처음으로 환자한테 맞은 날이었다. 여자는 독방에 격리되어 진정이 되자 미안하다고 했다. 나는 괜찮다고 말하며 웃었다. 환자가 두렵지는 않았다. 아무리 욕을 하고 때린다고 해도 환자인 것이다.

병원에 다니는 것을 싫어했던 진짜 이유는 권위 때문이었다. 서툰 솜씨로 커피를 타다가 커피포트에 화상을 입었지만, 그 아픔을 억누르고 아무렇지도 않은 듯 수간호사에게 커피를 대령해야 했다. "너, 'Blindness'라는 단어도 몰라? 학교 어디 나왔어?" 그런 말을 해대는 수간호사. 갑자기 찾아온 위통으로 아픈 배를 움켜쥐고 주사를 맞아가며 밤 근무를 하고 나서, 그랬다는 보고를 하니 우쭈쭈~ 그랬어? 라고 비아냥거리던 수간호사가 군림하는 공간. 사지를 억제당한 뒤 안정된 환자가 제발 잠 좀 편히 자자고 풀어달라고 했을 때, 당직 레지던트가 상사가 한 일에 대해 관여할 수 없다는 묘한 논리를 펴며 그냥 놔두라고 하는 부당함. 인계 시간에 전화를 걸어 수간호사 바꿔, 바꾸라면 바꿔, 하고 반말을 하고는 빨리 바꾸지 않았다며 올라와 고함을 질러대던 의사가 있는 그런 병원 체제가 싫었다. 인간을 인간으로 취급하지 않는 곳이었다. 그나마 마음 맞는 직원이 있어 함께 얘기를 나누곤 했지만, 그곳은 내가 머물 곳이 아니었다. 하지만 어쩔 수 없는 노릇이었다. 내가 가진 능력으로 정기적인 월급을 받을 수 있는 곳은 병원밖에 없었다.

나는 정신과 병원에서 20년 가까이 근무했다. 물론, 초반에는 몰랐다. 적성에도 맞지 않은 병원에서 내가 그렇게까지 오래 버티게 될 줄 전혀 짐작하지 못했다.

34 / 49
왜 개삐삐는 그런 여자와

이혼한 뒤에도 남자는 아이와 내 주변에서 완전히 사라지지 않았다. 어떻게 사라질 수 있겠는가. 우리는 기억에 사로잡혀 사는 인간이므로 때로 강렬한 감정이 물밀듯이 밀려오기도 한다. 다만, 그는 감정을 제어하기 유난히 힘든 상태였다. 때로 끊을 수 있다는 착각을 했지만, 술이 그를 놓아주지 않았고 술은 보란 듯이 삶을 마비시켰다.

한번은 남자가 근무하고 있는 병원으로 느닷없이 전화를 걸어 이렇게 말했다. 내가, 내가 누군가를 찔러 죽인 것만 같아. 지금 내 손에 피가 있어. 누굴 죽였는지 모르겠어. 그 상황에서 내가 해줄 수 있는 말은 경찰에 연락하라는 것 말고는 없었다. 또 다른 날에는 자고 있는데 자기 위로 시커먼 기운이 덮쳐왔다고 했다. 무서워서 견딜 수가 없다고 했다. 위로와 지지를 받기 원했겠지만, 그럴 수 없었다. 목소리만 들어도 온몸이 떨려왔다. 제발 연락이 오지 않기만을 바랐다. 부디 잠잠해지기를, 나한테서 떨어지기를. 하지만 기도는 별로 통하지 않았다. 남자와 찍은 모든 사진들을 찢어버려도 단절되지 않았다. 또 언젠가는 영어 테이프를 보내달라며 연락이 왔다. 남자의 어릴 적 사진은 차마 버릴 수 없어서 그 앨범들을 싣고 형수 집으로 가져다주었다. 형수는 단호하게 이 모든 것을 버릴 거라고, 질릴 대로 질렸다고 말했다. 그때, 마지막으로 들은 것은 늘 외국에 있던, 한 번도 얼굴을 보지 못했던 큰형은 실종된 지 오래고, 선장이었던 작은형은 외국 어느 도시에서 딴살림을 차렸으며, 형수는 현재 자궁암에 걸렸다는 소식이었다. 그 모든 것으로부터 멀어지고 싶었다. 한때 같은 공간에서 숨 쉬고 있었다는 사실조차 할 수만 있다면 지우고 싶었다. 그렇게 망각할 수 있으면 좋겠다는 어리석음에 휘둘려 오랫동안 살아왔다. 내겐 딸이 있었고, 명백히 딸의 아버지는 남자인 것을 나는 아예 인정하려 들지 않았다.

그 이후로도 간혹 남자한테서 연락이 오곤 했지만, 내가 직접 받은 적은 없었다. 뮤직비디오 안에서의 또 다른 본조비처럼, 종잡을 수 없는 매력으로 여자를 울리던 그, 여자 앞에서 다른 여자를 껴안고 배신하던 그, 북받치는 화를 참지 못해 결국 사랑했던 여자를 그린 그림마저 찢어버린 그, 울면서 여자가 가버린 이후 집을 불태워버린 그, 마침내 혼자 남아 여자의 사진을 가지고 속절없는 시간을 그리워하는 그, 사진 속의 그녀가 벽에 붙어 서 있지만, 손을 뻗어보면 환영이라는 것을 알고 좌절하던 그, 그가 바로 남자였다.

나는 나대로 엄청난 방황 속에서 늘 맴돌고 있었다. 한순간도 편안한 적이 없는 채 살았다. 딸은 무럭무럭 자랐지만, 나는 아이한테 관심을 가질 여유가 없었다. 잊을 만하면 느닷없이 남자가 집 근처로 찾아왔다. 그리고 밖으로 불러내어 아이를 만났다. 1년에 두세 번 정도였던 것 같다. 남자는 아이를 데리고 마트로 가서 아이가 좋아하는 식료품을 한가득 사서 들려 보냈다. 그게 남자가 할 수 있는 유일한 표현이었으리라. 나중에 안 일이지만, 아이가 초등학교 1학년 때, 남자로부터 걸려온 전화를 받고 있는데 옆에서 그미가 돈 달라는 말을 시켰다고 한다. 아이는 고장 난 연필깎이를 떠올리며 연필깎이가 필요해요, 그리고 할머니가 돈도 필요하대요, 라고 했다. 그러자 남자는 갑자기 인사도 없이 전화를 뚝 끊었다고 한다. 몇 달이 지난 뒤 아이가 그 말을 했다. 아이는 수화기를 내려놓으면서 자신이 뭔가 크게 잘못했을지도 모른다고 여기고 울먹였을 것이다. 나한테 말할 무렵 아이의 슬픔은 이미 화석이 되어 있었다. 내가 물었다. 괜찮니? 아이는 아무 표정 없이 말했다. 응, 아무렇지도 않아.

아이한테 상처 주는 뻔뻔한 행동을 도저히 용서할 수 없었다. 감정이 올라오는 대로 무분별하게 행동하는 시한폭탄 같은 남자. 아이의 아빠라는 사실조차 지우고 싶기만 했다.

그러다가 몇 년 후, 나는 영적으로 꽤 시건방진 상태가 되었다. '영적으로'라는 말을 붙이는 이유는 아직 무지한 내가 스스로 영글었다고 착각하고 내면이 공갈빵처럼 부풀어 있었기 때문이다. 그때 나는 새벽 기도를 열심히 나가고 있었고, 평생을 원망하던 그미를 갑자기 사랑하게 되었다. 그런 기적 같은 체험들로 인해 기분과 감정은 고양되어 있었다. 세상에 못 할 게 없으며, 온 세상이 축복으로 가득 차 있다고 느꼈다. 그럴 때 남자가 연락을 해왔고 나는 흔쾌히 그를 만났다. 나한테 온갖 상처를 줬던 그미도 용서를 했는데, 남자를 용서하지 못할 이유가 없었다. 어쩌면 나로 인해 금주를 하고 새 삶을 시작할지도 모른다는 희망까지 품고 다시 만난 것이다. 이혼하고 난 지 5년쯤 되던 날이었다. 남자는 그간의 삶을 간략하게 얘기해주었다. 교도소에서 복역하고 출소해, 한 달 전쯤 한 가구 회사에 취직했다는 거였다. 단칸방을 얻어 기거하고 있다고 했다. 가구를 납품하거나 관리하는 일을 하고 있다며, 작은 트럭을 몰고 다녔다. 나는 하느님의 은혜를 말하며, 그를 전도했다. 우리는 주일마다 교회에서 함께 예배를 드렸다. 그미의 눈을 피해서 내가 다니던 교회가 아니라 다른 교회를 전전하면서 예배를 드리고 함께 밥을 먹었다. 한번은 자신이 다니는 가구 공장으로 아이와 나를 초대했다. 왠지 그런 말들을 거절할 수 없었다. 공장을 둘러보고 사장님한테 인사를 했는데 사무를 보던 여자가 뜨악한 얼굴로 대했다. 또 한 번은 갑자기 전화를 걸어와서 '누박'이 뭔지를 물어봤다. 소비자가 누박을 알려달라고 했는데 잘 몰라서 묻는다고 했다. 국어사전에서 누박을 찾아 알려줬지만, 그것은 정확한 설명이 아니었다. 나도 몰랐지만, 나는 그때 마치 친절하고 자상한 누나나 엄마 역할을 해야 한다고 생각하고 있었다. 그게 스물세 살, 철없던 시기에 오로지 독립할 욕심으로 한 남자를 만났던 죄책감을 덜어내는 일이라고 믿었다. 남자가 하는 일이 잘되기를 바라는 기도를 딸과 함께 드리곤 했다. 이혼 5년 만에 재결합이 가능할까? 그간의 갈등과 아픔을 벗어놓고 상처를 죄다 아물게 할 수 있을까? 실은 나는 재결합을 꿈꾼 게 아니라 온전한 회복을 꿈꾸고 있었다. 예수님 간판을 걸고 내가 인간의 한계를 극복하고 그의 상처를 보듬고 쓰다듬어줄 수 있을 거라는 환상을 가졌던 것이다.

그러다가 한번은 그미와 내가 다니던 교회에 남자를 초

대했다. 그미가 싸늘하고 공격적인 눈초리로 나를 쏘아보았다. 나는 모른 척하고 아이와 함께 셋이 앉아서 예배를 드렸다. 두어 번 정도 그렇게 했다. 첫째 날, 남자는 많이 울었다. 그 모습이 너무나 안타까웠다. 포근하게 안아줄 수 있어야겠다고 생각했다. 둘째 날에는 남자가 목사님의 설교가 마음에 들지 않는다며 흉을 보았다. 그미는 내게 욕설과 비난을 퍼부어댔다. 이 미친년, 남자에 환장했나? 그 자를 다시 만난다니 그게 네가 할 행동이냐? 나는 아무 말도 없이 그저 기도만 드렸다. 그즈음, 남자는 내게 차를 바꿔야 하는데 혹시 돈을 빌려줄 수 있냐고 물었다. 돈이 없었으므로 나는 그럴 수 없다고 했다. 그러면 보증은? 남자는 집요했다. 그렇게 할 수 없다고 하자 섭섭한 눈치였다. 그러던 어느 날, 한 통의 전화를 받았다. 걸쭉한 중년 여자의 목소리였다. 몇 년 동안 그와 같이 살았다고 했다. 우리가 어떻게 서로를 핥고 빨고 했는지 어디 말해줄까? 여자는 술에 취해 있었다. 그래놓고 나보고 아이 엄마한테 돌아가야겠다고 하더라. 그래서 내가 보내주려고 한다. 그런데 너한테 마지막으로 이 말을 하려고 전화했다. 나하고 얼마나 가까이 지냈는지, 그 말을 해주려고 전화한 거다. 그런데 너 이것 하나는 더 알고 있어라. 다른 여자가 한 명 더 있다. 너 말고 있으니까 속지 마라. 알았냐?

그 말을 남기고 전화를 끊었다. 가슴이 덜컥거렸다. 그런 다음 며칠 후에 그 여자의 말대로 다른 여자가 전화를 해왔다. 이번에는 좀 더 젊은 여자의 목소리였다. 제발 아이 아빠를 놓아주세요. 지금 나는 임신 중입니다. 내 아이의 아빠를 내게 보내주세요.

나는 당연히 그래야 한다고 생각한다며, 임신을 축하한다는 말을 했다. 여자는 고맙다며, 한 번씩 연락하겠다고 했다. 내가 뭐라고 답변하기 전에 여자는 전화를 끊었다. 그리고 나는 그 약속을 지켰다. 한 생명의 잉태 앞에서 그 누구도 간섭할 수 없는 노릇이었다. 그 여자의 진심이 느껴졌다. 이제 남자가 잘 살기만을 바랄 뿐이었다. 나는 연락처를 바꿨다.

그 후, 몇 년 동안 간간이 집 밖에서 남자가 다녀갔다는 아이의 말을 들었다. 번번이 어떤 여자와 같이 와서 간식거리를 사주더라는 거였다. 그런데 그 아줌마는 나이가 많고, 추레한 옷을 입고 있었어. 왜 개삐삐는 그런 여자와 어울리지?

우리에게 남자는 '개삐삐'로 통했다. 대놓고 욕을 한 것은 아니지만, 그 자체가 욕인 셈이었다. 간혹 집으로 연락이 와서 1, 2년마다 한 번 정도 아이를 만나곤 했다. 한번은 남자아이를 데리고 왔다고 했다. 아이 이름을 딸아이 이름인 '슬비'와 같은 자를 넣어 '슬기'라고 지었다는 말을 전했다. 은근히 동생을 강조하는 그들이 중학생인 아이한테 어떤 말을 했는지 모르겠지만, 아이가 말했다. 나는 이다음에 슬기를 돌봐줄 거야. 공부도 시킬 거야. 만약 개뻬뻬가 잘 돌보지 못하면 나라도 그렇게 해야지. 어처구니가 없어서 그렇게 말하는 이유를 물었다. 그래도 내 동생이잖아. 그래서 내친김에 또 물어보았다. 그럼, 개뻬뻬가 아무것도 안 하고 돈도 못 벌면? 그래서 찾아가서 돈을 달라고 하면? 그럼, 내가 돌봐줘야지. 어쩔 수 없잖아. 그 말에도 나는 아무런 답변을 하지 못했다. 아이한테는 개뻬뻬는 아버지였던 것이다. 그 명백한 사실을 두고 가슴이 먹먹했다.

다행히도 그런 일은 일어나지 않았다. 몇 년 후 마지막으로 남자를 만난 것은 아이가 막 대학에 입학했을 때였다. 많이 야위어서 깜짝 놀랐어. 어디 많이 아픈가 봐. 나를 보자마자 울었어. 나는 여자와 같이 왔더냐고 물었다. 아니, 그 아줌마는 나한테 전화를 했어. 그동안 내 연락처를 알고 한 번씩 연락을 해왔거든. 슬기는 필리핀에 있는 여동생 집으로 보냈다고 하고, 개뻬뻬와는 헤어졌대. 좀 잘 살지. 나 하나 버린 것도 모자라서 또 아들을 버리다니. 근데, 내가 그렇게 말했더니 개뻬뻬가 말했어. 그 자식 내 애가 아니야. 사실은 아닌데 그런 줄로만 알았어. 내 자식이 아니었단 말이야, 그러던데…… 말이 돼?

그게 아이와 남자의 마지막이었다. 나는 알코올중독이었던 남자가 오래 살지 못할 거라고 여겼다. 멀지 않은 어느 날, 딸아이가 가족관계 증명서를 떼면 남자의 사망 날짜가 찍혀 있지 않을까 생각했다. 그렇지만 남자는 여전히 살아 있었다. 딸은 아주 오랜 시간이 흐른 뒤에야, 실제로는 언급할 일이 거의 없었지만, 남자를 '개빠빠'라는 호칭 대신 '친아빠'로 불렀다.

35 / 49
아무도 나에게 진짜를 말해주지 않았다

생활비는 늘 부족했다. 아껴 쓴다고 했지만, 그미는 늘 모자란다며 투덜댔다. 돈돈돈을 노래처럼 불렀다. 어떻게든 해결할 때까지 그미는 나를 들들 볶아댔다. 번 돈의 대부분을 그미한테 드리고, 나는 몇 푼 안 되는 용돈으로 살았다. 때로는 차비가 없어서 근무지까지 한 시간 되는 거리를 걸어 다니기도 했다. 그래도 모자랐다. 그미는 풍족한 생활을 원했고, 나는 항상 그미의 요구에 맞추지 못했다.

그러다가 '카드깡'이라는 것을 알게 되었다. 카드를 현금으로 바꿔준다는 광고를 보고 찾아갔다. 수수료 몇십 프로를 떼이고 현금을 들고 나왔다. 거래했던 사내한테서 연락이 왔다. 딱히 할 말도 없는 게 분명했지만, 꼭 만나자고 해서 두어 번 만났다. 만날 때마다 비싼 곳에서 돈을 아끼지 않고 썼다. 그는 분명 사기꾼이었다. 처음부터 그것을 알고 있었다. 다만, 나는 내 선량한 마음으로 그 사람을 교화시킬 수 있을 거라는 헛된 믿음을 가지고 있었다. 어처구니없는 그런 생각이 나를 사로잡았다. 그러니까 마수에 걸린 것이 아니라 내가 스스로 마수 안으로 걸어 들어간 것이다. 아끼지 않고 돈을 마구 쓰는 그 상황이 너무나 신기했다. 감히 내가 따라 할 수 없는 다른 세계를 엿보는 것 같았다. 그는 생각보다 건실해 보였다. 매형이 하는 학원에서는 실장으로 통했다. 그가 주로 하는 일은 운전이었고, 학생들을 통원시켰다. 그러면서 부수입으로 카드깡을 하고 있었다. 누가 봐도 건달이었다. 짧은 깍두기 머리, 작은 키에 거대한 몸집, 불거져서 기형인 듯한 뒤통수. 가만히 있을 때 그의 모습은 영락없이 〈미녀와 야수〉에 나오는 '야수'였다. 간혹 불같이 화를 내면서 앞뒤 가리지 않고 엄청난 욕을 퍼부어댔는데, 그때는 악만 남은 괴물로 보였다. 반대로 제법 호탕하게 웃을 때도 있었는데, 그때는 신기하게도 거대한 봉제 곰 인형 같기도 했다. 그의 여러 얼굴들을 처음부터 호감을 가지고 지켜보았던 것은 아니다. 다만, 절약하느라 돈과 연관된 모든 것을 쥐어짜면서 살았던 시간이 숨통이 트였다. 그는 일단 저지르고 보았고, 대차게 큰 것을 낚아채면서 살았다. 사실, 그가 나를 만나자고 한 것은 휴대전화 명의를 빌리기 위해서였다. 얼마 전, 사업을 해서 신용 불량이 되었다고 사정을 했다. 그렇게 휴대전화 두 대를 사서 한 대씩 나눴다. 대금은 모두 자신이 낸다는 조건이었다. 전화를 마음대로 할 수 있다니 나는 횡재라고 여겼다. 갖은 고생을 하고서도 나는 여전히 순진했고, 누군가를 잘 믿는 치명적인 결점을 갖고 있었다.

처음에는 아무런 문제가 없었다. 그때쯤, 병원에서 만나 알고 지내던 전도사가 있었다. 여러 병원이나 요양소를 전전하면서 복음을 전하던 분이었다. 그는 이혼하고 초등학교 입학을 앞둔 아들과 살고 있다고 자신을 소개했다. 들은 말로는 그는 깡패 출신이었다. 사적인 자리에서 술을 잘 마셨고, 때때로 화를 내면서 내가 자신의 말을 잘 듣지 않는다며 배를 때리곤 했다. 이렇게 때려야 멍이 안으로 드는 거야, 하고 그가 살벌한 말을 내뱉었다. 그다음 날은 투철한 신앙을 가진 모습으로 병원에 와서 예배를 드리고 찬양을 했다. 젊고 정열적이고 신앙으로 충만한 그의 모습은 충분히 매력적이었다. 나는 맞을 때마다 내가 벌을 받고 있다는 것을 절절하게 체감했다. 저 손아귀에서 벗어나려면 어떻게 해야 할지 고민했다. 그는 만나자는 약속을 거부하지 못하게 협박했다. 두 번 다시 병원을 못 다니게 만들겠다고 하거나 다리를 부러뜨리겠다고 했다. 조금이라도 반항하면 장소를 가리지 않고 때렸다. 욕정을 채워주지 않아도 그랬다. 그러면서 억지로 자신의 찬양 밴드에서 피아노를 치도록 했다. 쉬는 날에도 나가서 피아노를 쳤다. 신실한 믿음을 가지고 있는 것처럼 가장했다. 그 모든 것이 역겨웠다. 그렇지만 그에게서 도망갈 수 없었다. 그는 때때로 내게 애원했고, 때로는 협박하고 자주 구타했다. 한번은 자기 아들이 휴대전화를 분해해서 흠씬 패줬다는 얘기를 분에 겨워하며 말하기도 했다. 그는 내가 자신과 곧 결혼할 거라고 믿었다. 예전 살림을 청산해서 임시로 방 한 칸을 구해 옮겨놓자 자신과 의논도 하지 않고 내가 혼자 했다며 화를 내기도 했다, 나는 그와 같이 있는 것이 갑갑해서 정신이 돌 지경이었다. 밤거리를 걷다가 거의 넋이 나갈 정도로 고함을 질렀는데, 그건 사탄 때문에 그런 거라며 내가 그런 꼴 한두 번 보는 줄 아냐며 큰소리치곤 했다. 나는 철저히 맹세했다. 그와는 절대 결혼하지 않겠다고. 만약 결혼하게 된다면, 첫 번째 결혼의 악몽이 그대로 재현되리라는 사실을 또렷이 알고 있었다. 그때쯤 카드깡을 만난 것이다. 그걸 알고 전도사는 노발대발했다. 어느 놈인지 내가 아는 애들을 풀어서 족칠 거라고 협박까지 했다. 그 전도사 손아귀를 벗어날 유일한 방법은 카드깡을 만나는 것이라고 결론을 내렸다. 잘은 모르겠지만, 카드깡은 깡패였다. 깡패 세계에서 벗어난 사람과 현재 깡패인 사람과 대결한다면, 단연코 현재 깡패가 낫지 않겠냐는 생각이 들었다. 게다가 사실 결정적인 이유는 바로 돈이었다.

그미의 돈타령을 멈추게 하려면 돈을 대령해야 했다. 카드깡이 요구하는 대로 카드 세 개를 발급해서 줬다. 그는 그 카드들로 사업을 운영하겠다며, 학원을 나와서 이벤트 회사를 차렸다. 말이 이벤트이지 카드깡을 전문으로 하는 사기 업체였다. 다른 사람들한테는 내가 약혼녀라고 했다. 친누나한테까지 나를 데려가서 소개했다. 성질이 만만치 않은 동생에게 그럴듯해 보이는 여자가 생겼다는 사실에 다른 친척들도 우르르 몰려와서 구경할 정도였다. 나는 오로지 돈만 생각했다. 내게 있어 그는 사업 파트너였다. 약속대로 내 통장으로 돈을 넣어주었고, 나는 처음으로 '풍족'이라는 단어를 떠올리곤 했다. 그렇지만 마음은 늘 불안했다. 가서는 안 되는 길을 가고 있다는 생각도 들었다. 한 번 발을 들이면 나올 수 없는 곳으로 나는 자꾸만 걸어 들어가고 있었다.

한번은 이런 적이 있었다. 허구한 날 잔소리와 악담과 욕설을 내뱉곤 했던 그미는 그날도 여전히 나한테 소리를 지르며 욕을 퍼부어대고 있었다. 늘 그렇듯이 어떤 일로 그미가 그랬는지는 알 수가 없다. 22평짜리 아파트에서 달리 도망갈 곳도 없었다. 그렇다고 방문을 닫으면 문을 두드리면서 더 난리를 부리곤 했으므로 어쩔 수 없었다. 고스란히 악다구니를 들으며 별다른 대꾸를 하지 않고 휴대전화를 만지작거리고 있었다. 음성 사서함에 메시지가 하나 와 있었다. 확인하려고 번호를 눌렀는데 지지직거리며 잘 들리지 않았다. 전파가 방해를 받나 싶어 창문으로 상체를 뺀 채 다시 번호를 눌렀다. 수화기를 통해 들려오는 것은 바람 소리였다. 휘이이잉, 휘이잉. 곧이어 이런 음성이 들려왔다. 높낮이가 없는 남자도 여자도 아닌 음성이었다.

"내가 누군지 궁금하지. 네 등 뒤를 봐라. 네 등 뒤에 내가 있다."

그리고 다시 휘이이이잉. 바람이 세차게 부는 소리가 들려왔다. 등골이 오싹했다. 내 등 뒤에는 저주 섞인 악담을 퍼붓는 그미가 있었다. 누군가 장난치는 게 분명했다. 오컬트가 유행이라서 누군가 이걸 보냈나 싶었다. 다시 한번 들으려고 했지만, 삭제를 누르지 않았는데도 이미 삭제되어 있었다. 분명했다. 누가 장난친 것이다.

다음 날, 병원에 가서 직원들한테 이 이야기를 했다. 다들 웃었다. 요즘 피곤해서 헛것을 들은 모양이라고 위로해 주었다. 아무도 내 말을 귀담아듣지 않았다. 너무나 생생하게 분명히 들었는데, 환청을 경험했던 것일까. 그다음에도 기괴한 일이 이어졌다. 합선된 상태에서 상대방이 얘기 나누는 것이 그대로 들려왔다. 싸우는 남녀부터 잔소리하는 엄마와 아들의 대화까지 그대로 들려오는 거였다. 여보세요! 라고 외쳤지만, 양쪽에서 내 말을 듣는 것 같지 않았다. 나는 신비한 체험을 하고 있었다. 흡사 사차원 이상의 공간에서 시공간을 초월한 파장 안으로 들어간 것만 같았다. 한동안 대 여섯 번 정도 그런 현상이 반복되다가 어느 순간 거짓말처럼 뚝 그쳤다.

그때 나는 경제적으로 여유가 생겨 상담심리 공부를 시작했다. 병원 직원 한 명과 함께 다녔다. 역 근처에 있는 상가 안에 학원이 있었다. 이론 위주의 수업보다 실제 경험과 체험 위주의 수업이었다. 우리는 집단 상담 프로그램에 참여했다. 그때, 내 또래의 한 여자가 고백했다. 며칠 전 처음으로 남자와 잤다고. 우리는 박수를 보내면서 여자의 용기를 칭찬했다. 말하자면, 그렇게 마음을 털어놓고 타인의 반응을 통해 자기 자신을 통찰하는 과정이었다. 대학에도 출강하면서 심리학 박사과정을 수료했으며, 고등학교 교사로 재직 중인 선생님이 강의를 도맡았다. 그 선생님은 정기적으로 심리학 석사과정 학생들을 데리고 비행 청소년들을 위한 의무 교육에 투입되어 사이코드라마를 진행했다. 견학 삼아 한번 따라간 것이 인연이 되었다. 두 번째 따라가기로 한 날 선생님이 나를 따로 불러서 말씀하셨다. 다가오는 날에는 석사과정 학생들이 모두 다른 세미나에 참석하는 바람에 보조 진행자가 없다고, 나한테 보조 진행을 해줄 수 있겠냐고 부탁했다. 주저되긴 했지만, 해보겠다고 했다.

그날, 내가 맡은 일은 서른 명 가까운 아이들을 두 그룹으로 나눠서 한 그룹을 이끌고 워밍업을 진행하는 거였다. 어떻게 해야 하는지 따로 설명해주지 않았다. 나한테 오롯이 과제가 맡겨진 거였다. 열 살부터 열아홉 살까지 남녀 아이들과 둥글게 앉아서 이야기를 나눴다. 어떻게 해서 이곳에 왔는지 소개하자고 했다. 아이들은 주저 없이 말했다. 절도요, 폭력요, 폭행하고 절도하고요. 구체적으로 말해달라고 하자 자전거를 훔친 아이부터 오토바이, 심지어 버스를 훔친 아이까지 있었다. 폭력은 대부분 친구나 후배를 때린 거였다. 나는 술과 방황으로 찌들었으나 끝내 꿈을 버리지 않고 중독에서 벗어난 위트릴로 얘기를 꺼냈지만, 아이들이 잘 알아듣는 것 같지는 않았다.

사이코드라마 주인공으로 한 여학생이 자원했고, 나는 보조 출연자 역할을 했다. 고등학생인 여자애가 피해 학생을 구타하는 장면을 리얼하게 연기했다. 자기가 했던 행동을 그대로 연출한 것이다. 속마음을 말해보라고 디렉터가 말하자, 여학생은 기분이 좆 같은데 어디 누구 하나 걸리기만 해봐라! 라고 말했다. 다들 공감한다는 듯 손뼉을 치며 웃었다. 때마침 한 학생이 자신을 스쳐 지나갔고, 그게 이유라는 듯 두들겨 패기 시작했다. 그 밖에 다른 이유는 없었냐고 묻자 여학생은 말했다. "저도 당했거든요. 오래전에 다른 아이한테서요. 중학교 때 당했던 것을 앙갚음하는 거예요." 그래서 이번에는 내가 가해자 역할을 맡았다. 설정은 중학교 때이고, 주인공 여학생을 향해 언어와 행동으로 폭력을 가해야 했다. 그런데 나는 그만 얼어붙고 말았다. 욕설을 해야 하는데 도저히 입이 떨어지지 않았다. 아주 오랫동안 엄청난 욕에 파묻혀 살아왔던 내게는 한 가지 결심한 게 있었다. 절대 그미처럼 욕하지 말자는 것이었다. 얼마나 단단하게 결심했는지 자면서도 절대 욕을 한 적이 없었다. 그런데 욕을 해야 했다. 아무 말도 하지 못하고 가만히 있던 3초간, 진땀이 다 났다. 욕을 해야지, 얼른. 그런데 입이 떨어지지 않았다. 다음 순간, 그미를 생각했다. 나는 내가 아니었다. 그미가 되었다. 신기하게도 이런 말이 쏟아졌다. 이년아! 제대로 해! 이 미친년아! 나는 난폭하게 팔을 휘두르며 때리는 시늉을 했다. 그러자 극적 효과가 일어났다. 가해자였던 그 여학생은 오래전, 피해자였던 시절의 원한 많은 아이가 되어 아무 말도 못 하고 부르르 떨며 서 있었다. 디렉터 선생님이 바타카(신문지로 만든 몽둥이)를 가지고 와서 의자를 치라고 했다. 화가 나는 것만큼 소리를 지르면서 치라고 했다. 아이는 있는 힘껏 나무 의자를 쳤고, 의자는 마치 시체처럼 나뒹굴었다. 한동안 계속해서 고함과 바타카 소리가 실내를 가득 채웠다. 지켜보던 아이들은 쥐 죽은 듯 고요했다. 화를 표출시킨 다음 선생님은 여학생을 차분하게 앉혔다. 기운이 쏙 빠져나간 듯하다고 아이가 말했다. 이번에 나는 피해자 학생으로 역할을 바꾼 채 그 아이와 마주 앉았다. 서로 화해를 해보자는 설정이 주어졌다. 나는 너를 용서할 수 없다고 말했다. 나도, 용서를 바랄 생각은 없어. 대신 이렇게 경찰에 넘겨졌잖아. 아이가 나를 바라보며 말했다. 당당한 듯했지만 독한 기운은 빠져나간 채였다. 나는 앞으로 두 번 다시 나를 때리지 말라고 했다. 그러지 않겠다고 아이가 말했다. 우리는 악수를 하는 것으로 약속을 대신했다. 둘러싼 아이들이 박수를 보내면서 증인이 되어주었다. 내가 경험한 첫 사이코드라마였다. 그때 나는 언어폭력도 폭력이라는 말을 실감했다. 나는 그동안 숱한 폭력에 노출된 채 살아왔다. 그 폭력으로부터 벗어난 적이 없었다. 그미가 그랬고, 그다음은 남자였다. 그것은 숙명과도 같은 것일까.

여윳돈이 생기자 종종 선물을 사 들고 언니 집을 방문했다. 사실 그것은 함정이었다. 카드 세 개로 마음껏 신용 한도를 늘리고 부풀린 것은 사내의 작전이었다. 곧 그는 내 카드를 공중분해 시키고 나를 신용 불량자로 만들 계획이었다. 처음부터 그랬다. 나는 그것도 모르고 그저 통장에 들어온 몇 푼의 돈에 기뻐했다. 이상한 불안과 두려움으로 범벅이 되어 좋은 게 아닌 상태였지만 그래도 좋았다. 그때 카드깡은 나를 만나러 언니 집으로 와서 언니네 가족들과 인사를 했다. 형부는 나중에 나한테 이렇게 말했다. 깡패가 원래 의리가 있어. 가족들을 잘 돌보고 돈도 잘 벌지. 그러면 됐지, 뭐. 아무도 나한테 진짜를 말해주지 않았다. 나는 혼란스러웠다. 어느 누구도 그만하고 돈으로 치장된 열차에서 내려서라고, 그 열차는 얼마 가지 않아 레일이 끊겨 절벽으로 굴러떨어질 거라고 말해주지 않았다. 누군가 그렇게 말해주었다면, 나는 알아듣고 멈추었을까.

하루는 카드깡이 새하얀 사륜구동차를 사주면서 말했다. 카드로 샀으니 타면 된다고. 그때쯤 그는 책상과 에어컨을 사 들고 우리 집에 찾아오기도 했다. 그미는 카드깡을 보고 기겁을 했다. 저 이상하게 생긴 괴물은 또 뭐냐는 듯한 시선으로 쏘아보았다. 카드깡은 능글맞게 제가 집에 한 번씩 오면 더워서 안 될 것 같아서요. 그래서 장만한 겁니다, 라며 곧 아는 동생이 와서 에어컨을 설치할 거라고 했다. 아는 동생은 에어컨 환풍기를 밖에 달지 않고 베란다 실내에 아무렇게나 놓고 가버렸다. 그미는 그 에어컨을 꼴사나워 했다. 그렇게 갖다 놓은 에어컨을 절대 틀지 않았다.

초보 운전 실력도 갖추지 못한 채 나는 운전을 했다. 마구잡이로 운전을 했는데, 신기하게도 차가 앞으로 나가고 큰 사고도 없었다. 음주 운전을 하기도 하고, 어느 날에는 고속도로 통행권을 뽑았다가 찾느라 운전 중에 차 바닥을 향해 고개를 숙이기도 했다. 위험천만한 상황이 얼마나 많았던지 헤아릴 수도 없다. 중앙선을 넘어간 적도 한두 번이 아니었다. 맞은편에서 차가 오고 있었더라면 분명 치명적인 사고가 났을 것이다. 그 모든 위기 속에서 나를 구해준 것은 과연 무엇이었을까. 딱 한 번, 눈이 온 다음 날, 출근하는 길에 모퉁이를 돌다가 벽돌담을 들이받은 적이 있었다. 벽돌담은 담이라기보다는 허술하게 막아놓은 바리케이드 같은 거였는데 주인이 무작정 삿대질을 해대기 시작했다. 그때, 바로 카드깡한테 연락을 취했고, 그가 오자 모든 것이 자연스럽게 무마가 되었다. 접촉 사고가 난 장소는 병원에서 불과 300미터도 채 떨어지지 않은 곳이었다. 출근길에 일어난 일이어서 내가 곧 결혼한다는 소문이 돌았다. 어쩌면 나는 그 모든 것을 거부하지도 받아들이지도 않는 어정쩡한 태도를 취하고 있었던 듯하다. 나는 결코 카드깡과 어울리지 않았다. 그걸 너무나 잘 알고 있었지만, 오래된 괴로움과 서글픔을 달랠 다른 방법이 전혀 떠오르지 않았다. 서서히 한쪽 발을 적시고, 그러다가 양쪽 발 모두 젖어 버리고 말았다. 아무리 기다려도 젖은 발을 말릴 태양은 떠오르지 않았다. 깊고 처절한 어둠이 이어지고 있었다.

풍족한 돈이 통장으로 들어온 지 3개월 만에 카드깡이 내게 말했다.

"모든 수가 틀어졌어. 이제 사업도 접어야 해. 그동안 카드를 치고받고 했는데, 이제 더는 자금이 없어. 마지막으로 우리가 해야 할 것은 신용대출로 500만 원을 만들어서 튀는 거야. 그 길 말고는 없어. 넌 곧 추심이 들어올 거고, 병원도 못 다니게 될 거야. 다녀봤자 모든 월급이 차압당하고 말 테니까. 도망가는 것 말고는 방법이 없어."

"차는? 차를 팔아서 막으면 되지 않을까?"

"차는 벌써 팔았지. 방법이 없다니까."

도망자로 전락하기 전에 상담 선생님을 찾아갔다. 그래도 내 선택이 잘못되었다고 말해준다면, 이 모든 것을 바로잡고 구겨진 부분을 칼로 도려내서라도 온전하게 지낼 요량이었다. 선생님은 그간 내가 살아온 긴 이야기들, 누구한테도 해보지 않았던 얘기를 듣더니 말했다. 경찰에 신고하세요. 왜 그러고 있어요? 똑똑한 줄 알았는데 왜 그렇게 살았을까? 실망했다는 듯 나를 경멸스럽게 바라보았다. 이 마당에 더 이상 상담이 필요하지 않다고 나는 결론을 내렸다. 서둘러 가방을 쌌다. 그미가 알면 나를 가만히 내버려두지 않을 게 뻔했다. 이참에 그미와 헤어질 수 있다면 더할 나위 없이 좋은 기회가 아닌가 하는 생각에 오히려 약간의 희열도 느꼈다. 그건 기묘하게도 기쁜 일이었다. 피아노 학원에 갔던 아이를 카드깡이 업고 왔다. 우리는 무작정 이 도시를 떠날 계획이었다. 카드깡이 마지막으로 내 명의로 받은 대출금 500만 원은 안전한 자신의 통장에 넣어놓자고 해서 그렇게 했다. 이제부터 내 이름으로 된 모든 금융거래는 중지될 것이라고 친절하게 알려주었다. 그는 내 전용 금융위기 전담 가이드 같았다. 우리는 가능한 멀리 가려고 했지만, 겨우 한 도의 경계선을 벗어났을 뿐이었다. 그곳으로 아이를 전학시켰다. 초등학교 1학년인 아이보고는 누가 물어보면, 삼촌과 엄마하고 산다고 하라고 일렀다. 고등학교가 보이는 낡은 주택 2층에 세 들어 살았다. 카드깡은 회사 택시를 운전했고, 나는 글짓기 학원의 학습지 교사로 취직했다. 인천 교육장에서 합숙해서 교육을 받고 회사 소속 교사가 되었지만, 현장에서 활동하려다가 그만두었다. 글짓기 교사는 완전히 내 적성에 맞는 일이긴 했다. 그런데 막상 그 일을 하려던 참에 아이가 아팠다. 한 번 결근을 했더니 그다음 날, 사장님이 더 이상 나오지 말라며 싸늘하게 말했다. 사정했지만 통하지 않았다. 그다음, 생활정보지를 보고 연락해서 찾아간 곳에서 나는 마사지사로 취직을 했다. 내가 하는 일은 카이로프랙틱을 주도하는 원장이 치료를 잘할 수 있도록 손님한테 마사지하는 일이었다. 원래 그 일을 맡았던 남자 선생은 다른 곳에 카이로프랙틱 센터를 오픈하기로 해서 그만둬야 한다고 했다. 속성으로 마사지하는 법을 배웠다. 소질이 있다고 칭찬을 하는 바람에 자신감을 얻었다. 남자든 여자든, 아이든 어른이든 가리지 않고 정성껏 마사지를 했다. 힘든 일이었지만, 내가 마사지를 하면 대부분 잠을 잤다. 코까지 골면서 잠이 들면 행복했다. 누군가를 편안하게 해준다는 것에 보람을 느꼈다. 찾아오는 손님들은 나를 실장이라고 불렀다. 딴에는 공부를 한답시고 원장이 빌려준 근골계가 그려진 책을 탐독하기도 했다. 원장은 오래전 자신이 디스크로 고생을 해서 숱한 병치레 끝에 카이로프랙틱으로 병을 고치게 되었다고 했다. 병을 치유한 경험으로 이렇게 시술을 하게 되었다고 했다. 허름하고 작은 그곳에 손님들이 끊이지 않고 모여들었다. 영험하다는 소문까지 돌았다. 원장은 손님이 오면 오는 대로 오지 않으면 안 오는 대로 태연했다. 그게 너무나 훌륭해 보였다. 그 의연하고 고요한 분위기에 경도되어 기꺼이 머물러 있었다. 그렇게 거의 5개월 동안 그곳에서 지냈다. 혼란의 극치였던 삶 속에서 겨우 제대로 숨을 쉴 수 있었다.

원장은 60대 초반으로 깡마른 체구에 단단하고 작은 키를 가진 분이었다. 손님이 오지 않는 시간에는 참선을 했다. 가부좌를 틀고 눈을 감은 채 틱처럼 몸을 튕기곤 했다. 온몸으로 오는 불수의적인 진동에 사로잡힌 것 같았다. 이상하고 신비로웠다.

맞은편에는 사모님이 건강원을 운영하고 있었다. 점심때는 사모님이 밥을 해주어서 그곳에서 먹거나 근처 중국집에서 야끼우동을 사 먹었다. 내 선배 격이었던 마사지사가 개업한 카이로프랙틱 시설에 견학을 다녀오기도 했다. 그때쯤, 원장은 나한테도 카이로프랙틱을 배워보라고 권하며 몇 가지 기술을 알려주었다. 아마도 그 당시 나는 원장의 인품을 훌륭하게 생각하고 있던 터라 그 제안을 받아들였을 수도 있었을 것이다. 그곳의 분위기는 안정적이었지만 자꾸만 나는 코피를 쏟았다. 하도 코피가 나서 이비인후과에 가서 진찰을 받기도 했는데 소용없었다. 마사지를 너무 정성껏 해서 모든 기가 빠져나간 탓이겠거니 했다. 대충 슬슬 해도 괜찮다는 말을 아무도 해주지 않았기에 처음에 배운 그대로 정성을 다했다. 때로는 마사지 손님들이 줄을 서서 기다렸다. 주말 같은 날에는 혼잡했다. 그 모든 것을 꿋꿋이 해냈다. 내가 좋아했던 손님은 근처에 혼자 사는 할머니인데 체구가 거대했다. 오랫동안 무당을 했는데, 최근에는 몸이 아파 그만두고 쉰다고 했다. 그 할머니의 몸을 만지면 자꾸만 애잔한 마음이 들었다. 등 왼쪽이 움푹 들어가고 오른쪽이 솟아오른 뒤틀린 몸을 가지고 있었다. 척추를 따라 마사지를 하면서 속으로 울기도 했다. 왜 그랬을까. 왜 하필 그 할머니가 그토록 마음을 아리게 했을까. 우리는 딱히 많은 대화를 나누지도 않았다. 그 할머니는 나에게 살뜰하게 말을 걸지도 않았다. 그런데도 우리는 마음이 통했고, 그 할머니도 나를 애틋하게 바라보곤 했다.

내가 그렇게 직장에 가 있는 동안 낯선 곳에서 슬비는 어떻게 지냈을까. 1학년으로 입학하자마자 다른 학교로 전학했으니 얼마나 당황스러웠을까. 그 당시 나는 슬비를 살뜰하게 챙길 생각조차 하지 못했다. 다만 꾸역꾸역 살아야 했다. 아이만 집에 남겨놓고 바람을 쐬러 가기도 했다. 다정하게 안아주면서 이사할 수밖에 없었던 상황을 설명해주지도 않았다. 아이는 자주 배를 움켜쥐며 아프다고 했다. 병원을 가봤지만, 별다른 이상이 없었다. 전학했을 때 한 번을 빼고는 아이의 학교에 가보지도 않았다. 나는 다만, 슬비를 버리지 않았다는 것으로 잘했다고 나 자신한테 후하게 점수를 주고 있었다. 또 하나, 나는 그렇게도 꿈꾸었던 자살을 하지 않았다. 그것만 해도 된 것이 아니냐고 나는 내 삶에게 반문하고 있었다. 그런 악조건 가운데에도 그미한테 생활비를 꼬박꼬박 보내고 있었다. 아무리 돈이 없더라도 그미의 몫을 빼놓지 않고 보냈다. 스물네 살 이후로 매달 그렇게 해오고 있었다. 아이가 자꾸 배가 아프다고 한다 했더니 그미는 아이를 보내라고 강경하게 말했다. 어쩔 수 없이 그러겠다고 했다. 아이한테는 지금, 이 상황이 최악이었다. 그걸 말로 표현하지 못하니 몸으로 드러나는 것이 분명했다. 마침 여름방학이었다. 나는 아이를 그미한테로 보내고 돌아왔다.

카이로프랙틱에서 근무하던 초의 일이다. 하얀 호랑이가 갑자기 나타나서 내 주위를 맴돌았다. 이상하게도 전혀 무섭지 않았다. 호랑이가 등을 돌리며 타라는 신호를 보냈다. 올라타자마자 엄청난 속도로 날아다니듯 달렸다. 거리낌 없이 어디든 갈 수 있는 바람처럼 질주를 거듭하다가 마침내 고요하게 멈췄다. 호랑이는 나를 내려주고는 차분하게 내 옆에 머물렀다. 어느 틈엔가 내 다리를 베고 누웠다. 나는 호랑이의 등을 토닥여주고 있었다. 생생한 꿈이었다. 하얀 호랑이의 감촉이 마치 내 손에 그대로 남아 있는 듯했다. 그 꿈을 꾼 이후 서서히 코피가 멈췄다.

원장님과 개인적인 이야기를 털어놓을 때가 있었다. 원장님이 이혼 후 재혼을 하게 된 사연을 이야기했다. 얼떨결에 이 지역에 와서 이렇게 살 수밖에 없는 지금의 상황에 대해서 나도 털어놓았다. 최근에 아이를 보냈다고 했더니 원장이 이런 말을 했다. 아이를 보낸 것은 잘한 거요. 지금 이 남자와 계속 지낼지 어떨지 모르는 일이잖소. 아마도 곧 헤어질 수 있을 거라는 생각도 드는군요.

원장의 말이 맞았다. 그리고 그날은 생각보다 빨리 왔다. 카드깡이 갑자기 잠적을 하자 누나와 매형들이 우리를 찾아왔다. 나락으로 떨어진 것은 나인데 그들은 오히려 유쾌하게 웃으며 축하해주었다. 나는 도피였고, 아픔이었는데 그들한테는 그렇지 않았다. 드디어 한 여자를 만났다며 기뻐했다. 사실, 내가 카드깡을 따라나선 것은 이성을 잃을 정도의 두려움과 불안 때문이었다. 처음으로 계획적인 사기를 친 것이 분명하지만, 사기꾼이 바로 옆에 있으니 그렇게 잡고 있으면 돈을 받을 수 있을 거라는 말도 되지 않는 논리를 가졌기 때문이었다. 그는 실제로 택시를 해서 번 돈을 나한테 꼬박꼬박 주기도 했다. 그렇지만 그는 난폭했고 스스로 인격 파괴자라고 부르기도 했다. 그미를 떠나왔지만, 여전히 그미의 손아귀에 있는 것만 같았다. 게다가 나는 정식으로 취직을 할 수 없으니 그미의 타박을 받을 게 뻔했고, 실패자로 그미 앞에 서는 것보다 죽음을 선택하는 것이 더 빠른 일이었다. 안 보이는 곳에서 숨죽여 사는 것이 내가 할 수 있는 최선의 방법이라고 여겼다. 그게 아니라고 말해주는 이는 아무도 없었다. 딱히 논의할 대상도 없었다. 그런데 원장이 그렇게 말하자 나는 갑자기 두 눈을 감고 있다가 번쩍 뜬 것만 같았다. 그렇다. 내가 이렇게 살 이유가 없지 않은가.

원장은 의지가 강하고 믿음직했지만, 거기까지였다. 안타깝게도 그만 나한테 좋아한다는 고백을 했고, 끈적한 눈길을 보내기 시작했다. 나는 더 이상 그곳에서 일하고 싶지 않았다. 그런 의사를 표시했더니 원장은 오히려 화를 냈다. 내가 뭐 어쨌다고 그래요? 내가 손이라도 한번 잡았나요? 그냥 마음이 그렇다는 거지. 마음이 두근거려서 그렇다고 말한 게 죄요?

죄는 아니었지만, 원장이 보다 현명했더라면 좋았을 것이다. 그 모든 것이 한계에 부딪혀오고 있었다. 카드깡과의 관계를 갑자기 청산할 방법이 없었다. 사실 나는 오래전부터 기회를 엿보고 있었다. 탈출할 시기를 간절하게 기다리면서 일부러 맞춰주는 척하고 있었다. 그가 행할 보복이 두려웠다. 그는 어쨌든 나를 알고부터 끈덕지게 나를 찾았고, 밀착했다. 자신은 그것이 사랑이라고 여기고 있었다. 밤늦게 택시 운전을 하고 와서 잠든 내 이마에 살짝 입을 맞추기도 했다. 나는 제발 나를 놓아달라고 속으로 외치고 있었다. 상상할 수도 없는 거액의 빚과 함께 이상한 관계가 이어지고 있었다. 그렇게 찾아온 친척들이 제의를 해왔다. 이런 생활을 하지 말고 다시 매형의 학원에서 같이 일하자고 했다. 카드깡이 같이 가자고 해서 그러겠다고 했다. 우리는 간단히 짐을 싸서 싣고 떠났다. 짐이 무겁다며 씩씩대고 욕설을 하면서 카드깡이 텔레비전을 발로 차서 계단 아래로 떨어뜨리려고 했다. 내가 만류하고 무거운 짐들을 들어 실었다.

나는 매형의 보습 학원에서 고등학생들한테 국어를 가르쳤다. 보름 정도 그렇게 일했다. 고향에서 혼자 지내던 카드깡의 어머니한테 가서 기거했다. 어머니는 내 손을 잡으며 좋아했다. 이제 편안하게 눈을 감을 수 있겠다고 거듭거듭 말했다. 그러면서 날아온 용지들을 보여줬는데 카드깡한테 온 여러 고지서들이 엄청나게 쌓여 있었다. 오래전, 소년원에 있었다고 들었지만, 그뿐만이 아닌 게 분명했다. 어머니 앞에서 효자인 척했지만, 분명 애간장을 다 녹여왔던 게 분명했다. 어머니는 종일 밭일을 했고, 흙을 툭툭 털어내고 장화를 신은 채 대충 밥을 먹고 다시 나가서는 일을 했다. 어쩌다가 저런 아들을 두게 되었는지 딱하고 안타까웠다. 한동안 조용히 지내던 카드깡이 한번은 와서 행패를 부렸다. 따로 나가서 살게 돈을 달라는 거였다. 어머니는 돈이 없다고 하소연을 했고, 카드깡은 그런 어머니한테 막말을 퍼부었다. 술을 먹고 배를 훤하게 드러내놓고 자빠져 자는 모습을 보고 나는 드디어 때가 된 것 같다고 생각했다. 생활정보지 광고에 실린 연락처로 전화를 하고 찾아가겠다고 했다. 숙식 제공이 되는 서빙 자리였다. 간단한 짐을 챙겨서 택시를 불러 타고 떠났다. 안방에서는 어머니의 기침 소리가 간간이 새어 나오고 있었다. 택시 안에서 라디오 방송으로 특보가 나오고 있었다. 미국에서 쌍둥이 빌딩이 폭파되었다고 했다. 테러범들의 소행이라며 현장은 아비규환이라는 격앙된 소리가 흘러나오고 있었다. 나도 그 현장 한가운데 있는 듯했다. 내 온몸과 영혼에서는 피비린내와 파괴된 콘크리트 벽에서 나는 희뿌연 먼지 냄새가 스며들고 있었다.

카드깡을 다시 만난 것은 그로부터 1년이 지난 다음, 경찰서에서였다. 나는 그를 고소했다. 운전면허증을 갱신하러 갔는데, 카운터 직원이 내 얼굴을 유심히 보더니 잠시 기다리라고 했다. 나는 곧 사법 경찰한테 체포되어 경찰서로 갔다. 내가 사기죄로 수배 중이라는 사실을 알게 되었다. 억울한 사정을 얘기하니 상대방을 고소하고 고소장을 들고 오면 사기죄는 해명이 되고 지워질 거라고 했다. 인근에 있는 법무사 사무실로 가서 고소장을 의뢰하고, 각 은행을 찾아다니면서 증명 자료를 확보했다. 그때, 얼마인지도 모르고 무작정 피하기만 했던 빚의 실체를 비로소 파악하게 되었다. 엄청난 빚일 거라고 지레 겁을 먹었던 빚이 1억도 안 된다는 사실을 확인하고 안도했다. 카드깡은 내가 진 빚이 1억을 훨씬 넘고 평생 걸려도 갚을 수 없는 돈이라고 했었다. 그래도 사채는 안 썼어. 그것만 해도 감사하게 여겨. 그 말은 맞긴 했다. 경찰의 말대로 나는 사기죄에서 벗어났다. 대질심문을 위해 경찰이 우리 둘을 불렀는데 나를 보자마자 카드깡이 말했다.

"어, 오랜만이네. 무슨 죄명으로 왔어? 내가 알려줄게. 같이 힘 합해서 해결해보자."

그는 내가 자신을 불렀다는 사실을 전혀 모르고 있었다. 경찰이 우리를 함께 불러 심문을 시작하자 그는 발뺌부터 했다. 나중에 그는 징역형을 선고받았지만, 돈을 갚는 것은 오롯이 내 몫이었다.

36 / 49
이런 데서 일할 사람

그때쯤, 나는 다시 병원에 다니고 있었다. 그 이전에는 두 가지 일을 전전했다. 먼저, 그날 밤 숙식 제공을 하던 카페에서 서빙 일을 했다. 호수가 보이는 곳의 버섯 카페에 머물던 3개월 동안 나는 50편에 가까운 시를 지었다. 남편의 폭력으로 가출을 해서 근처에 애인을 두고 살던 주방 언니와 같이 먹고 자고 했다. 주방 언니는 파전을 잘 만들었다. 손님들이 남기고 간 파전을 내가 다 주워 먹곤 했다. 언니의 애인은 유력 인사이면서 유부남이었다. 일주일에 한 번 정도 담배를 사 들고 찾아오거나 쉬는 날에는 언니가 나가거나 했다. 언니는 여기 오기 전에 살롱을 운영했는데 그때의 단골손님이었다고 했다. 그 유부남한테 내가 쓴 시를 소개하는 바람에 내 시가 지방신문에 실리기도 했다. 일은 고되었지만 재미있기도 했다. 내가 하는 일은 청소, 서빙,

계산 같은 거였는데 그렇게 힘들지는 않았다. 한적한 곳이었고 손님들은 거의 아베크족들이었다. 인근에는 여관이 즐비했다. 여자들은 야릇하게 만족한 미소를 흘리면서 남자들과 식사를 하며 경치를 감상했다. 다들 바람피우는 연놈들이야. 주방 언니가 내게 눈을 찡긋거리며 말했다. 나도 그런 적이 있어. 술집에서 애인하고 있는데 남편이 출입문으로 들어오는 거야. 탁자 아래 몸을 숨겼지. 몸을 있는 대로 숙인 채 기어서 재빠르게 사라졌어. 언니의 말에 나는 고개를 주억거렸다. 산이 병풍처럼 호수를 둘러싸고 있는 곳이었다. 호수 바로 앞에 카페가 있어서 언제든 창밖 가득 물살이 보였다. 태양이 비치는 각도에 따라서 물결의 색이 변하고 있었다. 물은 결국 하늘과 조화를 이루고 있었다. 바람이 불고 구름이 몰려오고 또 태양이 머물렀다가 떠나고 초롱초롱한 별빛이 쏟아지는 모든 변화에도 불구하고 산은 끄떡도 하지 않았다. 그저 주어진 자리에 뿌리를 내린 채 서 있었다. 산과 나무와 호수와 태양이 내 스승이었다. 스프링 노트에 적은 시들을 그대로 뜯어서 손님들이 볼 수 있는 자리와 화장실에 붙여놓았다. 몇몇 손님들은 내가 쓴 시를 소리 내어 읽기도 했다.

한 달에 두 번 쉬는 날에는 집에 갔다. 친구들과 놀러 다니기에 바빠서 아이가 집에 잘 붙어 있지 않는다고 그미가 하소연을 했다. 딸과 나는 오래도록 안고 있다가 헤어졌다. 기차를 타고 오면서 눈물이 났지만 참았다. 한번은 집에 가서 한 시간 만에 글을 완성해서 지역의 신문사가 개최하는 독후감 공모전에 출품했다. 아무런 기대도 하지 않았는데 소식이 왔다. 상을 타러 오라고 했다. 큰 상도 아니었지만, 일부러 먼 곳까지 가서 상을 타 왔다.

토요일과 일요일에는 너무나 손님이 많아서 사장님의 온 식구들이 총출동해서 일을 도왔다. 사장님의 딸은 나를 잘 따랐다. 우리는 얘기를 나누며 친해졌다. 누군가 내 나이를 물었고, 나는 서른하나라고 말했다. 아직 젊어. 결혼은 나중에 해도 돼. 누군가 말했다. 나는 쓴웃음을 지었다. 끊임없이 나를 이 구렁텅이에서 구해줄 누군가를 찾고 있었을지도 모른다. 외로운 게 아니라 불안해서 견딜 수 없을 지경이 되면 아직도 전화번호를 외우고 있는 몇몇 이들한테 연락을 취하곤 했다. 그들은 반가움과 원성이 가득한 목소리로 나와 통화를 하고 나는 역시 실망하며 전화를 끊곤 했다. 내가 기댈 수 있는 이는 단 한 명도 없었다. 한번은 이런 적도 있었다. 주인의 친구가 와서는 자신의 서핑 실력을 자랑했다. 그게 그렇게 의미가 있게 느껴지지는 않았지만 열심히 들어주었다. 그는 내일 호수에서 서핑을 할 테니

지켜보라고 했다. 알겠다고 대답을 했지만, 정작 그 사람이 보트 뒤에서 서핑을 즐길 때, 나는 바빴다. 보지 않고 있다가 주방 언니가 외치는 말에 달려가 창밖을 내다봤다. 그는 바닷속으로 사라져버리고 곧이어 구급차가 왔다. 큰 사고가 난 거였다. 들리는 바로는 그 남자는 입원했고, 수술을 앞두고 있다고 했다.

3개월 가까이 일했던 그곳에서도 불편한 일이 일어나고 말았다. 어느 날, 주방 언니가 사장님이 없을 때 온 손님이라며 우리가 슬쩍하자고 했다. 안 된다고 했지만, 언니는 원래 그렇게 하는 거라며 나를 설득했다. 언니의 청을 거절하면 같은 공간에서 먹고 자는 데 불편할 것만 같았다. 나는 마지못해 그렇게 했다. 한 번 그렇게 한 것이 문제였다. 이제 언니와 나는 한 달에 몇 번씩 그런 짓을 했고, 그렇게 빼돌린 돈이 쏠쏠했다. 분명 CCTV가 있었으면 바로 덜미가 잡힐 상황이었지만, 처음으로 사업을 했던 사장은 나를 믿었다. 그러다가 한번은 점잖은 표정으로 물어보았다. 혹시나 돈을 빼돌리거나 그러지는 않지? 잘하리라 믿는다. 나는 흠칫 놀랐지만, 사실대로 말하지 않았다. 돈을 빼돌리는 짓을 멈추지 않았다. 언니는 그런 내게 칭찬을 했고, 돈을 나눌 때는 거의 희열을 느끼는 듯했다. 이제는 그만해야겠다는 생각이 들었지만, 언니는 그런 나를 쥐고 흔들었다.

돈을 빼돌릴 기회를 놓쳤을 때는 멍청하다는 눈치까지 주었다. 그곳은 더 이상 안락한 곳이 아니었다. 양심의 가책을 느껴 모든 것을 털어놓고 사죄하고 싶었지만, 그러지도 못했다. 빼돌린 돈을 내놓으라고 하면, 갚을 길이 없었다. 나는 결국 아무 말도 하지 않고 다만 고개를 숙인 채 그 가게를 나왔다. 지금 생각해보면, 주인은 아마도 알고 있었을 것이다. 도둑으로 몰아세우는 것보다 훈계하는 것이 더 낫겠다고 고심해서 좋은 방법을 취했으리라. 40대 후반으로 보이는 너그러운 주인은 헤어지면서 내가 잘 살기를 기원해주었다.

그렇게 서빙 일을 청산하고 친구를 찾아갔다. 고등학교 때 글 동지였던 아사는 결혼 후 아이를 낳고 구미에서 살고 있었다. 무턱대고 찾아갔지만, 묵을 곳이 있었다. 막내 여동생이 인근에서 자취하고 있었던 거였다. 그 방에서 이틀 정도 머물렀다. 나는 뭔가를 해낼 힘이 없었다. 취직해서 일할 힘도, 난관을 헤쳐나갈 힘도 없었다. 마치 투명인간이라도 된 것 같았다. 내가 어떤 모습인지 도통 알 수가 없었다. 여동생은 그런 내게 방글방글 웃으며 얘기를 걸고 화장을 시켜주었다. 우리 기분 전환하러 가요, 언니, 라고 유쾌하게 말하며 팔짱을 낀 채 나를 끌고 나섰다. 우리는 시내를 돌아다녔다. 스티커 사진을 찍고 맛있는 것을 사 먹었다. 그것으로 위안이 되었다. 친구는 그 집에 머물면서 직장을 구하라고 권유했지만 나는 떠난다는 쪽지만 남긴 채 그곳을 나왔다. 숙식 제공하는 곳을 기웃거렸는데 광고를 보고 찾아갔더니 식당 주인이 기겁을 했다. 여긴 이렇게 젊은 아가씨가 와서 일하는 데가 아녀. 그러고 보니, 머리에 쟁반을 이고 가서 배달하는 일이었다.

다른 곳으로 전화를 해서 찾아갔다. 식육 식당이었다. 내가 맡은 일은 고기를 주문한 손님들한테 서빙하는 일이었다. 그곳은 술도 팔아서 짓궂은 손님들한테 술을 따라주는 일까지 해야 했다. 손님이 없는 낮 동안 책을 읽고 있으면 주변에선 아니꼬운 눈으로 나를 흘겨봤다. 여기가 뭐 도서관인 줄 아나? 카운터 담당 여자가 대놓고 그런 말을 했다. 월급은 많았지만, 온종일 일해야 했다. 숙식 제공이라는 말은 24시간 일을 시킨다는 말과 같다는 것을 비로소 알았다. 카운터 여자는 주인이 아니었다. 진짜 주인은 나이 많은 남자였고, 한 번씩 바쁠 때는 부인이 와서 거들기도 했다. 그렇지만 카운터 여자는 주인이기도 했다. 종업원들을 호령했고, 돈을 챙겼다. 진짜 주인은 언니 방에서 자고 나오기가 일쑤였고, 부인도 그걸 잘 알고 있었다. 카운터 언니는 40 중반으로 보였다. 주인을 사귀고 나서 그게 내 운명인가 한다며, 이제는 주위에서도 다 이해를 한다고 했다. 나는 밤에 피는 장미야, 밤에 보면 내가 봐도 예뻐, 여자가 담배를 물고 서글프게 웃었다.

단골손님 중에는 근방에서 근무하는 보건소나 시청 공무원들이 있었다. 그들한테 잘 보여야 한다는 생각을 했던 여자가 나더러 2차에 따라가라고 했다. 나는 노래방에 가서 손님들에게 술을 따라주어야 했다. 몇 명의 도우미 여자들을 불러 노는 모양이었는데 다들 모여 있는 곳에서 야한 행동을 서슴지 않고 했다. 나는 한쪽 구석에서 놀란 얼굴로 그걸 보고 있었다. 나를 유심히 보던 한 공무원이 밖으로 불러내서 말했다. 실례지만, 몇 살이에요? 서른한 살이라고 내 나이를 밝혔다. 마누라와 동갑이구먼. 이런 데서 이렇게 일하지 마시고 본인한테 맞는 곳으로 가세요. 이런 데서 일할 사람이 아닌데 왜 이러고 있어요? 나는 뒤통수를 한 대 얻어맞은 것 같았다. 그 말이 내게 큰 위안과 용기를 주었다. 나는 그동안 나 자신을 억누르고 있었다. 나는 악한 년, 독한 년, 미친년이었으므로. 나는 창녀고 악마고 사탄이었으므로. 나는 아무것도 아니었으므로 더럽고 추악한 시궁창을 떠돌며 살아야 마땅하다고 여겼다. 그런데 이 사람은 내가 누군지도 모르는데도 이렇게 말해주고 있었다. 그 말은 웅크린 채 좀처럼 펴지 않던 몸을 일으키게 했다. 서서히 한 걸음씩 발을 내딛고 어둠의 통로를 통과하게 했다.

다음 날 나는 그 식당에서 나와서 집으로 돌아왔다. 어떻게 되든, 그미가 나를 죽이든 살리든 딸아이와 함께 지낼 것이다. 우리는 함께 버텨내고 이겨낼 것이다, 내 마음은 그런 다짐들로 가득 찼다. 그게 죽는 것보다 낫지 않겠는가. 아무리 힘들더라도 자살보다는 낫지 않겠는가. 나는 몇 번이고 이렇게 묻고 답했다.

37 / 49
사랑한다는 말

막상 집에 들어가니 그미는 악다구니를 하지도, 나를 들볶지도 않았다. 풀이 죽은 모습이었다. 내가 나간 사이에 그미는 동사무소에 찾아가 내가 가출했다고 하소연을 했다 한다. 기초수급자 명단에 딸아이와 함께 올라가 있어서 두 사람 몫의 돈이 나오게 되었다고 했다. 딸은 내가 온 사실을 비밀로 해야 했다. 일기장에도 엄마라는 말 대신 이모라고 쓰고, 누군가에게 얘기할 때도 이모와 어디로 갔다고 해야 했다. 할머니는 혹시라도 수급비가 끊어질까 봐 신경을 곤두세웠다. 나는 투명인간이 되어야 했다.

직장도 없이 빚만 산더미인 내게 할 수 있는 일이라고는 아무것도 없었다. 불현듯 교회라도 가보자는 생각이 들었다. 그렇게 며칠 교회를 다녔다. 금요 철야 예배 때였다. 통성으로 크게 기도하는 시간이었다. 기도가 입 밖으로 잘 나오지 않았지만, 그저 소리 내어 하느님을 외치고 있었다. 하느님, 하느님, 하느님…… 더 이상 무슨 말을 해야 할지 몰랐다. 말이 나오지 않았다. 그때, 배꼽 아래 깊숙이 뜨겁게 솟아오르는 말이 있었다.

너를 축복하노라.

그 말을 들었을 때 나는 너무나 어이가 없어서 웃음이 터져 나오려고 했다. 무슨 말씀이신가요. 축복하다니요. 저는 믿음이 깊지 않습니다. 이제 어쩔 수 없어서 겨우 교회를 나왔을 따름입니다. 저는 축복받을 자격이 없습니다.

너를 축복하노라.

또다시 소리가 울려왔다. 아무리 생각해도 이 소리는 귀에서 들려오는 것이 아니었다. 너무나 강렬하지만, 아랫배 안쪽에서 온몸을 관통하면서 올라오는 소리였다. 그저 속삭이는 정도가 아니라 장엄하고 우렁차게 울려왔다. 나는 또 콧방귀를 꼈다. 말도 안 되는 소리 좀 작작 하십시오. 하느님, 생각해보세요. 제가 오래전에 어머니가 교회 갔을 때 성경책을 집어 던져 비를 맞게 한 것 기억나시죠? 다 지켜보고 계셨지 않습니까? 저는 이런 못돼먹은 놈입니다. 뭘 축복한다고 말씀하시나요? 제가 저질렀던 모든 나쁜 일들을 다 아시지 않습니까? 저는 축복받을 자격이 없습니다.

너를 축복하노라.

나는 엉엉 울었다. 아무런 반박도 없이 그저 울기만 했다. 내가 할 수 있는 말이라고는 단 하나였다. 하느님, 감사합니다.

그리고 또 하나의 사건이 있다. 축복의 말씀 이후 나는 새벽 기도를 시작했다. 어느 날, 예배를 마치고 집으로 들어섰을 때, 그미는 주방에서 밥을 안치고 있었다. 현관문을 열고 그미를 보는 순간, 깜짝 놀라고 말았다. 그미가 그동안 나에게 퍼부었던 온갖 악담들, 고함들, 저주들, 상처들이 모조리 휘발되고 그 자리에는 오직 사랑만이 있었다. 그것을 도대체 어떻게 설명할 수 있을까. 갑자기 물밀듯이 나한테 다가온 주체할 수 없는 사랑 앞에서 온몸의 힘이 빠져나갔다. 내 마음은 지극히 안온한 빛 가운데 머물고 있었다. 그미를 향해 말했다. 아니, 내 입이 저절로 열리고 말이 흘러나왔다.

"엄마, 엄마."

어머니가 나를 돌아다봤다.

"엄마, 사랑해요."

나도 모르게 그 말이 입에서 나왔다. 어머니가 그 말에 가까이 다가와서 양손으로 내 어깨를 잡았다.

"네가 나를 다 사랑하나?"

다음 순간 우리는 함께 끌어안았다.

"나도 사랑한다. 시아야."

우리는 소리 내어 울고 말았다.

그것은 내 삶에서 가장 강렬한 사건이었다. 오랫동안 어머니를 사랑하고 싶었지만 그럴 수 없었다. 어머니를 존경한다는 말, 사랑한다는 말을 거리낌 없이 쓰는 이들이 부럽기만 했다. 내 인생에서 어머니한테 그런 말을 갖다 붙이는 일은 절대 없을 거라고 여겼다. 어머니는 상처, 저주, 비난, 비아냥, 고통, 슬픔, 우울, 불안, 불평불만과 어울렸다. 어머니를 결코 사랑할 수 없었다. 그런데 기적이 일어난 것이다. 모든 것을 잃었을 때 비로소 어머니를 사랑할 수 있게 되었다.

그때부터 내 에너지는 눈에 띄게 변화하기 시작했다. 마치 높은 허들을 뛰어넘은 기분이었다. 회사 소속 방문 논술교사로 6개월간 일했다. 여러 어려운 점들이 있었지만, 성실하게 해나갔다. 때로는 과한 열정으로 항의를 받을 때도 있었다. 대개 서너 명 정도의 아이들을 맡아 그룹 지도를 했는데, 초등학교 5학년 아이들 그룹에서 일어난 일이었다. 남자아이 둘, 여자아이 하나로 이뤄진 집단이었다. 논술 지도를 다 마쳐갈 즈음, 한 명이 멤버 중 한 남자아이가 저지른 일에 대해 말을 하기 시작했다. 그 아이가 오늘 낮에 학교 앞에서 파는 병아리를 사 와서는 혼자서 날개를 하나씩 떼면서 놀다가 마지막에는 시소 아래 두고 자신은 시소 위에 올라타서 세게 눌려서 병아리를 죽게 했다는 거였다. 사실이냐고 물었더니 그렇다고 말하면서 히죽거리고 웃었다. 나는 무척 화가 났다. 생명을 경시하는 그 태도가 섬뜩했고, 한편으로는 히죽거리는 그 반응에 몹시 화도 났다. 잠시 감정을 가다듬었다. 그리고 이런 일이 도대체 어떤 마음에서 나왔고, 이 일을 이렇게 지적받은 이유가 무엇인지에 대해 다음 시간까지 생각해 오자는 숙제를 내주었다. 아이는 몸을 배배 꼬며 웃어넘기려다가 갑자기 정색하면서 나를 빤히 쳐다봤다. 이걸 꼭 해야 하나요? 그래. 해야 해. 내가 단호하게 말했다.

다음 날, 그 아이의 어머니로부터 항의를 받았다. 아이가 그렇게 한 것에 대해 충분히 뉘우쳤고, 그러지 않기로 했는데 굳이 그런 과제를 내주는 이유가 뭐예요? 내 아이한테 무슨 억하심정이 있어 그렇게 한 거예요? 그러고도 아이를 가르칠 수 있어요?

생각해보면, 나는 정신적인 치료까지 하려고 욕심을 내었나 보다. 그걸 제대로 교정해주지 않으면 안 되겠다는 절실한 생각에, 사실 그 아이를 아끼는 마음에서 그렇게 한 것인데 그 아이의 어머니는 단단히 오해하고 있었다. 내 설명이 통하지 않았다. 결국 어머니는 논술을 끊어버렸고, 그 그룹은 그대로 와해되어버리고 말았다.

한번은 이런 적이 있었다. 역시 초등학교 5학년 여자아이였는데 함구증이 심했다. 수업 시간 내내 아무 말도 하지 않았다. 아무리 말을 걸어도 입 밖으로 어떤 소리도 내지 않았다. 나도 덩달아 손짓을 하거나 그림을 그리거나 글을 쓰며 의사소통을 했다. 아이는 웃지도 않았다. 일주일에 한 번 하는 수업이라서 그다음 주에 찾아가서 그림을 그려주면서 설명했다. 산이 있는데 산 위에 보물이 있어. 그런데 이렇게 문이 막혀 있구나. 그래서 보물한테 가지 못해. 분명 보물한테 가까이 가야지 보물을 가질 수 있는데 어쩌지? 역시 아이는 아무 말도 하지 않았다. 내가 대신 말해주었다. 그래, 그렇지, 너도 그렇게 생각하지? 문을 활짝 열면 갈 수 있겠구나. 그렇지? 아주 잘했다. 처음부터 문이 잘 열리지는 않지만, 아주 조금씩 조금씩 열면 열 수 있어. 한번 해볼까?

신기하게도 아이가 아주 조그맣고 작은 목소리였지만, “네”라고 대답했다.

나는 아이 엄마한테 이 말을 전했다. 그 아이와 좀 더 많은 시간을 낼 수가 없었다. 바로 다음 주에 아이는 다른 지역으로 이사 간다고 했다.

그때, 나는 번 돈의 대부분을 생활비와 함께 형부한테 보내고 있었다. 예전에 생활비가 부족해서 대출을 받은 적이 있었는데 그때 형부가 보증을 선 적이 있었다. 내가 신용불량이 되자 바로 형부가 전화를 걸어서 따졌다.

"처제, 정신이 있나 없나. 이 돈을 나보고 내라고 은행에서 날아왔어! 이제 어떡할 거야? 처제가 정신이 나갔네, 이런 일을 저지르고도 무사할 줄 알아?"

형부는 좀 더 부드럽게 물어봤을 수도 있었을 것이다. 나는 미처 그 생각까지 하지 못하고 있었다. 죄송하다고 하고, 그 돈은 꼭 갚겠다고 했다. 그리고 그동안 한 번도 어기지 않고 꼬박꼬박 형부 통장에 돈을 넣어드렸다. 내가 돈을 벌어 제일 먼저 했던 일이 바로 형부한테 돈을 보내는 것이고, 그다음은 어머니한테 생활비를 드리는 거였다. 버는 돈은 늘 들쑥날쑥했다. 회원들은 어느 달에는 많았고 갑자기 줄어들기도 했다. 회사 소속이라는 것은 허울 좋은 말이고, 소속된 교사들은 모두 수입에서 일정한 비율을 회사에 지불하고, 나머지 몇 푼 안 되는 돈을 겨우 가져갔다. 더욱더 분발해서 회원을 확보하라고 서울에서 관리자급 상사들이 파견되기도 했다. 교사들은 대부분 인문대학 출신으로 취직난으로 어쩔 수 없이 다니고 있었다. 대학원을 다니면서 아르바이트 삼아 다니는 이들도 있었다. 나는 팀장의 배려로 세금 신고를 하지 않는 편의를 받고 있었다. 내 사정을 잘 알고 따뜻하게 대해준 팀장이 아니었더라면 6개월간을 버텨내지 못했을 것이다. 억지로 홍보하면서 회원을 늘릴 자신이 없었다. 때때로 점심 사 먹을 돈을 아끼느라 아예 굶기도 하고 일부러 버스를 타지 않고 한 시간 남짓 거리를 걸어 다니기도 했다. 그런데도 늘 가난했다. 그렇지만 감사하게도 이제 딸아이와 헤어져 있지 않아도 되었다. 그 사실 하나만으로도 모든 것을 능히 이겨낼 수 있었다.

부족한 돈을 보충하기 위해 늦은 시간에는 학원에서 국어 강사를 하기도 했다. 교회 장로님이 운영하던 학원이었다. 그다지 잘 가르친 기억은 없다. 나는 짓궂은 중학교 남자아이들을 잘 다룰 만큼 능수능란하지 못했다. 하루는 월급날이어서 가는 차비만 있으면 올 때는 월급을 받은 돈으로 버스를 타고 집에 갈 수 있겠다 싶어 학원으로 갔다. 그런데 굳게 문이 닫혀 있었다. 전화를 했더니, 마침 중간고사가 끝나서 하루 쉰다고, 미리 연락을 못 해서 미안하다고 했다. 어쩔 수 없는 노릇이었다. 알겠다고 하고 버스를 타려고 보니, 300원이 모자랐다. 하필 비까지 내리고 있었는데 단순한 비가 아니었다. 폭우가 쏟아지고 있었다. 강한 태풍이 몰아쳤다. 버스를 타고 싶었지만, 100원도 아니고 300원이 부족한데 태워달라고 할 수가 없어 그냥 걸어가기로 했다. 당시 애용하던 미니 카세트에 이어폰을 연결하고 음악을 들으면서 걸어갔다. 도로 갓길로 걸어가다가 그만 우산을 놓치고 말았다. 강풍에 우산이 어디로 날아갔는지 보이지도 않았다. 그대로 비를 맞고 걸어갔다. 나는 물인간이 되어버렸다. 물이 된 채 어디론가 떠내려가고 있었다. 한 시간 반 남짓 걸어야 도착할 거리였다. 가로수는 산발이 되어 헤드뱅잉을 하듯 마구잡이로 고개를 흔들고 있었다. 거리에는 오로지 달리는 차밖에 없었다. 늦은 오후인데도 사위가 깜깜했다. 물이 차올라서 장딴지를 훌쩍 넘어 무릎까지 오기도 했다. 걸음을 떼기조차 힘들었지만, 그대로 앞으로 나아갔다. 테이프를 듣는 것이 무리여서 아예 끄고 가방 안에 넣었다. 가방도 벌써 물에 흠뻑 젖어 있었다. 물이 차올라 있는 갓길을 걷는 것보다 더 힘든 것은 차들이 옆을 지나칠 때마다 덮쳐오는 거센 물벼락이었다. 달리는 바퀴에서 튀어 오른 세찬 물들이 내 머리와 뺨을 함부로 갈기고 있었다. 마치 큰 벌을 받는 대역 죄인이라도 된 기분이었다. 그러면서 생각했다. 이곳에서 살아서, 기필코 살아남아서 집에 도착한다면, 이제부터 생존을 위해 못할 일이란 없다. 나는 내 삶의 전사이고 용사이다. 이것은 하나의 도전이다. 나는 마치 혼자 열 길 물속을 헤맨 신화 속의 인물처럼 이 길을 꼭 가야 한다고, 마침내 도착할 거라고 속으로 외치고 또 외쳤다. 이건 특별한 경험이야. 생애 단 한 번 할 수 있는 진귀한 체험이지. 단지 돈이 없어서가 아니라 돈이 없는 것을 기회로 이런 위대한 도전을 할 수 있는 거야! 그렇게 되뇌며 멈추지 않고 앞으로 나아갔다. 태풍의 위력은 여전했고, 차들은 냉소적으로 지나가면서 여전히 물벼락을 쏟아부었고, 나무는 내 생각이 한낱 망상에 불과하다는 듯 기괴하게 잎사귀를 뒤틀며 비웃고 있었다. 그래도 나는 연이어 속으로 외치고 있었다. 그 누구도 내 행보를 막을 수 없다고. 나는 물이기도 하고 불이기도 했다. 나는 바람이기도 하고 땅이기도 했다. 자연의 온갖 속성들이 내 안에 있기도 하고, 나한테서 터져나가 자연이 되기도 했다. 그렇게 한 시간 반을 걸었다. 마침내 집에 도착했다. 나는 태풍이 주는 전쟁터에서 살아남은 전사가 되었다. 뜨거운 물로 샤워를 하면서 소리 내어 울었다. 이제 그 어떤 고난이 와도 이겨내리라. 무서움에 떨 필요가 없다고 내 안의 목소리가 울음이 되어 소리치고 있었다.

그리고 며칠 뒤 나는 병원에 취직을 했다. 버스로 가면 집에서 10분도 채 되지 않는 거리에 있는 병원이었다. 예상대로 추심에서 연락이 왔다. 당연히 올 것이 왔다고 생각했다. 곧 갚겠다고 답했다. 병원으로 대납대출에 관련된 서류를 보내겠다고 해서 알겠다고 했다. 그런 것에 겁나지 않았다. 그리고 나는 미뤄왔던 운전면허 적성검사를 하러 갔다. 사기죄라는 경찰의 말에도 주눅이 들지 않았다. 나는 피해자였다. 그걸 입증할 방법을 알아내어 현명하게 정리하고 마침내 고소까지 했다.

카드깡은 내가 고소했다는 사실을 알고 흠칫 놀라더니 어이없다는 듯 웃었다. 네가? 네까짓 게? 이런 식이었다. 나는 단호하게 사실을 말했고, 그는 변론했다. 그러면서 불리한 부분에서는 침묵을 지켰다. 대질심문이 더 있나요? 보복당할까 봐 두렵습니다. 경찰관한테 내가 물었다. 경찰관은 엄호를 해주겠다고 하며 카드깡을 노려보았다. 그는 자신이 먼저 일어나 사라지겠다고 말하며 투덜대면서 가버렸다.

한참 뒤, 법정에서 그를 다시 만났다. 그 전에 따로 검사 앞에서 진술했는데, 검사는 나에게 이렇게 물었다. 그자가 접근했을 때, 몸도 마음도 다 줬나요? 그 물음에 나는 위축되지 않고 답했다. 아뇨, 준 게 아니라 당했습니다. 몰지각한 남성우월주의식 발언이라니! 검사가 헛기침을 몇 번 하더니 다시 물었다. 현명해 보이는 분이 왜 그렇게 당했어요? 그때의 나는 현명하지 못했고, 판단이 흐려져 있었고, 이성이 마비되어 있었다고 말했다. 아주 오랫동안 그랬다.

초등학교 때부터, 아니 유아 시절부터였다. 그걸 어떻게 타인이 이해할 수 있겠는가. 이 모든 것이 내가 저지른 우매함과 실수 혹은 실패라고 할 것이다. 휘둘리지 않으면 되지 않았냐고 비아냥거릴 것이다. 아무리 어머니가 나한테 잔소리를 하고 악담을 해도 돈을 벌어 오라고 고함을 질러대도 아랑곳하지 않으면 되잖아, 집을 나오면 되잖아, 상대하지 않고 어머니를 멀리하면 되잖아. 그렇게 말할 것이다. 아무도 모를 뿐이다. 그렇지만 이제는 안다. 하늘이 알고, 땅이 안다. 나는 나약하지 않다. 폭풍우를 헤치고 다시 태어난 것이다.

법정에서 카드깡은 징역 6개월을 선고받았다. 증인으로 온 내게 법원에서 차비를 주기도 했다. 이 돈을 왜 주냐고 물어보았다. 관례대로 하는 것이니 염려 말고 받아 가라고 했다. 고개를 꾸벅 숙여 인사를 하고 밖으로 나왔다. 이제 해결된 것이다. 고소 사건이 진행되고 있을 때, 전화가 걸려왔다. 카드깡이 잠시 이벤트 회사를 할 동안 학원의 한 여강사를 나오게 해서 같이 사무실에 있었는데, 그녀도 사기를 당해서 고소했다고 알려주었다. 돈을 갚겠다고 했는데 안 갚더라는 것이다. 그 여강사는 민사소송을 했고, 내가 한 건은 형사소송이었다. 나는 그자가 돈을 갚지 않을 거라는 사실을 잘 알고 있었다. 그게 그자를 본 마지막이었다. 매형과 누나가 나를 만나서 터무니없는 액수를 부르며 합의하자고 했지만, 나는 하지 않겠다고 거절했다. 6개월 동안 더운 감방에서 어떻게 지내겠냐며 봐달라고 했지만, 나는 번복하지 않았다.

카드깡과의 악연은 그것으로 끝이 아니었다. 도망가기 직전에 그는 친구가 차를 사서 되파는 작업을 해야 하는데 내 명의가 필요하다고 했다. 그 친구는 두어 번 만나서 안면이 있는 사람이었다. 대출 담당자한테 전화가 오면 무조건 그렇다고 대답하라기에 일러준 대로 했다. 그 당시 나는 꼭두각시였다. 돈에 관한 한 아무것도 내 힘으로 하지 않았다. 하라면 하고 하지 말라면 안 했다. 그렇게 차 보증인으로 등록되어버리고 말았다. 그 친구도 사기로 수배 중이었다. 나는 여러 정황들을 담아 내용증명을 해서 대출 기관에 보냈다. '내용증명'이 무엇인지 몰랐던 나는 경찰한테 묻고, 또 기관에 물어서 스스로 작성해서 우체국을 통해 보냈다. 다 되었다고 여겼는데 혹시나 다시 불똥이 튀는 것은 아닌지 걱정이 되었으나 나는 나와 했던 약속을 잊지 않았다. 무엇이든 부딪혀볼 것이다. 결단코 그대로 주저앉지 않을 것이다, 속으로 이 말을 여러 번 되뇌었다. 결국 그 건은 수배 중인 것으로 인해 보류되었다. 담당자가 바뀔 때마다 납입을 독촉하는 편지가 나한테 왔다. 그때마다 전화를 걸어 내가 제시했던 내용증명을 설명했다. 그러다가 드디어 연락이 오지 않았다. 오랜 시간이 흘러 이제 그 건으로부터도 마침내 벗어났다.

그로부터 10년이 지난 어느 날, 법원에서 내 직장으로 편지를 보내왔다. 뭔가 잘못한 게 있나 싶어 겁이 덜컥 났지만, 단호하게 두려움을 떨치고 곧바로 개봉했다. 천만 원이 입금되어 있으니 찾아가라는 편지였다. 10년 동안 붙은 이자도 있었다. 아마도 당시 카드깡이 법적으로 천만 원을 내야 했던 모양이었다. 일련의 과정을 몰랐던 나는 그런 돈이 내 앞으로 입금돼 있으리라고는 상상도 하지 못했다. 담당자는 이렇게 말했다.

"하도 찾아가지 않길래 마지막으로 직장으로 뜨는 곳에 한 번 더 편지를 보내보자고 생각해서 보낸 겁니다. 이게 마지막 연락이고, 그래도 찾아가지 않으면 국가에 귀속되지요."

신기했다. 과거에 나는 형편없이 찌든 존재였는데, 이제는 뭔가 다른 기운이 나한테 온 것이다. 그 모든 것이 감사했다.

38 / 49
지금은 없어

두 번째 결혼을 감행했다. 어머니는 내가 더 늙기 전에 결혼해야 한다고 성화였다. 집에 들어오면 하루에도 수십 번씩 계속 그 말을 해댔다. 전에는 돈이더니, 이번에는 결혼이었다. 그즈음 인터넷 채팅을 통해 내게 다가온 두 사람이 있었다. 한 사람은 고등학교 선생님으로 글을 쓰는 진지한 사람이었고, 다른 한 사람은 발명가였다. 글 쓰는 이와는 잘 통했지만, 그는 유부남인 데다가 나하고 만나는 것을 도피처쯤으로 여기고 있었다. 언젠가 뇌졸중으로 쓰러졌을 때 한 번도 병원에 찾아오지 않았던 아내를 들먹이며 그 일에 대한 분노를 나와 만나는 것으로 푸는 듯했다. 그와는 곧 결별했다. 발명가는 자신이 만든 물건을 상품화하는 데 전력을 다하고 있었다. 감정 기복이 심하고 여자관계가 복잡했다. 이혼했지만 부인한테 자주 가는 것 같았고, 그걸 질투하지 말아달라고 말했다. 그는 자신이 추앙받는 초월적 존재라고 여기고 있었다. 교주처럼 자신을 신봉하도록 하는 묘한 재주가 있었다. 낚시를 하다 말고 차 열쇠를 휙 던져 바닷물에 빠뜨린 후 내가 잘 받지 않았다고 짜증을 냈다. 한때는 그의 감정에 좌우되어 울고 빌기도 했다. 나는 죄인이고 그는 의인이었다. 자신은 특별한 계시를 받은 이후 발명을 하게 되었다고 했다. 그게 성령의 힘이고, 자신에게는 샘솟는 능력이 주어져 있다고 했다. 한번은 자신이 운영하던 연구소 이름으로 딸의 학교로 장학금을 주기도 했다. 그런 감사함 때문에 선뜻 인연을 끊을 수 없었지만, 결국 헤어졌다. 헤어지고 3년 후 우연히 연락을 주고받은 그가 발명 연구소에 와서 일을 도와달라고 했다. 건립 중인 연구소를 보고 함께 일하는 꿈을 품기도 했다. 그러던 어느 날, 남자와 수년 동안 관계하고 있다는 한 여자로부터 문자가 왔다. 절대 오지 말라고 했다. 오면 무조건 못 하게 파투를 놓겠다며 협박해왔다. 최근에 자꾸 혼자 화장실에 가는 게 수상해서 보니까 이 연락처로 문자를 하고 있더라며 놀라서 만류하는 거니까 접근할 생각을 말라고 했다. 당연히 나는 가지 않았다. 그가 변명처럼 했던 말에 의하면, 그 여자에게는 법적인 남편이 있었지만, 남자와 함께 지냈다고 했다. 최근 그 여자가 자신을 따라가지 않겠다고 해서 관계를 정리할 계획이었다고 했다. 그 말들이 죄다 거짓말은 아니었겠지만, 그렇다고 사실도 아니었던 듯했다.

그러다가 인터넷 메신저로 한 사람을 알게 되었다. 그는 미국에서 오랫동안 머물다가 최근에 귀국했다고 했다. 채팅으로 만난 지 한 달 만에 그가 내려와서 대면했다. 그는 나보다 스물두 살이 많았지만, 그래서 좋았다. 모든 것을 이해해줄 수 있을 것 같았다. 나는 신용 회복 중이었다. 고소와 함께 드러난 은행 빚을 청산할 방법이 그 길밖에 없었다. 매달 월급의 반을 떼어서 빚을 갚아나가고 있었다. 그런 것을 이해해줄 사람이 흔하지 않다고 여겼다. 아직 나는 나 자신을 깎아내리는 것에 익숙했다. 내가 괜찮고 멋진 사람이라는 생각이 들지 않았다. 아주 많이 좋아졌긴 했지만, 한 번씩 죽고 싶은 마음이 불쑥거리며 올라오곤 했다. 그것은 오랫동안 잊고 있다가 꺼내 보는 타르로 만든 인형 같았다. 쉽게 떨어지지 않는 검은 타르가 내 마음 안에 있었다. 그는 내 사진을 보자마자 반해서 컴퓨터 바탕 화면에 깔았다고 했다. 나를 만나지 않으면 일을 못 할 만큼 마음이 쏠렸다고 고백했다. 그러면서 서류들을 보여주었다. 건강검진표, 주민등록등본이었다. 혼자가 맞는다는 것을 증명하려고 가지고 왔다고 했다. 그 진지한 모습이 좋았다. 그는 현재 가진 돈이 없지만 끊임없이 연구하고 있다며 3년 전에 외국에서 받은 우수상과 신문 기사도 복사해서 보여주었다. 누구를 만나더라도 그렇게 보여주곤 했는데 그때는 그 당당한 모습도 좋아 보였다. 그는 생명의 물을 개발했다고 했다. 그 물은 아주 오랫동안 놓아두어도 신선함을 유지하며, 특히 염증에 탁월한 효과가 있다고 했다. 그 물로 위장에 좋은 약을 만들어서 보내주기도 했고, 자주 전화를 걸어서 안부를 묻곤 했다. 한번은 밥을 먹었느냐는 그의 말에 나도 모르게 울컥하기도 했다. 그동안 이처럼 자상하게 밥을 먹었는지 물어봐주는 사람이 아무도 없었다.

그는 아이와 성이 같으니까 잘되었다며, 결혼과 동시에 아이를 호적에 같이 올리겠다고 약속했다. 남미 나라와 협약을 맺어서 개발한 물을 팔기로 했다며 열을 올렸다. 당장은 좀 고생을 해야겠지만 곧 부자가 될 거라고 말하면서 시골에 있는 별장을 미리 견학하기도 했다. 몇천 평의 땅이 곧 우리 차지가 될 거라는 말에 결국 내가 넘어갔던가. 그는 꿈을 가진 사람이었다. 줄곧 꿈을 찾고 쫓아가고 있었다. 매너리즘에 빠져 사는 직장인보다 훨씬 나아 보였다. 그는 노련했다. 내 마음을 사로잡는 방법을 잘 알고 있었다. 그는 어머니와 딸한테 선물을 자주 보내주고, 살뜰하게 챙겼다. 나이보다 젊어 보였다. 나이가 단지 열 살 많다고 속였지만, 어머니는 그렇게 믿었다. 아주 장한 사위라고 좋아했다. 그렇게 우리는 결혼을 했고, 어머니와 큰오빠, 언니와 지인 몇 명이 참석했다. 이틀 동안 한적한 수목원으로 신혼여행을 갔다. 결혼식과 웨딩 촬영, 신혼여행 비용까지 모두 내가 냈다. 그는 "지금은 없어"라는 말만 계속 반복했다.

지금은 없는 것은 그것뿐이 아니었다. 모든 상황이 지금은 없었다. 그가 메신저에서 말했던 연구소는 작은 홀과 작은 방 두 칸, 욕실도 부엌도 없이 헛간처럼 쓰는 곳이었다. 그래도 그곳에서 딸과 나, 그가 함께 살았다. 같은 건물이긴 하지만, 식당 전용 화장실을 쓰다가 식당 주인한테 혼이 났다. 그래서 폐쇄된 당구장에서 사용했던 화장실을 대충 청소해서 쓰기로 했다. 그 화장실 정면에는 길이 나 있었고, 그 앞에 주로 의자를 놓고 앉아 있던 이웃 사람이 있었다. 화장실을 들락날락하는 것도 눈치가 보이는 일이었다. 밤이 되면 화장실로 나가기 위해 신발을 신어야 했다. 창고 같은 곳에서 겨우 샤워를 했는데 하수도가 없어서 시멘트 바닥으로 물이 흘러가는 것을 가슴 졸이며 지켜봐야 했다. 이웃집에서 누군가가 왜 그렇게 물을 바닥에 함부로 흘리냐고 나무랄 것 같아서 마음이 쓰였다. 딸아이는 그때 중학생이었는데 그 도시로 전학을 간 상태였다. 신혼여행을 갔다 와서 막 이사를 했을 때, 모든 것을 물리고 집으로 가고 싶었다. 그래야겠다는 강렬한 생각이 들었다. 이건 아니었다. 거주할 수 없는 열악한 환경 때문만이 아니었다. 기껏 어머니의 등쌀에 떠밀려 결혼을 했지만, 결국 또다시 실패하고 말았다는 생각이 강렬하게 들었다. 그 막막한 느낌을 이겨내고 1년을 버텼다. 그는 집에 잘 붙어 있지 않았다. 그가 믿고 따르던 한 노인과 외국으로 다녔다. 굴지의 기업인들을 만나고 엠오유를 맺은 사진들을 이메일로 보내왔다. 과테말라에서 주지사가 직접 화환을 건네주었다고도 했다. 국내 이름난 건설 회사와 협정을 맺었다고도 했다. 그 모든 것들이 지금은 없지만, 나중에 있을 일들이었다. 그의 최종 학력은 중졸이었다. 다만 미국에 살았기 때문에 영어를 잘할 뿐이었다. 그렇지만 주위 사람들은 그를 박사라고 불렀다. 왜 그렇게 하는지 물어보았다. 그가 미국인처럼 어깨를 으쓱거리며 말했다.

"그냥 그렇게 부르더라고. 그래서 그러라고 놔뒀지. 내 탓은 아냐."

외국에 나가서 일을 꾸며야 했던 그는 국내에서 번 얼마 안 되는 돈을 죄다 긁어 가기에 바빴다. 나는 다시 병원에 나갔고, 생활비를 벌어야 했다. 어머니도 곧 사위가 돈을 벌어서 경치 좋은 별장 같은 곳에 갈 거라고 기대하며 기도하곤 했다. 그는 교회를 다녔고, 그게 어머니가 그를 믿는 이유였다. 도저히 그 집에서 살 수 없어서 그나마 있는 돈을 융통해 전세와 월세를 겸한 곳으로 이사를 했다. 외풍이 심하고 곰팡이가 스며드는 집이었지만, 실내에 욕실이 있어서 행복했다. 그곳에서 1년을 더 지냈다. 그는 여전히 1년 중 한두 달 정도를 제외하고는 집에 오지 않았다. 그게 외려 편하기도 했다. 어머니가 올라와서 한 달 정도 집에 머물다가 가시곤 했다. 그때만 해도 어머니는 정정해서 혼자서 고속버스를 타고 세 시간을 오는 것에 별 무리가 없었다. 나는 어머니를 모시고 사우나를 가고 외식도 했다. 그 순간, 행복했다. 돈이 부족해도 이렇게 건강할 수 있다는 것이, 손을 잡고 걸을 수 있다는 것이 좋았다. 하지만 그 행복도 오래가지 못했다. 그가 돌아와서 머무를 동안 어머니는 사정없이 그를 비난했다. 보는 눈초리가 이상하더라, 나를 업신여기는 게 분명하더라, 그렇게 안 봤더니 버르장머리가 없더라, 따위의 갖은 험담을 늘어놓았다. 그는 이방인으로 밀려났고, 오랫동안 그러했던 대로 모든 것이 어머니의 영향 아래 놓이게 되었다. 어머니 특유의 전략인 흉보기, 사이 갈라놓기, 헐뜯기, 욕하기, 짜증 내기, 화내고 고함지르기가 시작되었다. 나는 어머니한테 그만 내려가 계시라고 했다. 그러고는 몇 날 며칠을 곰곰이 생각해보았다. 아이는 점점 자라나고 곧 상급 학교로 진학해야 할 텐데 이대로 가다가는 공부를 시킬 수 없을 게 분명했다. 그는 전혀 돈을 벌어 오지 못했다. 정부의 요직 인사들을 만난다고 하며, 큰 행사에 단골로 고개를 내밀고 외국인들을 상대하며 늘 전화기를 붙들고 살거나 아니면 아예 집에 있지 않았다. 급기야 집을 처분하고 다시 어머니 집으로 내려갔다. 그 길밖에 답이 없었다. 막 고등학교에 입학한 딸을 전학시켰다. 담임선생님이 직접 전화를 걸어와서 아쉬움이 섞인 목소리로 딸아이는 뭐라고 말하지 않더라도 알아서 제 앞가림을 잘하고 반드시 훌륭한 인물이 될 거라고 말씀해주셨다.

그렇게 해서 내 두 번째 결혼 생활이 막바지로 치닫고 있었다. 그로부터 서류상 완전히 이혼하게 될 때까지 불과 몇 달 걸리지 않았다. 그는 사기를 당했다. 그동안 해왔던 모든 계약들은 국제 사기단의 책략이었다. 어느 날, 그는 갑자기 쓰러졌다며 전화를 해왔다. 빨리 병원에 가라는 것밖에 해줄 말이 없었다. 뇌졸중으로 반신 마비가 되었고, 착한 그의 여동생이 그를 돌봐주었다. 누나와 동생은 선량하고 마음이 고운 분들이었다. 하지만 나는 살아야 했고, 도저히 그와 함께할 수 없었다. 거동할 수 있을 만큼 회복되자 그가 지팡이를 짚고 나왔다. 너무나 안쓰럽고 안되어 보였지만, 내가 해줄 수 있는 것이 없었다. 서류상 마무리를 짓기까지 그렇게 많은 시간이 걸리지 않았다. 재산도 자식도 없어서 속전속결로 이혼이 완료되었다. 헤어지고 싶지 않았어. 간신히 그가 입을 열었다. 매 순간 꿈 안에서만 산 사람이었다. 한 번도 현실을 직시하지 않은 탓에 그가 꾼 꿈은 언제나 백지였다. 그는 지팡이를 잡고 여동생 집으로 천천히 사라졌다. 내가 갓 마흔 살이 되던 해였다.

39 / 49
과연 그렇게 할 수 있을까?

오래전, 정신과 간호사 2년 차 때였다. 결핵 병동으로 발령이 나서 근무하고 있었다. 다른 병동과 외따로 떨어진 별관 건물이었다. 정신과 환자이면서 결핵까지 걸린 환자들을 따로 격리해서 모아둔 곳이었다. 환자의 인권이 법적으로 보장되기 훨씬 전이어서 환경은 열악했다. 새벽에 마이암부톨, 리팜피신, 아이나 같은 결핵약을 먹게 하고 세 끼 식사 이후, 저녁에 삶은 계란을 하나씩 지급했다. 단조롭고 단순한 생활의 반복이었다. 환자들은 힘이 없어 병실에 그저 널브러져 있을 뿐이었다. 환자들은 주로 초저녁이나 밤에 열이 났다. 열이 너무 많이 나는 환자들한테는 해열제 주사를 놓았다. 온종일 멍한 눈으로 서로 대화 없이 지냈다. 웃을 일도, 울 일도 없는 박제된 일상이었다. 그런 환자들한테 조금이라도 도움이 될 수 있을까 해서 준비했다. 시를 프린트하고, 시에 맞는 음악을 들려주었다. 병실에서 대여섯 명의 환자들과 함께 시를 낭송하고 느낌과 생각을 나눴다. 환자들이 시 내용에 맞는 감정을 넣어서 낭송했다. 시에 대한 의미를 담아내어 느낌을 말하기도 했다. 문학을 통해 에너지를 교류하고 교감할 수 있는 첫 경험이었다.

그 이후, 다른 병원에서 시 낭송회를 개최했다. 학생 간호사 한 명이 환자 한 명을 맡아서 일주일간 연습하도록 했다. 환자가 해당하는 시를 낭송하면, 학생 간호사는 그 시에 대한 해설을 읽도록 했다. 의상, 코르사주, 소품들도 직접 만들었다. 시 낭송회를 앞두고 몇몇 고민들이 있었다. 주의력 결핍 및 과잉 행동 장애 환자가 있었는데 그는 홀에 진열된 크리스마스트리도 마구 잡아떼는 환자였다. 한 시간 반 정도 진행되는 시간에 그 환자가 과연 가만히 있을까, 난폭하게 굴면 어쩌나 걱정이었다. 게다가 기껏 연습했는데 낭송할 환자들이 발표에 대한 공포증을 가지면 어쩌나 하는 우려도 있었다. 그러나 그 모든 걱정을 물리치고, 환자들은 연습했던 것보다 더 잘해냈다. 게다가 놀라운 것은 우려했던 행동 장애 환자였는데, 무대 정중앙, 제일 앞에서 낭송회 시간 내내 가만히 앉아 있었다. 놀라운 것은 이것만이 아니었다.

그날 발표했던 환자 중에 40대 중반의 여자 환자가 있었다. 그 환자는 자신을 앉은뱅이라고 여겼고, 전부 그렇다고 믿었다. 의료진들도 그렇게 알고 있었다. 담당 학생과 낭송 연습을 하는 며칠 동안 놀라운 일이 일어났다. 환자가 다리를 펴기 시작한 거였다. 발표하는 날에는 아예 뚜벅뚜벅 걸어 나와 당당하게 마이크 앞에 선 채 시를 낭송했다. 그 모습을 지켜보던 남자 직원이 말했다.

"아, 저 환자가 사람이었군요. 사람이라는 사실을 처음 알았어요!"

나는 가슴 깊이 차오르는 뭔가를 느꼈다. 시 낭송회가 끝나고 생각해보았다. 도대체 무엇이 이들을 사람답게 했는가. 그 어떤 작용으로 시끄럽고 혼란스럽던 환자가 조용해졌단 말인가. 그것이 바로 치료였다. 시에도, 문학에도 '치료'를 붙일 수 있을까. 생소하지만, 그렇게 붙일 수 있지 않을까. 인터넷으로 찾아보았다. '문학 치료', 혹은 '시 치료'라는 단어를 검색하니 대학원 학과 이름이 나타났다. 앞으로 내가 진학할 곳이 틀림없었다.

정신 건강 전문가가 되기 위한 과정을 밟고 있을 때였다. 집단 치료를 해서 제출해야 했다. 문학과 글쓰기로 집단 치료 프로그램을 실행했다. 그때, 참석했던 환자 중에는 오랫동안 병원에 입원해 있으면서 외부 작업까지 해서 소정의 급료를 받는 이가 있었다. 최근 환청이 심해서 작업을 중단

한 상태였다. 특별히 권유하지도 않았는데 자작시를 써서 보여주었다. 매회기마다 그렇게 시를 써 왔다. 자기 자신에게 용기와 의지를 속삭이는 시였다. 프로그램 후반부에 이르러서 환자는 환청이 사라졌고, 다시 작업을 할 수 있었다.

이런 일련의 일들로 나는 확신하게 되었다. 증상을 완화시키는 힘이 문학 혹은 예술에 있다는 것, 이를 바탕으로 치유할 수 있다는 것을 깨달았다. 본격적으로 '문학치료학과'에 입학할 마음을 먹었다. 문제는 학점이었다. 최종 학위를 받은 방송대 국문학과에서 오래전, 간신히 턱걸이 졸업을 했지만, 학점은 형편없었다. 그 점수로 대학원을 가는 것은 무리였다. 그래서 생각해낸 것이 사이버대학교 문예창작학과였다. 3학년으로 편입해서 학업을 이어가기 시작했다.

문예창작학과에서 했던 공부는 그냥 공부가 아니었다. 오랫동안 갈구했지만, 가보지 못했던 곳에서 마음껏 목을 축이는 시간이었다. 그곳은 글 쓰는 비법을 일러주는 곳이 아니라 올바른 글을 쓰도록 이끄는 곳이었다. 글을 창작해서 제출했고, 그것으로 점수를 부여받았다. 직장과 가정, 학업에 에너지를 고루 안배하기란 쉽지 않았다. 그렇지만 학업을 할 수 없었다면 암울한 시간을 버텨내지 못했을 게 뻔했다. 늘 마음 한구석에 자리 잡고 있던 자살 충동도 더 이상 나를 괴롭히지 않았다. 어머니를 용서하던 순간부터 끈끈하게 들러붙어 있던 자살에의 유혹은 조금씩 떨어져나가다가 꿈을 향해 가는 순간 완전히 사라져버렸다. 그 자리에 진짜 꿈이 들어왔다.

나는 이런 소설을 하나 썼다.

탄탄한 직장을 가진 회사원이 결혼해서 아이를 하나 두었다. 아무런 문제 없이 행복하게 지내는가 했는데 갑자기 불행이 닥쳐왔다. 세 살배기 아이와 야외 활동을 하던 아내가 잠시 화장실을 간 틈에 킥보드를 타던 초등학생이 전속도로 달려와서 아이와 부딪히고 만 거였다. 그 자리에서 아이는 뇌진탕으로 사망했다. 그것으로 그치지 않았다. 남자는 아이를 잃어버린 책임을 아내에게 전가했다. 끊임없는 슬픔과 원망으로 걷잡을 수 없을 지경이 되어버렸다. 1년을 버티던 아내가 이혼을 요구해왔고, 그들은 그렇게 헤어졌다. 모든 아픔을 잊고자 일에 몰두하며 지내던 남자는 자정이 다 되어서야 귀가하고, 새벽 일찍 출근하는 생활을 계속하고 있었다. 어느 날 집에 와서 자려고 누웠는데 여자가 나타났다. 대학 1학년 때, 군대 가기 전 함께 지냈던 여자였다. 그 여자를 처음 만났던 곳은 창녀촌이었다. 6개월간 동거했지만, 남자는 약속을 어기고 군대를 제대한 후 그 여자를 만나지 않았다. 그러다가 여자가 자살했다는 소식을 풍문으로 접했을 뿐이었다. 그 여자가 지금 눈앞에 나타나다니 남자는 믿어지지 않았다. 남자는 어떻게 살아 있냐고 물었다. 여자는 왜 소문만으로 자신이 죽었다고 판단했냐며 따졌다. 외롭고 고단한 시간에 여자는 그렇게 찾아와 남자를 위로해주고 껴안아준다. 그렇게 며칠을 지낸 뒤, 여자는 낮에도 찾아오기 시작했다. 이번에는 실제 모습이 아니라 귀에서 목소리를 낼 뿐이었다. 처음에 남자는 기겁을 한다. 낮에는 근무해야 하니 조용히 있으라고 다독인다. 여자는 알겠다고 했지만, 가볍고 상쾌한 농담으로 남자를 웃게 한다. 근무 시간에 미소를 머금고 있는 남자의 행동은 분명 이상하게 보일 터였다. 남자는 이어폰을 끼고 어떤 소리를 듣는 척했다. 다행히 동료들은 눈치를 못 채고 있었다. 그러던 어느 날, 남자는 승진에서 탈락하고 만다. 입사 동기가 승진한 사실을 알고 남자는 실의에 빠진다. 그때, 여자가 나타나서 남자를 위로하면서 모든 것이 정 차장의 잘못이라며 죽여버리자고 한다. 처음에는 그 말에 펄쩍 뛰었지만, 여자의 설득은 집요했다. 끈질긴 여자의 말에 남자는 항복했다.

실행에 옮기기 위해 정 차장의 집으로 찾아갔다. 어둠을 틈타 공터로 유인한 다음 준비해 온 칼로 복부를 찔렀다.

낭자한 피가 바닥까지 흥건히 고였을 때, 여자는 갑자기 사라졌다. 잘했다고, 우리의 계획대로 해서 다행이라고 칭찬을 해줄 여자의 음성이 더 이상 들리지 않았다. 남자는 당황했다. 미친 듯이 땅을 파서 칼을 감춘 뒤 홀린 듯이 현장을 빠져나갔다. 마지막 순간에 한 번 더 뒤돌아보았을 때, 정 차장은 미동도 없이 고개를 가슴께에 처박고 있었다. 남자는 어떻게 해야 할지 감각이 마비된 상태였다. 그래도 어디론가 가야 한다는 생각에 사로잡혀 역으로 갔다. 여자의 고향이 생각났다. 그곳으로 가면 그 여자를 만날 수 있을지도 모를 일이었다. 막연하지만, 다른 어떤 것을 떠올릴 수가 없었다. 이 일은 애초부터 자신의 계획이 아니었다. 그 여자와 일의 실행에 대한 피드백을 주고받아야 마무리가 될 터였다. 대합실 안의 화장실에 들어가서 손에 묻은 피를 대충 씻어냈다. 그러고는 해암으로 가는 마지막 기차표를 샀다. 기차를 타고 달리는 밤에 창가에 비치는 자신의 얼굴을 보았다. 너는 살인자야, 사람을 죽였잖아. 창가에 비친 얼굴이 남자를 비난하며 다그쳤다. 내가 아냐, 그 여자가 시킨 대로 했을 뿐이야. 남자의 말에 얼굴을 씰룩거리며 창문에 비친 남자가 말했다. 그게 너야. 네가 한 거잖아. 남자는 고개를 흔들었다. 내가 아니란 말이야! 그 소리에 한쪽 구석에 타고 있던 사람이 고개를 빼서 쳐다보기도 했다.

남자는 숫제 눈을 감고 잠을 청했지만, 이번에는 자신의 복부를 칼로 쑤시는 환영들이 덮쳐왔다. 눈을 감을 수도 뜰 수도 없는 상태로 버티다가 마침내 해암에 도착했다. 바위가 많은 바다, 이곳이 여자의 고향이었다. 새벽녘에 도착한 남자는 택시를 타고 해암 해안가에 내려달라고 했다. 가는 동안 택시 기사는 불안한 눈초리로 자꾸 남자를 힐끔거렸다. 남자는 택시에서 내려 바닷가를 바라보았다. 동이 터오려는 듯 멀찍이서 불그레한 기운이 넘실거렸다. 그때, 아주 어릴 적 기억 하나가 아련하게 펼쳐졌다. 일곱 살 적, 성경 공부 시간이었다. 동화 성경책을 읽어주시던 선생님, 묻는 말에 발표해서 칭찬을 받던 어린 시절의 남자. 아이들이 보내는 칭찬의 박수, 그리고 평온함. 남자는 파도 소리만 줄기차게 들려오는 바위 위에서 불현듯 여자가 보내는 작별의 손짓을 잠깐 본 듯도 했다.

조현병이 진행되는 상황을 적나라하게 그린 소설 속에서 나는 남자였고, 환청 속의 여자이기도 했다. 모든 것을 놓치는 순간에 정합해서 뭔가 다른 것을 찾아낼 수 있는 정신을 표현하고 싶었다. 동시와 시, 예술 평론과 시나리오 이런 글들을 써서 제출했다. 독특한 나만의 눈으로 적어 내려가는 것이 즐거웠다. 예술 평론을 맡은 엄격한 교수님은 그

동안 맡았던 학생들 중에서 최고라고 칭찬해주기도 하셨다. 나는 칭찬에 익숙하지 않았다. 언뜻 기분이 좋긴 했지만, 한편으로는 거짓말 같았다. 칭찬 한마디로 그동안 나를 뒤덮고 있었던 무수한 악담들과 저주가 벗겨지지는 않았다. 그렇지만 나는 나를 잘 알았다. 그것은 인정을 받고 말고의 문제가 아니었다. 글 쓸 때가 가장 행복했다. 글을 쓰고 있으면 마치 다른 세상에 온 듯 몇 시간이 훌쩍 지나갔다. 어머니가 심하게 악다구니를 할 때, 슬그머니 집에서 나와 근처 피시방에 가서 글을 썼다. 포털사이트 비공개 카페는 내 보물 창고였다. 그곳에 내가 직접 진열한 수백 편의 글들이 나를 껴안아주었다. 어머니가 너무나 심하게 몰아세울 때는 그마저도 할 수 없었다. 그러면 나는 딸을 데리고 버스에 올라타 종점을 찍고 다시 돌아왔다. 버스 안에서 서럽고 아픈 가슴으로 풍광들을 훑어 내려가곤 했다. 한번은 밤 근무를 마치고 집에 돌아왔는데 어머니가 무슨 일인지 나를 달달 볶으면서 계속 내 몸을 쥐어박으며 괴롭혔다. 도저히 집에서 쉴 수가 없어 한 시간 반 동안 버스를 타고 영화관을 찾아가서 잔 적도 있었다. 그런 일들이 내 모든 감정 속에 웅크리고 있었다.

그렇지만 나는 천재지변처럼 어머니를 사랑하게 되었다. 도무지 앞뒤가 맞지 않는 일이다. 그 어떤 논리로도 이 말을 설명할 길이 없다. 숱하게 아프고 쓰라렸던 일들을 깡그리 잊은 것도 아니다. 하나도 기억나지 않는 것도 아니다. 일부러 기억하려 들지는 않지만, 기억이 난다고 해도 어쩔 수 없는 일이다. 다만, 한 편의 긴 영화처럼 그 일을 들여다볼 수 있었다. 동시에 끈적거리며 달라붙어 있던 원한과 분노의 감정이 나와 분리되어 날아가는 것을, 그 기막힌 기적을 느낄 수 있었다. 내게는 그럴 만한 힘이 있었다.

문예창작학과에 적을 두고 있었던 것은 메마르고 부르튼 마음에 단비가 내리는 격이었다. 고정관념을 깨뜨리고, 아직 가보지 못했던 생각의 지평에 발을 내딛게 한 교수님이 계셨다. 그분을 나는 마음의 북극성으로 모셨다. 한 달에 한 번씩 열리는 시 품평회에 참석하기 위해 부산에서 학교가 있는 서울까지 가곤 했다. 그 길이 달콤했다. 그다지 시를 잘 썼던 것은 아니었지만, '종이 같은 달'이나 '모래 하나 없는 사막'이라는 구절이 탁월하다는 말을 듣기도 했다. 어느 날, 품평회가 끝나고 나서 내려가는 부산행 버스 안에서 교수님으로부터 걸려온 전화를 받았다.

"시아야! 너, 나를 스승으로 생각한다면 말이지, 가장 힘들 때 나를 떠올리며 힘을 내! 알겠지?"

그 말에 목이 메었다. 원했던 대학원에 수석 합격했고, 대학 졸업식 때는 우등상을 받았다. 졸업식 후 조촐하게 마련된 사은회에서 교수님이 내게 말씀하셨다.

"우리, 정상에서 만나자. 정상에서 말이야!"

과연 그렇게 할 수 있을까. 나는 늘 형편없이 떠돌아다니는 시궁창 쥐였는데. 세균이 득시글대는 시궁창, 썩은 냄새가 진동하는 그곳. 퀴퀴한 쓰레기 더미 위를 뛰어다니며 길고 더러운 꼬리로 축축한 바닥을 쳐대며 다니던 회색 쥐였는데. 나는 교수님의 말씀이 이상하게 여겨졌는데, 더 이상한 것은 그 말이 내 깊은 마음을 톡톡 건드렸다는 거였다.

40 / 49
시인이 되었다

대학원에 합격했다는 사실은 크나큰 기쁨을 안겨주었다. 나도 모르게 숨길 수 없는 환희를 머금고 다녔다. 근무하던 병원의 의사가 물어보았다.

"좋은 일이라도 생겼어요? 뭔가 분위기가 다른데?"

나는 대답 대신 웃었다. 자꾸만 웃어서 예전의 내가 아닌 듯했다. 허둥대고 어디로 튈지 모르는 위험하던 내가 차분하게 자리를 잡고 뭔가 제대로 하려고 팔을 걷어붙이고 있었다. 곧이어 학업을 지속할 수 있는 조건이 충족되는 병원으로 근무지를 옮겼다.

알코올 연구소 소속 연구 간호사로 근무를 했다. 출퇴근에 다섯 시간이 넘게 걸렸다. 차를 사지 않는 한 답이 없었지만, 문제는 차를 살 형편이 되지 않는다는 거였다. 나는 신용 회복 중이었고, 7년 동안 월급의 3분의 1을 떼어내 갚아나가야 했다. 그 병원에 있는 3개월 동안 내가 원했던 것은 아니었지만, 책을 하나 냈다. 그 책은 순전히 내 창작 스토리로 마련된 거였지만, 원장은 원래의 약속을 어기고 자신의 이름만 표지에 실었다. 법적 분쟁을 막기 위해서였는지 내 이름은 책날개에 작게 표기해두었다. 책을 팔면 수익을 공정하게 나누겠다는 말도 거짓이었다. 나는 책과 관련해서 한 푼도 돈을 받은 적이 없었다. 각각 의학계와 문학계 추천사를 받자고 제의해와서 문예창작학과 교수님께 어렵게 부탁해 추천사를 받았다. 병원 측은 문화상품권 몇 장만 내놓았다. 그 책은 최초로 시도하는 독특한 알코올중독 가족 지침서였다. 같은 학교에 다니며 알코올중독자 아버지를 둔 두 명의 아이의 대화부터 시작하는 이야기였다. 그 글을 쓸 당시 나는 '쓰레기통'이라는 단어를 자주 떠올렸다. 큰 쓰레기통이 있어서 모든 잡다한 감정들, 생각들을 죄다 집어넣어 깨끗해지면 얼마나 좋을까, 그런 생각이 들었던 것이다. 그래서 그 글은 이렇게 시작한다.

> 들어봐, 크고 푸짐한 쓰레기통이 있었으면 좋겠어. 넣을수록 폭폭 잘 들어가는 쓰레기통 말이야. 꼴 보기 싫은 것들 골치 아픈 것들 두 번 다시 쳐다보기 싫은 것들을 모두 넣어버리면 그냥 끝나는 쓰레기통 말이야. 양철이

나 플라스틱은 곤란해. 부드럽지만 질겨서 넣는 대로 쑥쑥 잘 들어가야만 해. 한번 넣으면 쓰레기가 아예 사라지는 쓰레기통 말이야. 그래서 쓰레기들은 꿀꺽 삼켜버리는 쓰레기통 말이야. 그런 쓰레기통이 있으면 제일 먼저 시간, 기억하기에도 싫은 시간부터 넣어버리고 싶어.

그 글은 순기능 가족과 역기능 가족을 다루고 있었고, 각각 가족의 입장에서 알코올중독을 생각하는 말들이 이어진다. 글의 말미쯤에는 가출했던 동생이 돌아오고 희망을 찾아가게 된다. 이런 이야기를 단숨에 썼다. 작중 인물들이 말을 걸어오고 내 손을 이끌고 자기들이 활동하는 공간 속으로 데리고 갔다. 그들이 이끄는 곳에서 일어난 일들을 그저 보고 들으며 적어나갈 뿐이었다. 일주일 만에 책 한 권 분량의 원고를 넘기고 그 병원을 그만두었다.

학교에는 일주일에 하루 가도록 수강 신청을 해서 다녔다. 목표가 뚜렷하게 설정되자 내게 있어 공부는 해방을 위한 돌파구였다. 영화 〈쇼생크 탈출〉에서 주인공 앤디가 은밀하게 감방 안에 구멍을 뚫듯이 나는 공부를 즐겼다. 정신분석학이나 상담 심리학이 달콤하기만 했다. 가끔 내가 석사과정 학생이라는 사실을 믿지 못할 정도였다. 부정 덩어리에다 감정 기복이 심했던 내가 의젓한 학생이라는 것이 새롭고 신기했다. 그렇다고 해서 어머니의 잔소리와 악다구니가 돌연 멈춘 것은 아니었다. 악담을 멈춘 어머니는 상상할 수도 없었다. 정기적으로 화를 내고 고함을 지르고 난폭한 언행을 해대는 것이 자신도 모르는 사이 어머니의 삶의 방식으로 굳어졌다는 사실을 그냥 받아들이기 시작했다. 오래전, 어머니의 그런 행동에 대해 풍자적으로 시를 쓴 적이 있었다. 엄나무는 엄격하고 안경을 쓴 채 늘 자기 자신을 공격하고 있다. 껍질이 벗겨지는 것을 보고 쓸데없는 존재라며 자신을 향해 투덜대는 것이다. 알고 보면, 그 껍질은 수피포가 되고 코르크 마개가 되어 유용한 존재로 탄생할 것이다. 서른 초반에 쓴 그 시는 어느 대학 문학상에서 우수상을 받기도 했다.

대학원에 입학하기 몇 해 전에 나는 서울에서 잘 알려지지 않은 신생 문예지에서 신인문학상을 받고 시인이 되었다. 그와 동시에 간호협회 문학상에서 소설로 장원을 받았다. 관절염으로 와상 상태에 있다가 치매까지 와서 힘들게 지내다가 돌아가신 외할머니가 자식을 못 알아보고 "네가 누고?"라고 말하는 것부터 시작하는 소설이었다. 그때쯤 나를 간호대에 가라고 강력하게 추천하셨던 외할머니가 작고하셨다. 내가 이혼한 것이 부끄럽다며, 어머니는 나와 동행하는 것을 꺼리셨다. 그래서 외할머니가 마지막으로 가는 길에 배웅도 하지 못했다. 그다음 해에 돌아가신 외할아버지한테도 가지 못했다. 그 소설에는 외할머니에 대한 그리움과 죄송함이 묻어 있었다.

나는 서서히 일어서는 중이었다. 아주 많은 날 동안 캄캄하고 눅눅한 곳에 철퍼덕 주저앉아 그대로 머물러 있었다. 더 이상 걸을 수 없을지 모른다고 생각했다. 아예 몸을 움직여볼 힘도 낼 수 없었다. 아무도 알아주는 이가 없으니 자빠져 누워 있어도 어차피 모를 것이다. 내가 그렇지 뭐, 나는 방황하고 남자만 밝히고, 여러 남자를 전전하고, 그러고도 부끄러움도 모르고, 사랑이 뭔지도 모르면서 나와 주위를 동시에 파멸시키는 악녀였으므로. 언제 죽을지 모르니 누군가와 친해질 수도 없었다. 잠깐 사귀는가 했지만, 이내 헤어졌다. 누군가를 간절하게 그리워했지만, 결코 이뤄질 수 없었다. 나는 더럽고 불결했으며 기괴했고 비정상이었다. 변덕이 너무나 심해서 스스로 감당할 수 없을 지경이었다. 무엇 하나 진득하게 하는 법이 없었다. 그런데 그게 아니었다. 그 모든 것이 반대였다. 내가 변화하고 있다는 것을 서서히 실감하기 시작했다.

41 / 49
찬란하고 아름다운 빛

석사 2학기 차에 있었던 일이다. 다니던 정신건강의학과 병원에서는 주기적으로 간호사들이 프로그램을 진행했다. 내가 맡았던 프로그램은 '문학 치료'였고, 꽤 많은 환자들이 모였다. 열 명이 넘어가는 인원, 통제되지 않고 자유롭게 출입이 가능한 개방형 구조에서는 깊이 있는 접근이 잘 되지 않았다. 그렇지만 몰입이 되는 순간들이 있었다. 짧은 격언이나 소설의 문장, 수필이나 시 등을 함께 읽고 느끼고 생각한 것을 자유롭게 말해보는 식으로 진행했다. 중년 여자 환자가 이렇게 말했다.

"아, 나는 오늘 깨달은 것이 있어요. 이제껏 사랑을 받아야 한다고 생각하면서 살아왔어요. 그래서 늘 남편한테 받아야 한다고만 생각했지요. 그런데 지금, 사랑을 받는 것이 아니라 줘야 한다는 깨달음이 왔어요."

진지한 얼굴로 엄숙하게 선언하듯 환자가 말했다. 모두 박수를 보내면서 격려했다. 프로그램을 마치고 그녀가 다가와서 말했다.

"내일 퇴원해야겠어요. 이런 큰 깨달음이 일어났는데, 이제 더 이상 고민이 없어요."

나는 깜짝 놀랐다. 치유의 느낌이 아니었기 때문이었다. 만류하는 내게 그녀는 자신 있다며 웃었다. 깨달음 뒤에는 스며드는 과정과 단단해지는 과정이 있어야 했다. 그 훈습의 과정을 과감하게 생략한 그녀의 행동이 섣부르기 짝이 없었다.

며칠 비번이었다가 근무하러 오니 그녀는 정말 퇴원하고 없었다. 그런 뒤 일주일도 안 되어 그녀는 재입원했다. 나는 고민에 빠졌다. 아무리 짧은 시간에 진행하더라도 이런 식은 아니었다. 뭔가 깊숙이 파고들어 해결할 수 있어야 한다는 생각이 들었다. 이성으로 이해하고 넘어가는 방식이 아니라 마음 깊숙이 들어가서 마음의 중심을 자극할 수 있는 방식을 연구해야겠다고 결심했다. 그렇다면 어떤 방법으로 해야 한단 말인가. 어떻게 하면 마음의 깊은 곳까지 다다를 수 있을까.

그런 마음을 품고 며칠을 지냈다. 이 고민을 누구한테 털어놓고 조언을 구한 적도 없었다. 그러던 어느 날, 문득 이런 생각이 들었다. 예술은 아름다움을 창조하는 방식으로 상징, 은유를 활용하고 있다. 그런 비유와 상징을 치료에 활용할 수 있을 것이다. 게다가 인간에게는 다섯 가지 감각인 시각, 청각, 후각, 촉각, 미각이 있지만, 그 중심에는 제6의 감각인 육감이 있다. 물리적인 체험만 존재하는 것이 아니라 보이지 않는 영역에서 체험할 수 있는 능력도 있다. 인간의 두뇌는 육감으로 인한 체험도 뚜렷하고 생생하게 떠올릴 때 그대로 믿는다는 사실에 집중했다. 그리고 우리의 마음에는 무엇이 있을까. 어둠이라는 생각이 먼저 들었다. 숱한 날 동안 어머니는 이렇게 말했다.

"내 가슴이 다 타들어가서 재밖에 없어. 내 마음은 어둡고 재만 남았어."

마음이 어둡고 재만 있는 것을 어머니는 끊임없이 창조해내고 있었다. 어머니가 그렇게 말하고 믿는다면, 그게 사실 이뤄지는 것이다. 그렇지만 이렇게 생각해볼 수도 있지 않을까?

마음의 정중앙에는 변하지 않는 중심점이 있다. 마음의 중심점에는 찬란하고 아름다운 빛이 있다. 이 빛은 우리가 태어나는 순간부터 쭉 함께 있었고, 생명이 다하는 순간 혹은 그 이후로도 우리와 함께할 것이다. 이 '마음의 빛'은 개인마다 제각각 다르다. 빛을 적극적으로 상상해볼 수 있을 것이다. 내 마음속에 어떤 빛깔이 있는지 떠올린다면, 뭔가가 느껴질 것이다. 마치 지문처럼 미묘하게 차이 나는 자신만의 고유한 빛이 있는 것이다. 이 빛은 외따로 존재하지 않는다. '마음의 빛'은 우주의 에너지와 만나고 있다. 보이지 않는 영역에 존재하는 찬란한 빛은 바로 우주의 에너지가 머무는 곳이다. 그러므로 인간은 나약하고 어리석은 존재가 아니다. 현실을 극복할 수 있는 엄청난 힘과 치유력을 가지고 있다. 이것을 깨닫거나 깨닫지 못하는 차이가 있을 뿐이다.

이 '마음의 빛'을 자각하고 발휘하는 것이 바로 정신 및 심리 치료이다. 이 '마음의 빛'을 활성화하기 위해 문학을 비롯한 다양한 예술과 문화 장르를 활용할 수 있을 것이다. 이러한 목적의 치료 기법을 나는 심상 시 치료(Simsang-Poetry Therapy)라고 명명했다. 심상(Simsang)은 다만 이미지로서의 심상이 아니라 '마음의 빛'을 일컫는다. 예술과 문화를 충분히 활용하고 매체의 영역을 통합해서 행할 수 있을 것이다. 이렇게 생각을 정리하고 나자 기존의 문학 치료나 독서 치료 영역을 한계를 초월하게 되었다. 이렇게 '심상 시 치료'를 개발하게 된 것이다.

이 간단하고 쉬운 논리로 무수히 많은 심상 시 치료 기법을 개발했다. 석사 3학기에 접어든 2010년 2월에 참여를

원하는 정신과 입원 환자 일곱 명을 대상으로 심상 시 치료 12회기를 진행했고, 심상 시 치료가 비실험 집단과 비교해서 정신과적 증상 완화를 가져온다는 목표를 달성했다. 정신과 폐쇄 병동에 입원한 만성 조현병 환자를 대상으로 한 심리 치료 프로그램이 증상을 완화시켰다는 결과가 나온 연구는 학계에서 처음이었다. 이 연구 결과가 2011년 발표되었고, 나는 석사 학위를 취득하게 되었다.

박사 과정에 진학하는 것이 과연 옳은 것인지 자문하곤 했다. 그 당시 나는 혼란에 빠져 있었다. 성추행을 저지르며 그것이 정당하다고 여기는 교수도 있었고, 같이 연구하자고 말하며 은근슬쩍 접근하는 사람도 있었다. 모든 접근과 자극이 관심과 사랑이라고 여길 만큼 어리석었던 적이 있었다. 오랫동안 혼돈 속에 빠져 있었다. 깨달음이 왔다고 한순간에 현명해지는 것도 아니었다. 누군가를 치료해준다고 했지만, 나 자신이 늘 청명했던 것도 아니었다. 하지만 객관적으로 놓고 바라보고 깨닫게 되는 지점이 있었다. 그것이 결국 엄청난 차이를 가지고 오고 문제에서 빠져나오게 했다.

석사 입학 자격시험을 치르기 하루 전날이었다. 나는 아주 거대한 산과 산으로 이어진 작은 오솔길에 서 있었다.

그 길은 한 사람이 겨우 갈 수 있을 정도의 좁은 길이었고, 바로 아래는 낭떠러지였다. 기나긴 길이 꼬불꼬불하게 연결되어 있었다. 그곳을 꼭 가야만 했는데, 제대로 갈 수나 있을지 의문이었다. 하지만 돌아보니 나는 혼자가 아니었다. 위험한 모퉁이 곳곳에 한 무리의 사람들이 있었다. 그들이 나를 보호해주고 서로 이어가며 안전하게 길을 지나갈 수 있도록 적극적으로 도와주고 있었다. 나는 무사히 그 산길을 통과해냈다.

그리고 석사과정 중, 혼돈 속에서 힘들 때였다. 하얀 구름으로 뒤덮여 있는 곳에서 기다란 탁자를 가운데 두고 긴 토가 모양의 하얀 옷을 입은 사람들이 모여 있었다. 성별과 나이는 알 수 없었다. 그들은 아주 중대한 회의를 하고 있었다. 이마를 맞대고 심각하게 논의하고 있었다. 진지한 논의들은 잔잔한 속삭임으로 들려왔다. 내 이름을 부르고 있었다. 놀라서 귀를 쫑긋 세워 들어보았다. 어떤 말인지는 모르겠지만, 논의의 초점은 바로 나였다. 고민하고 괴로워하고 있지만, 이 학업은 꼭 이어져야 하고 분명히 해내야 한다. 그러니 이제 우리는 시아를 어떻게 도와주면 좋겠느냐고 말하고 있었다. 수런거리는 그들의 목소리에 놀라 눈을 떴다. 이 두 가지 꿈이 너무나 생생했다.

박사과정을 선뜻 택하지 못했던 것은 내가 그만한 자격

이 있을까 하는 자괴감이 슬며시 고개를 쳐든 탓도 있었다. 그러니까 나는 예전의 내가 아니었지만, 나도 모르는 어느 순간에는 여전히 어리석은 과거의 나이기도 했다. 그 와중에 신기하게도 어머니가 이렇게 말했다.

"해라. 이왕 시작한 공부 끝을 내야지. 내가 모아놓은 돈도 보태줄 테니까 걱정하지 말고."

나도 모르게 어머니의 손을 잡았다. 결국 나는 박사과정을 했고, 심상 시 치료를 좀 더 심화하고 확대하는 연구를 진행했다. 폐쇄 병동에 입원한 만성 조현병 환자들을 대상으로 증상 완화 연구에서 정서를 더 첨가했고, 매체를 좀 더 다양하게 했으며 질적으로 양적으로 연구를 진행시켰다. 그리고 2015년 8월에 마침내 박사 학위를 취득했다.

42 / 49
어머니가 순해졌다

어머니가 달라지신 걸까. 선량하고 고운 마음을 되찾게 된 걸까. 내가 아는 한, 어머니는 내면을 가꾸기 위해 노력한 적이 한 번도 없다. 달라진 것은 나였다. 온갖 부정이 가득 배인 마음을 내려놓았다. 고단하고 무겁게 들고 있던 마음을 내려놓은 것이다. 감당할 수 없을 만큼 힘겨운데도 아주 오랫동안 그 짐을 그대로 지고 있었다. 어릴 적 읽었던 동화, 거꾸로 나라처럼 감정 더미를 짊어지고 다녔다. 누군가를 만나거나 어떤 상황을 겪으면서 상처가 쌓일 때마다 짐은 늘어났다. 그렇게 받은 자극들은 나를 일깨우지 못했다. 내가 많이 아팠기 때문이었다. 마음에 굳은살이 생기지 않은 탓에 아주 작은 자극에도 예민했다. 그렇게 감정의 속살을 드러낸 채 살았다. 모든 자극이 그대로 상처가 되었고, 나는 쓰라린 고통을 고스란히 안고 다녔다. 이상하게도 상처로 고통을 받을 때마다 어머니가 떠올랐다. 저절로 마음이 그렇게 반응했다. 배반을 당해도, 억울하고 원통해도, 뭔가 계획했던 일이 잘되지 않아도 죄다 어머니 때문이었다. 어머니는 늘 내 인생을 가로막고 있었다. 숨통을 조이고 나를 서서히 죽이는 존재였다. 언젠가 청소기를 돌리며, 얼굴이 형편없이 일그러진 채 끊임없이 악담을 내뱉는 어머니의 말을 듣고 있었다. 그것은 그냥 욕설 정도가 아니었다. 어서 죽어, 죽어버려. 왜 안 죽고 살아 있어? 죽어버리라니까. 네가 죽을 때까지 나는 이렇게 할 거야. 그러니 지금 죽어. 그냥 죽어버려. 내게는 이렇게 들렸다. 참을 수 없어 어머니 어깨를 잡고 말했다.

"자꾸 이렇게 할 거예요? 나더러 지금 죽으라는 거예요? 그럼 죽을게요. 지금 당장 뛰어내립니다. 여기, 이곳에서 창문으로 말예요."

그때, 그 절체절명의 순간에 어머니가 계속 악담과 저주를 퍼부었다면 나는 정말 그렇게 했을 것이다. 기적처럼 어머니는 악담을 뚝 멈췄다. 뭔가 내게서 이상한 기운을 느낀 모양이었다. 어쩌면 살아오면서 긴박한 순간마다 날 구해주었던 불가사의한 어떤 힘 때문이었을 지도 모른다.

그런 어머니가 순해졌다. 아예 모든 습관을 벗어던진 게 아니라 예전보다 화를 내고 악담을 저지르는 횟수가 현저히 줄어들었다. 기적이 일어난 것이다. 하루에 한 번 이상 고함을 질러대던 때가 있었다. 내가 10대 후반부터 30대 초반에 이르는 동안 어머니의 패악은 절정에 달했었다. 신기하게도 어머니의 화는 쇠락의 기세를 타고 있었다. 마치 고여 있던 것이 흐르면서 옅어지는 듯했다. 항상 찰랑거리던 화들이 바다까지 갈 수 있는 물꼬를 따라 흘러갔다. 일주일에 한 번, 한 달에 한두 번, 석 달에 한두 번, 여섯 달에 한 번 정도로 화를 내는 간격이 점점 줄어들었다. 그렇다고 억지로 참았다가 터뜨리는 것은 아니었다. 어머니한테는 인내와 극복 같은 단어가 맞지 않았다. 화와 짜증이 나면 그대로 드러냈다. 상황을 가리지도 않았다. 모처럼 외식하기 위해 콜택시까지 불렀는데 승강기를 타고 내려가다가 말고 뭔가 뒤틀려서 파토를 내는 식이었다. 그렇지만 눈에 띄게 화를 내는 횟수와 강도가 줄어들고 있었다. 게다가 화를 낸 뒤, 반나절만 가면 가라앉곤 했다.

언젠가 화를 내는 어머니를 피해 겨울철, 아파트 계단 층계에서 차가운 시멘트 바닥에 신문지를 깔고 잠을 잔 적도 있었다. 이제는 제법 요령이 생겨서 도서관을 간다거나 누군가를 만나러 가거나 해서 그 시간을 유용하게 보냈다. 나중에 집에 돌아오면 어머니의 화기가 풀려 있곤 했다. 그렇다고 모든 변화가 고속도로를 달리듯 빠르고 순조로웠던 것만은 아니었다. 변화는 서서히, 완만한 곡선을 그리면서 나타났다. 아주 좋아져서 신통하다고 여기고 있으면 어김없이 그 생각을 의심하게 하는 사건이 생겼다. 또다시 악담과 악다구니가 반복되었다. 그러다가 아직 멀었구나 싶어서 신경을 곤두세우고 있으면 거짓말처럼 잠잠해졌다. 주기적으로 화를 낼만 하겠다 싶으면 그렇게 되었다가 또 그러지 않다가를 반복하기도 했다. 변화는 분명 나선형으로 이뤄지고 있었다. 여전히 똑같다는 느낌이 들기도 했지만, 그것은 착각이었다. 아래로 내려간 듯했지만, 한창 전성기 때와 비교해보면 달랐다. 그렇게 점점 고함을 지르지 않는 날들이 많아졌다.

평온이야말로 내게는 행복이었다. 처음에는 그것마저 믿기지 않았다. 또 언제 터질지 모르는 감정의 변화들이 잠복되어 있을 것만 같았다. 그렇더라도 어쩌겠는가. 나는 모든 것을 큰 힘에 내맡겼다. 이상한 것은 내가 어머니를 원망하고 원한을 가질수록 나도 모르게 어머니를 닮아갔다는 사실이다. 조금이라도 내 말을 귀담아들어주는 사람이 있다면, 남녀노소를 가리지 않고 어머니한테 받은 핍박과 상처를 끄집어냈다. 맨 정신으로 도저히 할 수 없어서 술을 마시면서 털어놓곤 했다. 그것은 곧 충동적으로 나를 파괴해 가는 일화를 남기곤 했다. 어머니를 미워하는 간힌 마음을 열자 금방이라도 넘칠 듯하던 위험의 수위가 내려갔다. 이제는 어머니로부터 날아오는 스트레스를 관리할 수 있는 힘을 갖게 되었다.

그게 불과 몇 년 전의 일이다. 나는 끊임없이 생각하고 또 생각했다. 나는 치료사야. 마음이 건강해야 해. 그리고 실제로 건강해. 내 마음 깊은 곳, 중심에는 늘 빛이 존재하고 있어. 그 빛은 우주의 에너지와 연결되어 있지. 나는 내게 주어진 모든 한계를 극복할 수 있어.

동시에 나는 겸손해야 한다는 것을 한순간도 잊지 않았다. 내가 추구하는 것은 진솔한 겸손이었다. 익을수록 고개를 숙여야 한다는 것을, 나를 존중하듯 타인을 배려하고 귀하게 여겨야 한다는 것을 늘 염두에 두었다. 내 이상형은 아무런 치장도 하지 않고 흰 머릿수건을 쓰고 밭을 가꾸는, 눈에 띌 것이 아무것도 없는 늙수그레한 아낙네였다. 너무나 평범해서 아무도 눈치채지 못할 것이다. 그 아낙네의 엄청난 내공을, 에너지를 운용할 수 있는 한계를 초월한 힘을. 그게 미래의 내 모습이다.

그 모든 인식에도 불구하고 나도 역시 변화의 나선형 안에서 돌고 돌았다. 이 나선형은 내 안의 어떤 인식 체계가 알려준 것인데, 후에 알아본 바로는 저명한 심리학자들이 이미 연구해서 밝히기도 했다. 어쨌든 나는 관련 서적을 보지도 않고서 깨달았다. 변화의 나선형을 어머니한테 설명해주기도 했다. 내 나이 서른 살 때였다. 깨달았다고 모든 것을 그대로 실천하며 현명하게 살았던 것은 결코 아니었다. 깨달음과 실천이 한데 맞물려 돌아가기까지 10년도 넘게 걸렸다.

신기한 것은 마음만이 아니었다. 집 안에 무지개가 자꾸 섰다. 처음에는 트리에 달린 분홍 방울이 햇빛에 비쳐 생기는 것인 줄 알았다. 하지만 트리를 치워도 생겼다. 물방울과 햇빛이 부딪혀서 그런가 했는데 그 주위에 물이 없었다. 너무나 선명해서 믿어지지 않았다. 무지개가 드리우는 장소는 욕실로 연결된 벽, 거울 아래였다. 어떨 때는 30센티미터 정도 되는 무지개가 아롱거리기도 했다. 어머니는 처음에 무지개를 보고 울었다. 세상에, 이 무슨 길조냐! 이게 바로 하느님의 약속이다! 나중에는 하도 무지개가 많이 생겨서 기적이 일상이 되었다.

이런 적도 있었다. 어머니를 사랑한다고 고백하고 나서 얼마 되지 않았을 때였다. 인근 교회와 연합해서 하는 합동 예배를 다녀왔는데 어머니가 신음하며 힘없이 누워 계셨다. 그때, 어머니는 건강에 좋을 것 같다는 나름의 믿음에 의해 생감자즙을 마시곤 했다. 누군가에게 좋다는 말을 들은 것이 분명했다. 그날은 싹이 난 감자를 갈아 마시고 그 독이 온몸으로 퍼진 것 같았다. 토하고 설사하기를 온종일 반복했다. 탈진 상태에 빠져 있는데 내가 다가가자 걸어가지도 못해서 기어서 화장실을 가고 있었다. 그대로 두면 안 될 것 같아 구급차를 부르려는데, 어머니가 한사코 만류했다. 절대 가지 않겠다고 했다. 다른 방법이 없으니 병원으로 가야 한다고 해도 어머니는 강경하셨다. 그러고는 자리에 누워서 가운데 장롱 서랍을 가리키면서 말했다. 저기, 열어보면 돈이 있을 거다. 내 장례비로 써라.

한 번 더 구급차를 부르려 했지만, 어머니는 힘없는 손으로 내 손을 가로막고 얼굴을 있는 대로 찡그렸다. 나는 어쩔 수 없이 기도하기 시작했다. 그 순간에 내가 할 수 있는 것은 그뿐이었다. 아픈 배에 손을 얹고 고개를 숙인 채 눈을 감고 묵상기도를 드렸다. 예수님이 가시 면류관을 쓴 채 피를 흘리며 죄를 위하여 산제사로 드려지는 장면을 떠올렸다. 그것은 순수하고 아름다운 영혼의 정수였다. 예수님이 흘린 그 피가 지금 어머니 배 위에 드리워지기를 빌었다. 눈물을 뚝뚝 흘리면서 기도하고 또 기도했다. 어머니의 가날픈 신음이 점점 잦아지고 있었다.

"야, 내 배에 불을 갖다 대었구나. 온통 불이다. 내 배에 불이 붙었나 보다. 요상도 하다. 편안해지네."

어머니는 그렇게 말하면서 눈을 감고 있었다. 잠시 후 어머니는 고른 숨을 내쉬며 주무셨다. 믿어지지 않는 상황이었다. 아픔과 고통이 어디론가 증발한 것이다. 다만, 내가 한 것은 기도였을 따름이었다. 어머니가 깊은 수면에 들었다는 것을 확인하고 내 방으로 건너와서 감사 기도를 드리며 나도 잠이 들었다.

어머니는 그 이후로도 밥을 먹다가 기도가 막힌 적도 있었다. 대여섯 번 정도 아주 위험한 적이 있었다. 그럴 때마다 하임리히법으로 응급처치를 했다. 성격이 불같고 급한 어머니는 몇 번 그런 일을 겪고 나서 점점 차분해졌다.

이 모든 일들이 참으로 신비로웠다. 나는 수렁에서 빠져나온 신화를 가진 존재였다. 아무도 알아주지 않아도 나 자신이 뿌듯했다. 하마터면 이 모든 평온을 만끽하지 못하고 나를 없앨 뻔했다. 삶이 내게 주는 선물에 감사했다. 내가 나를 대견해하는 것처럼 내 딸도 나를 자랑스럽게 여길 게 분명했다. 딸의 학생 기록부를 본 적이 있었다. 대학 원서를 낼 즈음이었다. 기록 속에 존경하는 인물로 '엄마'라고 적혀 있었다. 속 깊은 곳에서 차오르는 기쁨을 느꼈다. 같이 근무하던 직원한테 자랑하기도 했다. 그동안 각박한 세상에서 엄청난 방황을 겪으며 살아왔지만, 적어도 내겐 딸이 있고 그 딸의 마음속에 나를 향한 존경이 있다는 사실이 행복했다. 그래서 그런 줄로만 알았다.

아마도 문학 치료를 전공한 내 영향이 컸으리라. 딸은 다른 지역에 있는 예술치료학과에 입학했다. 우연한 기회에 나도 그 대학의 한 교수님이 추천해서 출강하고 있었다. 박사과정 마지막 학기 때였다. 그러다가 학위 취득 후, 본격적으로 주거지를 옮겼다. 딸과 함께 투룸을 얻어 생활했다. 어머니는 원래 있던 곳에서 혼자 지내셨다. 딸이 4학년이 되던 해 딸과 함께 정부 지원 사업 하나를 맡아 운영하게 되었다. 버스로 한 시간 반이나 되는 거리를 오가야 했다. 아침부터 서둘러 청소를 하고, 밥을 준비했는데 딸은 일어나지 않았다. 늑장을 부리는 딸과 신경전을 벌이다가 겨우 버스를 탔다. 내가 버스에 자리를 잡고 앉자 딸은 옆에 앉지도 않고 다른 자리에 가서 앉았다. 가는 내내 불편했다. 함께 의논할 것도 있는데 아예 아무 말도 하지 않고 가는 딸한테 슬슬 화가 나기 시작했다. 버스 정류장에 내리자 제법 많은 비가 쏟아지기 시작했다.

"우리, 풀고 들어가야 해. 이렇게 굳은 얼굴로 프로그램을 할 수는 없잖아."

딸은 내 말을 무시하고 있었다. 아무런 답변도 없고 아예 쳐다보지도 않았다. 나는 딸아이를 가로막고 재차 말했다. 그 순간, 딸이 날카롭게 소리를 질렀다.

"나는 세상에서 엄마가 가장 싫어!"

그 순간 갑자기 번개가 내 머리 위에서 내려치는 듯했다. 아찔한 충격으로 그 자리에서 쓰러질 것만 같았다. 간신히 정신을 차리고 딸한테 물었다. 오늘 프로그램을 안 할 거냐고.

"내가 그런 사람으로 보여? 늘 그렇게 못 믿지? 할머니랑 똑같아!"

그 말조차 충격이었다. 더 이상 말이 통하지 않았다. 서둘러 입을 닫았다. 신기하게도 우리는 밖에서 언제 그렇게 갈등이 있었냐는 듯 들어가서는 자연스럽게 프로그램을 했다. 그렇게 하고 나서 딸과 나는 각자 등을 돌린 채 버스를 타고 왔다. 그다음부터 고통이 시작되었다.

43 / 49
아무 말 없이 딸의 손을

그 어떤 고난에도 딸을 키워왔다. 너무나 당연한 일이지만, 불안정하고 혼돈 가득한 내게는 쉬운 일이 아니었다. 딸에게 해서는 안 될 몇 가지를 나는 신념처럼 여겨왔고, 그렇게 지켜왔다. 어떤 경우에도 욕하거나 악담하거나 저주하지 않기, 때리지 않기, "네 애비 닮아서 그러냐?", "남편 복 없는 년이 꼭 자식 복이 없다더니 내가 그 꼴이다" 같은 말 하지 않기. 전부 어머니를 반면교사 삼아서 정한 원칙이었다. 스스로 세운 이 원칙을 잘 지켜왔다. 그리고 딸은 큰 말썽 없이 예쁘게 잘 자라주었다. 그런데 스물세 살이나 된 지금 나에게 정면으로 맞서다니, 나는 도무지 이해할 수 없었다.

몇 날 며칠을 울기도 하고, 아무 말 하지 않기도 했다. 모든 것이 허무했다. 이러려고 갖은 고생을 하면서 키웠던가.

딸은 내가 속이 상하든 말든 친구와 전화 통화를 하면서 아주 크게 웃고 떠들었다. 내게 입을 닫고 있었다. 그렇게 며칠이 흘렀다. 중이 제 머리 못 깎는 격이었다. 아이에게 어떻게 해야 할지 두 손 두 발 다 들고 말았다. 언제부터 이렇게 심성이 비뚤어지고 말았을까. 잘못 키웠다는 자책감이 들었고, 어디에서부터 그 조짐이 시작되었는지 짐작조차 할 수 없었다. 친분을 쌓았던 한 교수님이 내게 따뜻하지만 단호하게 길을 알려주셨다.

"딸아이의 마음에 오래전부터 억압되고 분노한 응어리들이 있어서 그럴 겁니다. 그래도 이렇게 표출되니 얼마나 감사한 일입니까. 멀리 떠나거나 결혼을 해서 풀지 못하게 되는 것보다 훨씬 나은 일입니다. 긍정적인 감정도 좋지만, 오래 묵은 부정적인 감정도 소중한 겁니다. 있는 그대로 받아주세요. 그 어떤 경우에도 다독여주고, 기다려주세요. 어머니이니까요. 어머니는 그럴 수 있습니다. 딸이 바라는 것은 참고 기다려주고 따뜻하게 대해주는 겁니다. 아무 대답을 하지 않더라도 말을 걸어주세요. 반응이 없더라도 따뜻한 인사를 건네주세요."

그 말에 힘입어서 굳은 얼굴로 나를 피하던 딸에게 말을 걸었다. 최대한 따스함을 담았으나 딸은 외면만 했다. 다시 프로그램을 하러 가는 날이 되었다. 마침 그날은 야외에서 캠페인과 관련된 활동을 하는 날이어서 바삐 움직여야 했다. 준비해서 갈 시간이 되었는데 딸은 일어나지 않았다. 일부러 자는 척했다. 좋은 말로 깨웠지만 소용없었다. 여전히 아무 말도 하지 않는 딸한테 다가가서 일으켜 세우려고 했다. 딸은 뻣뻣하게 저항했다. 이불을 뒤집어쓴 채 돌이 되었다. 온몸을 큰 바윗돌처럼 만들었다. 일으키려는 나와 바닥에 처박혀 있으려는 딸 사이에 몸싸움이 벌어졌다. 나는 울었다. 도대체 내가 어떤 잘못을 했기에 이다지도 저항을 할까? 사춘기도 아닌데, 꼭 사춘기처럼. 40여 분을 싸우다가 할 수 없어서 말했다. 정 그렇다면 알아서 해라. 그리고 나는 행사장으로 갔다. 저녁에 돌아오니 이부자리를 깔끔하게 정리한 채 딸은 나가고 없었다.

그다음 날, 귀가해서 보니 딸은 누워 있었다. 인기척을 분명 들었을 텐데 인사 한번 없었다. 어제 일하러 가지 않은 것에 대한 사과 한 마디 없었다. 따지고 화내고 싶었지만, 그렇게 해서는 해결되지 않는다는 것을 잘 알고 있었다. 최근에 교수님이 내게 해주셨던 조언을 떠올렸다. 부드럽게, 있는 그대로, 따뜻하게.

나는 말을 걸었다. 미안해, 많이 속상하지? 너도 많이 힘들지?

그렇게 세 마디만 했는데 이상했다. 나도 모르게 "미안하다"라는 말이 쏟아져 나왔다.

딸이 나를 이처럼 증오하고 있었는지 그동안 잘 몰랐다. 숱한 고난을 헤치고 이렇게 우뚝 선 나에게 무조건 감사해야 한다고만 생각하고 있었다. 하지만 그건 일방적인 횡포였다. 딸의 감정이 어떤지, 어떤 마음으로 살아왔는지 제대로 들여다본 적이 없었다. 고난을 견뎠다는 것도 진정으로 딸을 위해서 그랬던가? 내 감정에 휘둘려, 자살하고 싶었던 내 마음에 스스로 넘어져 힘들었던 게 아니었나? 제대로 아이 입장에서 아이만을 위해 귀 기울였던 적이 있었던가? 이리저리 이사하고, 심지어 내가 곁을 떠나 있거나 환경이 바뀌어야 했던 일들을 아이한테 미리 설명하고 동의를 구했던 적이 있었던가?

아니었다. 그렇게 하지 못했다. 알면서 못 했던 것이 아니라 내가 나를 추스르는 것도 버거워 미처 아이를 돌아보지 못했다. 자살하고 싶은 순간들을 넘기느라 아이는 늘 뒷전이었다. 안 죽고 살아낸 것만으로도 스스로 잘했다고 여겼지만, 늘 죽고 싶었기에 나를 돌보지 못한 것만큼이나 아이를 팽개쳤다. 아토피 때문에 온몸을 긁고 있는 아이한테 제대로 신경을 쓰지 못했다. 어딘가 아프다고 하면, 저절로 낫는다며 대수롭지 않게 말하곤 했다. 나 역시 그랬으므로. 피가 흘러도 아무런 조치도 취하지 않고 그대로 내버려

뒀으므로. 나는 냉정하게 말하자면, 엄마 자격도 없는 사람이었다. 나는 울고 말았다. 죄책감이 물밀듯이 밀려왔다. 엄마도 아니었다. 그런데도 왜 엄마 대접을 안 해주냐고 딸을 탓하고만 있다니!

울고 있는데, 갑자기 두 가지 기억이 떠올랐다. 딸아이가 초등학교 3학년 때였다. 저녁쯤에 귀가한 딸이 말했다.

"엄마, 할머니가 내 머리를 파리채로 막 때렸어. 글씨 비뚜름하게 쓴다고."

아이는 머리에 난 혹을 보여주었다. 파리채 앞부분이 아니라 단단한 플라스틱 부분으로 때렸던 것이다. 병원에서 근무하고 있는 엄마한테 전화하면 안 된다고 여겼던 것 같다. 아이는 공중전화로 이모한테 전화했다고 한다. 그때, 언니는 세 시간도 넘게 걸리는 다른 도시에 살고 있었다. 아이가 운다고 달려올 수 있는 거리도 아니었고, 그럴 수도 없었다. 그때도 나는 아이의 머리를 쓰다듬어줄 뿐, 적극적인 해결을 하지 못했다. 아이를 데리고 집을 얻어 나와 살 수는 없었을까. 그동안 내가 어머니한테 당했던 고통을 물려주지 않도록 아이의 환경을 바꿔줘야 했지 않았을까. 나는 사기를 당했고, 돈이 없었고, 아무런 힘이 없었다는 핑계로 이렇게 살 수밖에 없다며 합리화했다. 나는 아이한테 몹쓸 짓을 하고 말았다. 충분히 위로해주거나 껴안아주지도 못했다. 걸핏하면 자기 연민에 빠져 울기만 했다. 어머니한테 정식으로 항의할 수도 없었다. 통하지 않았으므로 그저 참고 살았다. 또 하나의 기억이 물밀듯이 들어왔다. 이번에는 아이가 초등학교 5학년 때였다. 아이는 그 일을 겪은 지 보름도 더 된 어느 날, 은행잎을 줍다가 넌지시 말했다.

그 당시 기초수급 대상 학생들한테 가루우유를 지급했던 모양이다. 아이가 담임선생님이 건네주는 가루우유를 들고 오자 아이들이 놀렸다고 했다. 야, 너는 엄마도 없지? 가난해서 이런 것 받는 거지? 할머니랑 둘이서만 산다며? 그때, 아이는 할머니한테 신신당부를 받았다. 국가에서 주는 돈을 계속 받기 위해서는 엄마가 없다고 해야 하는 거야, 절대 엄마가 있다는 말을 하지 말거라. 할머니는 계속해서 그 말을 강조했다. 아이들이 놀릴 때, 아이는 아무 말도 못 하고 가만히 있었다고 했다. 울고 싶었는데 꾹 참았다고 했다. 아랫입술을 깨물고 온몸을 부르르 떨면서 고개를 숙이며 주먹을 있는 힘껏 쥐고 있었을 것이다. 지금, 아이는 내 앞에서 그 행동을 하고 있었다.

아무 말도 하지 않고 굳은 채 눈도 입도 마음도 다 닫아버린 열두 살의 그날처럼. 그 말을 들었던 오래전, 나는 아이한테 미안하다고 하지도 않았다. 그저 아이의 눈치만 살

꼈다. 아무렇지도 않게 태연한 척 말하는 모습에 안도하기만 했다. 괜찮아, 엄마가 이렇게 있으니까. 아이들은 잘 모르니까, 그렇게만 말했으리라. 놀림을 당했을 때 힘들었을 아이의 심정을 제대로 돌아보지 못했다.

고등학교 때, 아이는 친구들과 대화할 때면 자꾸 엄마 얘기만 했다고 한다. 우리 엄마는 간호사이고, 대학원에 다니고, 책도 내고…… 한참 그렇게 얘기를 하다가 문득 깨달았다고 했다. 왜 나는 내 이야기를 하지 않을까. 왜 엄마의 그늘에서만 머무르고 있을까. 그런 자신을 발견하고 갑갑했다고 털어놓았다. 또 한 번은 기숙사 룸메이트에게 이런 질문을 받았다고 했다. 넌 왜 아빠 얘기를 하지 않니? 그때, 아이는 아빠가 없다고, 부모님이 이혼해서 그렇다고 당당하게 말했다고 했다. 아이는 그렇게 당찬 모습을 보여줬지만, 속 깊은 곳에서는 늘 우울했을 것이다. 언젠가 이렇게 말한 적도 있었다. 나는 아버지라는 존재가 무엇을 하는 존재인지를 모르겠어. 세상에는 엄마만 있으면 되는 게 아닌가? 왜 아버지가 있지? 나는 그 말에 동의했다. 나는 스스로 '엄빠'라고 부르라고 하기도 했다. 나는 엄마이고 또 아빠이니까. 하지만 아이가 그렇게 말했을 때, 일부러 억지를 부리지 않았어야 했다. 아이는 외롭고 고달팠던 것이다. 다른 아이들이 아빠 얘기를 할 때, 그저 침묵해야 했던 아픔을 헤아려줬어야 했다. 사랑했으나, 사랑을 잘 표현하지 못했다. '괜찮아, 아무렇지도 않아'라는 말로 감정이 화석화되는 것을 그냥 내버려두고 만 것이다. 그 안에서 고이고 썩어가는 아픔들을 제대로 녹여주지 못했다. 힘드니까 입 닥치고 가만히 있어! 그게 나였다. 나는 아이한테 폭군이나 다름없었다.

미안하다, 미안하다, 미안하다

내 입에서는 쉴 새 없이 미안하다는 말이 흘러나왔다. 아이가 웅크리고 있는 이불 위에 뚝뚝 눈물이 떨어지고 있었다. 오열하며 자꾸만 미안하다고 했다. 얼마나 그랬을까. 아이는 갑자기 얼음에서 깨어 나오듯 이불을 걷었다. 얼굴 위에 머리카락이 눈물과 뒤엉켜 있었다. 우리는 껴안고 울고 또 울었다.

나중에 딸은 그날, 내가 왜 미안하다고 했는지 몰랐다고 했다. 말도 하지 않고 있어서 그냥 하는 말인 줄 알았다고 했다. 과거에 아이의 마음을 몰라주고 안아주지도 못한 것을 뒤늦게 깨달아서 그랬다고 했다. 그건 괜찮은데, 오래전에 지나간 건데…… 딸이 말했다. 겉으로는 아무렇지도 않다고 여기는데도 깊숙이 숨어서 자신도 모르게 자꾸만 특정 행동으로 나오도록 내면화된 것이다. 그게 사실은, 많이 아프다는 증거이기도 했다.

그렇게 모든 일이 일사천리로 해결되었던가. 이제 딸과 나는 화해하고 관계가 온전하게 회복되었던가. 변화의 나선형 곡선이 바로 딸과의 관계에서도 그대로 증명되었다. 딸이 세상에서 내가 가장 밉다고 말했던 그때와 비슷한 느낌의 한 사건을 또렷이 기억하고 있었다. 그건 오래전 어린이집을 그만두고 나와서 병원 기숙사에 머물던 시기에 일어난 일이었다. 그때, 딸은 여섯 살이었다. 딸이 보고 싶어서 전화를 걸었다. 아이가 받아서 내 목소리를 듣더니 대뜸 고함을 질렀다.

"악마닷! 악마가 전화를 했다! 아~~~~~악!"

아이는 수화기를 내려놓고 도망을 갔다. 도망치며 내지르는 목소리가 그대로 들려왔다. 어처구니가 없었다. 장난삼아 한 행동이 아닌 게 분명했다. 며칠 뒤 집에 내려가 아이한테 조곤조곤 물어보았다.

"할머니가 자꾸만 엄마는 악마래. 자꾸자꾸 그랬어. 엄마는 악마야?"

그 일이 기억났다. 악담과 저주 속에 아이는 자연스럽게 노출되어 있었다. 아주 어릴 때 들었던 엄마에 대한 혼란한 감정이 애착 형성 과정에서 얼마나 치명적이었을까. 딸은 오랫동안 나와 밀착되어 지냈던 경험도 없었다. 내가 늘 밖으로 떠돌아다녔던 탓이다. 이제, 스무 살이 훌쩍 넘은 나이에 나와 같이 있자니 불편했던 게 분명했다. 그리운 만큼 어색하고 갑갑했던 것이다.

"나는 다른 사람이랑 있을 땐 안 그런데, 엄마하고 같이 있으면 답답해져. 왜 그런지 모르겠어. 그냥 갑갑하고 답답해!"

처음 그 말을 들었을 때 장난인 줄 알았다. 우리는 친했다. 장난도 치면서 즐겁게 지내곤 했다. 자주는 아니었지만, 여행과 소풍, 외식과 쇼핑을 했다. 그런데 어떻게 생각해보면, 친하지 않았다. 친했다고 생각하는 것은 순전히 내 관점에서 보는 착각이었다. 나는 아이한테 함부로 기댔다. 아이를 아이답게 대하는 것이 아니라 외로움을 채우는 존재로 대했던 것인지도 모른다. 나는 아이한테 역할을 바꿔가며 놀자고 하기도 했다. 나는 아이가 되고 아이는 엄마가 되었다. 나는 어리광을 부리고 돈을 달라, 맛있는 것을 달라고 하고 아이는 안 돼, 그러면 못써, 이런 대사를 나누며 놀았다. 나는 그게 재미있었는데 아이는 아니었을 수도 있다, 그때는 몰랐겠지만 말이다. 아이가 돌이켜보건대 그건 아니었다고 그래서는 안 되었다고 했을 때도 갑자기 아주 오래된 옛날 일을 두고 얘가 왜 이러나 싶었다. 그것조차 장난이라고 여겼다. 나는 진심을 담아서 사과할 줄도 몰랐다. 무조건 내가 하는 것은 정당한 이유가 있었고, 반론은 사절이었다. 나는 내가 그렇게도 닮기 싫어하는 어머니의 모습 그대로였다!

그 사실을 인정하기 싫은 나는 발버둥을 치며 아니라고 했지만, 결국 그 사실을 받아들이기로 했다. 그렇게 했더니 안 보이던 것들이 보이기 시작했다. 딸은 버스를 탈 때 늘 바깥쪽으로 앉았고 내가 안쪽에 앉던 것을 좀 바꿔보자고 했다. 엄마가 바깥쪽에 앉아봐, 어떤 느낌인지. 그것은 그야말로 뒤통수를 쾅 때리는 체험이었다. 나는 늘 어머니의 행동을 반대로 하면 행복할 거라고 믿었다. 자신이 먹지 않고 자식을 위해 아끼고 챙기는 것이 희생이라고 여길 수 있겠지만, 어머니는 그렇게 한 다음 꼭 덧붙였다. 내가 너를 어떻게 키웠는데, 먹을 것 안 먹고, 쓸 것 안 쓰고 키웠는데 넌 도대체 나한테 뭘 해줬냐?

그래서 나는 맛있는 것이 있으면 나부터 먹고 나서 아이를 줬다. 어머니와 정반대로 행동했다. 그런데 그게 너무 과도한 나머지 어머니처럼 되어버리고 말았다. 아이러니한 사실이었다. 버스 바깥쪽에 앉으니 아이를 보호해주는 느낌이 들었다. 단순한 행동 하나였지만, 모든 마음이 속해 있었다. 아이에게 충분히 보호받고 있다는 안락한 느낌을 줄 수 있었을 텐데, 나는 지금껏 그러지 못했다. 20년을 훌쩍 넘긴 지금에 와서 모든 잘못을 수정할 수 있을까. 실패

한 애착 관계를 제대로 연결하고 다듬을 수 있을까. 이리저리 구겨진 내 가치관들을 반듯하게 잘 펼 수 있을까. 자신이 없었다. 나 자신이 형편없다고 생각될 때 나를 지지해주시는 교수님의 말이 없었다면, 잘 해내지 못했을 것이다.

"훌륭하십니다. 최고예요, 이 세상 그 누구와도 비할 수 없이 최고입니다. 다만, 이런 고난이 있어야 갈고 다듬어질 수 있는 겁니다. 이제 더 빛날 겁니다. 두고 보세요. 제 말이 맞습니다."

이 엄청난 칭찬은 내 것이 아니었다. 살아오면서 이런 말을 들어본 적이 없었다. 그런데 자꾸자꾸 듣다 보니, 내가 그렇게 되는 것 같았다. 나는 최고가 아닌데 최고였다. 나는 빛나지 않는데 빛나고 있었다. 그것은 최면이었을까, 마인드 컨트롤이었을까. 그 어떤 이름으로 불러도 상관없었다. 중요한 것은 내가 더 이상 딸과 갈등을 일으키지 않고 화해하고 껴안고 성찰하기로 작정했다는 것이다. 그것이 바로 사랑을 실제로 행하는 거였다, 사랑이 무엇인지 나는 그동안 몰랐다. 그런데 너무나 명백하게 사랑의 실체를 말한 성경 구절이 있지 않은가.

사랑은 오래 참고 사랑은 온유하며 시기하지 아니하며 사랑은 자랑하지 아니하며 교만하지 아니하며, 무례히 행하지 아니하며 자기의 유익을 구하지 아니하며 성내지 아니하며 악한 것을 생각하지 아니하며 불의를 기뻐하지 아니하며 진리와 함께 기뻐하고 모든 것을 참으며 모든 것을 믿으며 모든 것을 바라며 모든 것을 견디는 것이다. 바로 이것이 사랑이다. 나는 대부분 그렇게 하지 못했다.

이 사실을 깨닫고 성찰하는 동안 조금씩, 아주 조금씩 부드러워져갔다. 딱딱하기 그지없던 돌덩이에서 살짝 손가락이 들어갈 정도로, 손으로 주무르면 주물러질 정도로, 힘을 내어 주무르지 않아도 만져질 정도로, 보드랍고 가벼워서 따뜻할 정도까지 점점 변해가는 것이 목표였다. 그것은 쉬운 일이 아니었다. 때때로 내게 공격해오고 원망을 해대며 고함을 지르거나 꼭 어머니가 내게 했던 것처럼 잔소리를 퍼부어대는 딸의 행동을 두고 이루 말할 수 없이 속이 상할 때도 많았다. 알고 보면, 딸의 그런 행동들은 그동안 웅크리고만 있던 것들이 표출되어 나온 거였다. 그걸 받아들이지 못해 오열하기도 했지만, 결국 나는 우왕좌왕하긴 해도 목표를 잃지 않았다.

나는 제주도를 가본 적이 없었다. 딸과 어머니는 예전에 따로 다녀온 적이 있었다. 돈이 풍족한 것은 아니었지만, 여행 갈 돈을 마련해서 큰마음 먹고 딸과 여행을 갔다. 딸이 대학을 졸업하고 나서 1년 후의 일이었다. 2박 3일 일정으로 갔는데, 첫날과 다음 날 오전까지는 무난하게 흘러

가다가 오후 들어서 문제가 생겼다. 딸은 온천에 가서 노천욕을 하면서 풍광을 즐기고 싶어 했는데 나는 그게 싫었다. 좀 더 야외에서 즐기고 온천을 하고 싶었다. 딸이 가자고 했을 때 그 말을 듣지 않고 내 식으로 이끌었다. 딸은 오래전 그랬던 것처럼 더 이상 아무 말 하지 않고 나를 따라왔다. 표현하지 못한 생각들은 내면 깊숙이 웅크리고 있던 부정적 감정들과 만났으리라. 어느 순간에 이르자 딸은 갑자기 억울하고 분노한 열두 살 아이가 되고 말았다. 아무 말도 하지 않고 그저 노려만 보는 행동이 이어졌다. 나는 답답하다고, 말을 해라고 채근했다. 말하고 싶은 생각까지 덮어두고 어두운 골방 안으로 들어간 열두 살 아이가 딸한테서 튀어나왔다. 나는 여기까지 와서 이러냐고 닦달했다. 다음 날, 아이는 가방을 들고 혼자 나가버렸다. 이제부터는 따로 다니자. 아이가 남긴 말 한마디로 나 역시 버림받은 아이가 되어 엉엉 울고 있었다. 그것은 기묘한 일이었다. 어른으로 멀쩡하게 살아가는 것 같지만, 예전에 겪은 치명적인 상처와 비슷한 감정을 느끼게 되면 자동으로 상처를 입었던 때로 돌아가게 된다. 세월이 얼마나 흘렀는지 상관없이 현재의 나이를 망각하게 되는 것이다. 그것은 마음의 타임머신을 타고 고여 있는 과거의 한순간 속으로 돌아가는 일이다. 타임머신을 조종할 수 있는 것은 나라는 사실을 깨닫지 않으면, 그 속에 파묻혀서 헤어 나오지 못하게 된다.

나는 사랑하는 사람과 같이 갈 두 곳을 마음에 품고 있었다. 한 군데가 제주도이고, 또 다른 곳이 프랑스 방스의 로제르 성당이다. 앙리 마티스의 마지막 숨결이 곳곳에 배인 그곳에는 하얀 벽에 파란 스테인드글라스와 벽화가 있다. 마치 한 덩이의 소박한 빵처럼 생긴 탁자와 작은 단상들이 고즈넉한 자태로 겸손하게 놓여 있는 그 성당에서 평화와 안식을 함께 나눌 사람과 기도할 것이다. 언젠가는 그렇게 하리라.

그런 제주도에 왔다. 내가 딸과 제주도를 가게 되었다는 사실을 알고 교수님이 그날 아침, 딸과 통화를 했다. 엄마의 꿈이 사랑하는 사람과 제주도 가는 건데, 그게 바로 딸이었어, 알고 있나? 그때만 해도 우리는 행복했다. 그렇게 기껏 간 제주도에서 나는 버림받고 만 거였다. 그렇게 생각하면 안 된다고, 또다시 내면을 돌아볼 기회가 주어졌다고 고쳐 생각하라는 내면의 속삭임이 들려왔지만, 여전히 내 가슴은 아리고 쓰라렸다. 비까지 오고 있었다. 수신 거부를 해놓아서 아무리 전화를 걸어도 연락이 되지 않았다. 렌터카로 제주도 해변을 돌고 돌며 혹시나 딸을 만날까 했지만 소용없었다. 어차피 만날 수 없다면 즐기기라도 해야겠지만, 그럴 수도 없었다. 내 감정은 찢겨서 피를 흘리고 있었다. 아주 익숙한 한 감정이 올라왔다. 내가 이 세상에서 없어져야 속이 시원하겠구나, 아예 없어져야 해. 그것은 치료 프로그램을 운영하고 수십 개의 논문과 열 권 가까이 정신건강 관련한 책을 펴낸 내가 하는 생각이 아니었다. 내 안에 오래도록 웅크리고 있다가 기지개를 켠 그림자들이 이때라며 일으키는 반란이었다. 마침내 비행기 탑승을 앞두고 연락이 왔다. 우리는 공항 대합실에서 만났다. 딸은 아무 말 없이 동백꽃 한 송이를 내밀었다. 열쇠 고리였다. 나 주려고 산 거니? 딸은 고개를 끄덕였다. 아무 말 없이 딸의 손을 잡았다.

그런 자잘한 우여곡절이 연이어 이어졌다. 딸은 언젠가의 나처럼 연락도 하지 않고 집에 오지 않기도 했다. 겨우 새벽녘에 문자로 아는 언니 집에서 자고 있다며 보내오기도 했다. 나는 따지거나 화를 내지 않았다. 대신 살아 있어서 감사하다고 여겼다. 어머니의 행동을 반대로 하느라 일부러 화를 억눌렀던 것만은 아니었다. 오래전, 한창 방황할 때의 내 모습을 그대로 보는 듯해서 그랬을 뿐이다. 기분이 뒤틀어지면 함부로 욕설이 나오는 어머니처럼 하지 않으려 애썼다. 부정적으로 딸을 자극하지 않으려 조심했다. 딸은 성인이고, 성인으로서 존중해야 제대로 성인다워질 것이다. 나는 다만 따뜻한 마음으로 기다릴 것이다.

그게 지금의 우리를 있게 한 원동력이 되었다. 나는 딸이 결국 올바른 길을 향해 방향을 잡고 나아갈 것이라는 사실을 믿었다. 당장은 염려스럽기만 하고 흐트러진 듯하나 결국 잘될 거라는 사실을 의심하지 않았다. 딸은 선량했고 아름다운 마음을 가지고 있다. 내 마음에 드는 것이 아니라 딸이 자신의 마음에 드는 대로 살아나갈 것이다. 나는 다만 존중하고 귀하게 여겨줄 뿐이다. 그게 내 역할이었다.

대학교 1학년 무렵 함께 장만한 14K 목걸이를 확 잡아 떼어내 화장대에 보란 듯이 놓아두었던 딸이 어느 날, 그 목걸이가 어디 있는지 물었다. 왜 그러니? 딸은 고쳐서 목에 걸려고 한다고 했다. 서랍 깊숙이 넣어두었던, 끈이 망가진 목걸이를 건네주었다. 딸은 정말 그 목걸이를 잘 수리해서 결혼 전까지 목에 걸고 다녔다. 딸이 내게 했던, 내가 딸한테 했던 소소한 여러 다툼과 갈등과 죽을 것처럼 아팠던 기억들도 이제 제대로 흘러가고 있었다.

44 / 49
그래서 그냥 살았다

평생을 거의 붙어살다시피 했던 어머니와 떨어져 살게 되었다. 학위를 취득하고 나는 큰 변화를 결심한 채 딸이 다니던 학교 근처로 이사했다. 돈을 아끼느라 운전이 너무나 서투른데도 중형 렌터카를 빌렸다. 백미러가 가릴 정도로 짐을 쌓아서 가져왔다. 발로 밟는 기어가 있고 버튼식 시동 장치가 있는 차를 처음 운전했다. 길을 잘못 들어 렌터카 회사로 반납하기까지 꼬박 일곱 시간을 운전했다. 그리고 다음 날, 고속버스를 타고 돌아왔다. 무리해서인지 가래톳이 섰다. 브레이크를 밟던 왼쪽이었다. 처음에는 그런가 보다 했는데 나중에 보니 단순한 가래톳이 아니었다. 임파선에 생긴 종양이었다. 자꾸만 커지더니 두께와 길이가 검지 하나만 해졌다. 걸을 때마다 통증이 느껴져서 걸을 수도 없었다. 병원에 가면 조직검사를 권할 게 뻔했다. 나는 우연히 도서관에서 빌린 책을 기억했다. 《힐링 코드》였다. 그걸 신봉하는 게 맞느냐 아니냐는 중요하지 않았다. 뭔가 해결책이 필요했는데 시간이 간다고 나아지는 게 아니었다. 수시로 '힐링 코드'를 했다. 마음이 평온해지면서 나아질 거라는 느낌이 일었다. 계속 '힐링 코드'를 이어갔다. 그리고 내맡겼다. 일주일 만에 흔적도 없이 나았다.

기적이 일상화되었다. 수시로 기적을 경험하곤 했다. 2015년 10월 1일에 '심상 시 치료 센터'를 오픈했지만 두려웠다. 아무도 오지 않으면 어쩌나, 내가 과연 누군가한테 돈을 받고 치유를 해줄 수 있을까, 걱정은 끝이 없었다. 나는 가장이었으므로 경제 사정이 나아지길 기다릴 만한 여유가 없었다. 당장 하루를 벌지 않으면, 그날만큼 쓸 돈이 없어졌다. 다시 정신과 병원에 취직했다. 그곳에서 3개월을 일했다. 다니는 동안 몹시 아팠다. 숨을 제대로 쉬지 못할 정도로 어지럽고 몇 발자국 걸으면 더 걸음을 뗄 수 없을 만큼 심장이 뛰었다. 귀에서는 맥박 뛰는 소리가 강렬하게 느껴져서 마치 환청이 생긴 듯했다. 그 몸으로 마트를 갔는데 30분도 안 되는 거리를 수십 번도 더 쉬다가 걷곤 했다. 열 걸음, 다섯 걸음 걷다가 자꾸 멈추었다. 지나가던 아줌마가 안됐다는 듯 나를 보며 새댁, 힘들어서 그래? 라고 말을 걸어오기도 했다. 계단을 올라가기도 내려가기도 어려웠다. 그 몸으로 3개월을 버티고 나서 그만두었다. 신기하게도, 그만두는 날부터 몸이 좋아졌다. 마치 꾀병이었던 것처럼. 그리고 나는 센터 일과 강의, 정부 지원 프로그램을 하면서 먹고살게 되었다. 그즈음, 어머니에게서 연락이 왔다. 주로 일주일에 두어 번 정도 전화를 드리곤 했는데 그때마다 어머니는 잘 지낸다고, 괜찮다고 했다. 그러더니 갑자기 먼저 전화를 걸어와서 신음부터 냈다. 관절염이 도져서 도저히 걸을 수가 없다는 거였다. 화장실에도 못 가서 기어갔더니 무릎까지 부었다고 했다. 전기장판에 살이 눌어붙어서 화상을 입어 아프다고도 했다. 여든네 살 어머니가 혼자 지내기란 무리였던 것이다.

마침 방학을 한 딸을 먼저 보내고 나서 내가 뒤따라갔다. 항상 단골로 다니던 의원에 가서 관절염약을 처방받아 복용하게 했다. 우리를 보더니 힘이 나셨는지 거동을 하셨다. 그리고 괜찮으니 그만 가라고 해서 하루를 묵고 돌아왔다. 일주일도 안 되어 전화가 또 걸려왔다. 죽겠다고, 정말 죽을 것 같으니 와서 장사를 치르라고 했다. 부랴부랴 딸을 보내고, 추이를 지켜보았다. 빠질 수 없는 강의들이 줄지어 있었다. 정 안 되겠으면 근처 병원에 입원을 시키라고 딸한테 말해놓았다. 딸한테 전화가 왔다.

"엄마, 할머니. 그냥 우리가 모시면 안 될까? 병원에는 절대 안 가신대."

어이가 없었다. 어떻게 모셔? 말이 돼? 지금 달랑 방 두 칸이 있는 작은 투룸에 살고 있는데. 좁아터진 그곳에서 어떻게 모신단 말이야. 그리고 나는 까다로운 할머니 입맛에 맞는 요리도 못하고, 돌봐드릴 시간도 없고…… 모시지 못하는 이유를 대라면 아마 100가지도 넘을 것 같았다. 안 된다고 말하고 전화를 끊었다. 뭐, 어쩌란 말인가. 못 모시는 걸. 연세도 그렇게 되었고, 거동도 안 되면 병원에 가야지.

그런데 딸이 했던 말이 자꾸만 귓전에 맴돌았다. 우리가 모시면 안 될까? 전혀 생각하지 못했던, 절대 일어나서는 안 될 말을 들었다. 그동안 어머니가 수천 번도 더 했던 말이 동시에 떠올랐다. 내가 이렇게 움직여서 밥하고 빨래하고 거들어주니까 나하고 살지, 아무것도 못 하고 내가 아프면 나를 거들떠보지도 않겠지? 이년들아! 나는 그렇게 하겠다고 생각한 적은 없었지만, 어쨌든 어머니 말대로 되는 셈이었다. 그런데 내 마음 깊은 곳에서 갑자기 이런 생각이 났다.

어머니를 모셔? 그래, 모시자.

그것은 있을 수 없는 일이었다. 까다로운 데다가 자신이 괴로운 만큼 나를 들들 볶아댈 어머니와 같이 지내고 싶은 마음이 추호도 없었다. 그런데도 그런 마음을 깊은 곳에서 꺼냈다. 더없이 유쾌했다. 너무나 기뻐서 미칠 것만 같았다. 황홀할 만큼의 큰 기쁨이 솟구쳤다. 그 기쁨은 이성과 판단을 뛰어넘는 차원에서 오는 거였다. 온몸과 마음을 뒤흔드는 기쁨에 겨워 내가 다시 태어나는 것만 같았다. 곧바로 전화를 걸었다. 딸이 전화를 끊은 지 불과 5분도 되지 않아서였다. "그래, 우리가 모시자. 할머니께 그렇게 말씀드려."

아이가 잠깐만, 그러면서 바로 소식을 전했다.

"엄마, 할머니가 나야 좋지, 그러셔."

곧바로 어머니와 함께 살기 위한 프로젝트에 돌입했다. 집을 내놓았고 며칠 후 바로 팔렸다. 우리가 있던 도시로 모셔 오기 위해 딸과 함께 집을 구하러 다녔다. 낯선 도시에서 적응하기 편하도록 하천 주위에 집이 있었으면 했다. 우연히 찾아간 부동산에서 바로 석 달 뒤에 완성하는 한 동짜리 아파트를 추천해주었다. 어머니 집이 팔리지 않으면 돈을 낼 수 없어서 중도금이 있을 리 만무했다. 계약금 얼마를 제외하고서는 중도금을 내지 않도록 건설회사 측에서 사정을 봐주었다. 현금이 없으면 아파트를 사지 못하는 것으로 생각했는데 그게 아니었다. 아파트를 담보로 대출받는 방식이 있다는 것을 처음 알았다. 대출을 얼마간 받았지만, 시세의 일정 비율로 제한돼 있었기 때문에 충분하지 않았다. 내 오랜 친구인 아사한테 사정을 말했더니 흔쾌히 빌려주었다. 원래 친구한테는 돈을 빌리면 안 된다는 말을 들은 적이 있다. 그렇지만 나는 그 이상한 룰을 깨기로 결심했다. 분명하게 갚겠다는 의지를 실어서 서류를 작성하자고 제의했고, 아사는 적은 이자로 10년 동안 갚도록 배려해주었다. 모든 일들이 순조롭게 진행되었다.

그러는 동안, 어머니가 한 번 더 다급하게 도움을 요청해왔다. 신기하게도 그 전날 집이 팔렸다. 거동을 아예 하지 못하는 어머니를 모시고 왔다. 서투른 운전으로 렌터카를 빌려 모시고 오다가 도착할 무렵, 신호등을 잘못 봐서 사륜구동차와 충돌할 뻔했다. 차의 주인이 노인네를 모시고 운전하는 사람이 그러면 안 된다며 훈계했다. 거의 1센티미터 차이로 충돌을 피했다.

화장실도 못 가는 어머니한테 기저귀를 입혀드리는 것이 문제였다. 절대 기저귀를 차지 않겠다고 버텼다. 악담과 막말을 해댔다. 어머니 앞에서는 차분하게 있었지만, 밖에 나가서 혼자 울었다. 어떻게 해야 할지 막막했다. 병원에 가자고 해도 절대 가지 않겠다고 떼를 썼다. 할 수 없이 휴대용 좌변기를 사서 방 안에 갖다 놓았다. 한 번씩 용변을 볼 때마다 전쟁을 치르는 듯했다. 결국 어머니를 설득했다. 이사할 한 달 반 동안만 요양병원에 입원해 있자고 했다. 마지못해 어머니는 받아들이셨다. 마치 오래전부터 예비해둔 것처럼 모든 일이 착착 진행되었다. 어머니 짐을 꾸리는 게 예삿일이 아니었다. 안 쓰는 낡은 물건들을 고물상에 줘버리고 많은 것들을 버렸지만, 여전히 짐이 엄청났다. 그렇게 이사를 했다. 새로 입주한 집에는 가구와 필요한 전자제품을 들여놓았다. 돈이 거의 없었는데도 이 모든 것이 가능했다. 별안간 내 명의의 집이 생기게 되었다.

요양병원에 입원한 어머니는 까다롭고 성깔 있기로 소문이 자자했다. 옆자리에 있는 할머니는 오랫동안 그 병실을 장악하고 있었다. 치매기가 많은 다른 할머니한테 호령하며 함부로 심부름을 시키기도 했다. 그 옆에서 어머니는 주눅 들어 있었다. 대인관계가 거의 없이 지내던 어머니는 어머니보다 더 센 분을 만났던 것이다. 그분 앞에서는 내색하지 못하고 있다가 우리가 가면 기세등등했다. 그런 모습이 빤히 보여 웃기기도 했다. 거의 날마다 가서 씻겨드리고 기저귀를 갈아드렸다. 손톱 발톱을 깎아드리고 아픈 다리를 마사지해드렸다. 그 당시 나는 일주일에 두 번, 시와 수필을 가르치고 있었는데 강의를 하다 말고 어머니 얘기를 하면서 눈물이 나왔다. 요양병원에 가는 분들은 대개 퇴행성 질환을 앓고 있어서 점점 안 좋아지는 것이 보통이었다. 조금씩 걷던 분들도 입원 후 아예 못 걷기도 한다고 들었다. 안전을 중시하다 보니 위태롭게 걸을 바에야 아예 걷지 못하게 하는 병원의 방침 때문이었다. 그런데 나는 평균 나이가 70 후반인 수강생들 앞에서 약속했다. 어머니를 반드시 걷게 할 겁니다. 걷기 프로젝트에 돌입했습니다. 몇몇 분들이 기도로 후원하겠다고 말씀해주셨다.

어머니는 정말 걸었다. 처음에 병실에서 걸음을 연습했을 때 직원들이 호되게 야단했다. 뼈까지 부러지면 큰일 난다는 거였다. 내가 오는 시간에만 연습하겠다고 약속했다. 그리고 그렇게 연습했다. 어머니는 양념 치킨을 먹고 싶어 해서 자주 가져왔다. 몇 분하고 나눠 먹기도 하고, 간병사와 간호사분들한테 드리기도 했다. 과일과 요구르트 같은 간식을 늘 풍족하게 넣고 드시게 했다. 그리고 한편으로는 이사를 진행하고 있었다. 어머니는 갑갑하다며 언제 퇴원하면 되는지 묻고 또 물어보곤 하셨다. 같은 대답을 반복해서 했다. 시 수필 반 수강생들이 과정을 마무리하면서 하는 전시회에 출품하기 위해 작품을 만들 때였다. 어머니한테 시를 한번 써보자고 권유했다. 내가 무슨 시를 쓰냐며 손사래를 쳤지만, 휠체어에 어머니를 태우고 옥상에 모시고 갔다. 늦가을이었지만 햇볕이 들어 따스했다. 만냥금의 새빨간 열매를 보고 신기해하며 좋아하셨다. 나는 무슨 말이든 해보라고 부추기면서 받아 적을 준비를 했다.

"무슨 말을 하란 말이고? 한평생에 나는 너무나 죽고 싶었다. 죽으려고 아무리 그래도 안 죽어지더라. 그래서 그냥 살았다. 이제는 잠자듯이 소르르 그렇게 가고 싶다. 그것뿐이다."

나는 그 말을 그대로 받아 적었다.

"아주 잘하셨어요. 이 시 제목을 소망이라고 하면 되나요?"

어머니는 망설이지 않고 바로 말씀하셨다.

"소망은 무슨, 그런 게 아니고 내 생각이다. 내 생각."

그래서 시가 탄생했다. 배경 그림은 화가 교수님이 그려주셨다. 버젓이 액자로 제작해서 전시했다. 전시를 마친 뒤 이사한 집의 제일 눈에 띄는 곳에 걸어두었다.

이사를 하기 직전에 아버지 꿈을 꾸었다. 오랜만에 나타나신 아버지는 너무나 밝고 환하고 건강하셨다. 나를 항상 지켜봐오셨던 것 같았다. 사실, 이 모든 것이 우연히 일어난 것은 아니지 않은가. 무사히 이사하고 난 며칠 뒤 어머니를 모셔 왔다. 퇴원할 때쯤, 어머니는 워커를 잡고 당당하게 걸어서 나왔다. 방 세 개와 두 개의 화장실이 있는 집이었다. 바로 앞에는 하천이 펼쳐져 있고 산책로가 나 있는 별장 같은 집이었다. 안방 창가의 새로 산 침대에 누워서 어머니는 자꾸만 물 아래 빛이 있다며 이상하다고 했다. 계속 이상하다고 부르면서 와서 보라고 했다. 가로등이 아롱져서 비치는 것이라고 설명할 때까지 그렇게 딸과 나를 불렀다. 어머니는 물에 노는 오리와 철새들과 오가는 사람들과 차를 보는 것을 낙으로 여겼다.

이사 오기 전, 15년 정도 살던 아파트도 그 당시 다니던 직장의 의사한테서 신용 대출을 받아 어렵게 들어간 집이었다. 전세와 달세를 전전하다가 버젓한 아파트로 입주해서 감사할 따름이었다. 어머니는 얼마 지나지 않아 화를 내면서 괜히 이사 왔다고 트집을 잡곤 했다. 화가 나면 예전 살던 곳으로 돌아갈 거라며 돈을 내놓으라고 막말을 했다. 그 당시 아파트를 흥정하면서 100만 원을 깎았는데, 어머니는 그 돈을 교회에 갖다 바치고는 권사 자리를 따냈다. 어머니는 권사 직분을 받은 것에 엄청난 자부심을 가지고 있었다. 꽃다발을 받고 임명장을 받은 사진을 늘 가장 좋은 자리에 진열해놓았다. 그런데 아프고 나서부터 기도를 하지 않으셨다. 왜 기도하고 찬송하지 않냐고 물어보았다.

"기도해도 소용없더라, 얼마나 아팠는지. 하느님은 없다. 있으면 날 이렇게 아프게 하지 않았을 거다. 뭐 하러 내가 기도하냐?"라고 하셨다. 하지만 통증이 점차 가라앉고 걸을 만해지자 어머니는 다시 기도하고 찬송하셨다. 어머니는 또 내게 이러셨다.

"나는 너한테 잘해준 게 없는데, 너는 왜 이렇게 잘해주냐? 너는 천산가? 바로 네가 천사다. 천사."

내 생전에 이런 말을 다 듣게 되는가 싶어 깜짝 놀랐다. 물론, 나는 천사가 아니었다. 다만 어머니를 사랑할 뿐이었다. 이제는 '사랑'이라는 말과 '존경'이라는 말을 자연스럽게 쓸 수 있게 된 것이다. 어머니를 존경했다. 나를 낳아주신 그 사실 하나만으로도 어머니를 사랑하고, 또 존경할 수 있었다. 나도 모르는 사이에 어른이 되어가고 있었다.

그렇게 순탄한 나날이 이어졌다. 어머니의 감정이 차분해져가고, 솜씨가 없는 요리를 해도 어머니는 잘 드셨다. 그러다가 몸이 좀 회복되자 스스로 인근 교회를 찾아가서 등록도 하셨다.

"내가 너를 안 낳았으면 어쩔 뻔했냐. 예전에 네 아버지가 너무 나이가 늦다고 낳지 말자고 하는 거라. 그런데 내가 우겨서 낳았다. 동생이 있어야 같이 잘 클 거라고 했다. 또, 네가 오래전에 가출했을 때, 내가 용한 점쟁이한테 가서 물어봤더니, 지금은 막내가 이래도 나중에 모시고 효도할 거라고 하더라. 그 말이 딱 맞네."

어머니는 그런 말씀을 하셨다. 물론 간간이 짜증과 욕설을 내뱉을 때도 있었다. 반찬이 마음에 들지 않는다며 투덜거리기도 했다. 이사를 온 뒤로 나는 어머니가 아예 살림에 신경을 쓰지 않도록 청소, 설거지, 요리 등 모든 집안일을 내가 도맡았다. 어머니는 빨래를 개어주시곤 했는데 그것도 기분 나쁘면 하지 않았다. 처음에는 맛이 없어도 잘 드시던 어머니가 이제는 맛이 없다고 이런 걸 먹으라고 하냐며 짜증을 내셨다. 그러다가 마침내 폭발하고 말았다.

그 무렵, 나는 낮에는 강의를 나가고 밤에는 인근 요양병원에서 밤 근무를 했다. 딸이 독일 유학을 하고 있을 때였다. 벅차서 할 수 없다며 6개월 만에 그만두고 왔지만, 그렇게 오기 전까지 한 달에 꽤 많은 돈을 부쳐줘야 했던 시기였다. 녹초가 되어 눈을 반쯤 감고 청소를 하고 요리를 하곤 했다. 그런데 자꾸만 이상한 이물질이 베란다에 쌓이는 거였다. 알고 보니, 구더기 알이었다. 어머니가 우겨서 가지고 온 오래된 장독에는 된장이 있었고, 된장 주위로 닦아내도 또다시 구더기 알이 번졌다. 처음에 나는 그게 구더기 알인지 모르고 깨를 혹시 버리셨는지 물어보았다가 난리가 났다.

"이 악마야! 네가 악마로구나! 어디서 헛것을 보고 나한테 버렸다고 하노?"

당시 어머니는 워커를 잡고 잘 걸어 다니실 정도로 몸을 회복했다. 졸지에 나는 천사에서 악마로 떨어졌고, 어머니는 야멸찬 눈으로 나를 노려보았다. 너무나 힘들었다. 차를 렌트해서 어디론가 정처 없이 떠나야겠다고 생각했다. 렌트하러 가는 길에 신발 가게 앞을 지나게 되었는데 나도 모르게 들어가서 어머니한테 어울릴 신발을 고르고 있었다. 속상해서 여행을 가려던 와중에 어머니 신발을 사고 있는 내가 참 이상했다. 그날, 나는 아사한테 가서 팔공산 케이블카를 타며 놀고 왔다.

그로부터 5개월쯤 지난 어느 날, 또다시 구더기 알이 생겼다. 깨같이 생긴 것이 무엇인지 도무지 알 수가 없어서 검색도 하고, 주위 분들한테 물어보기도 한 끝에 겨우 알게 되었다. 세탁실에 장독을 놓아두었는데 거기에서 생겼던 거였다. 전자레인지와 압력밥솥 주위에 득시글하게 모여 있는 알들을 보고 진저리를 쳤다. 견딜 수 없어서 궁여지책으로 된장을 모조리 버렸다. 그게 결정적으로 화근이 되고 말았다. 어머니는 마치 자신이 버림을 받았다는 듯이 난폭하게 화를 내더니 급기야 집을 나가버리셨다. 어쩔 수 없이 가출 신고를 했는데 밤늦은 시간에 돌아와서 자리에 누웠다. 어디를 다녀오셨는지 물어봐도 묵묵부답이었다. 어머니는 이제 절대로 나를 용서할 수 없는 인간으로 치부하는 듯했다. 하지만 나가서 단단히 혼이 났는지 더 이상 가출하지는 않았다. 대신 날마다 엄청난 욕설과 고함과 짜증과 화가 폭발하듯 튀어나왔다. 몇 마디 말이 업그레이드되어 나오기도 했다.

"네가 그러고도 남 앞에서 가르치나? 네 어미 하나 마음 편하게 못 하면서? 네가 치료사라고? 네가 교수라고? 잘도 가르치겠다. 네가 무슨 치료사야! 잘하는 짓이다, 그래. 너는 저주받았다. 너는 이제 아무것도 못 한다. 잘하는 척만 하는 이 악마야!"

어머니의 악다구니는 예전 그대로였다. 전혀 나아진 것이 없었다. 그럴 때마다 아무 말도 하지 않고 집을 빠져나와서 센터에 가 있었다. 이제는 어디론가 피신할 곳이 있었다. 그게 예전과는 달라진 점이었다.

45 / 49
다음 날도, 그다음 날도

된장 사건 이후 어머니의 태도는 돌변했다. 떨어지기 전의 단풍잎이 붉듯, 밤이 되기 전에 석양빛이 강렬해지듯 격했다. 그런데 그런 비유들이 걸맞기나 할까. 도를 넘어선 태도에 절로 고개가 저어졌다. 방문을 닫고 혼자서 몇 시간이고 계속 욕을 중얼거렸다. 마치 흑마술의 주문을 외우는 듯했다. 어머니 근처를 지나갈 때는 살벌한 기운이 느껴지기도 했다. 누워 있는데 어머니가 칼을 들고 서 있으면 어쩌나 하는 두려움까지 불쑥불쑥 들었다. 충분히 그럴 수도 있겠다 싶었다. 언젠가 내가 속으로만 품었던 것처럼. 어머니가 죽이고 싶을 정도로 미울 때가 있었다. 그렇지만 실제로 그렇게 한다는 상상을 한 적은 단 한 번도 없었다. 게다가 어머니 앞에서 욕을 한 적도 고함을 지른 적도 없었다. 어머니가 때리는 대로 그냥 맞거나 아니면 도망갔다. 감히 도망갈 엄두가 나지 않았던 열여덟 살까지는 그저 맞기만 했다. 아무리 좋은 것을 해드려도 어머니는 불평했다. 고맙다, 이런 말을 하지 않았다. 입을 삐죽 내밀면서 뭐 하러 샀냐고 아주 혐오스럽게 내치곤 했다. 가방 한번 사드렸다가 마음에 들지 않는다고 해서 왕복 두 시간 거리를 세 번이나 다니며 바꾸어 오곤 했다. 돈을 아끼고 아껴서 금반지를 해드리면, 화가 날 때 여지없이 방바닥에 내팽개쳤다. 어머니는 늘 우화에 나오는 노인이었다.

이런 이야기를 읽은 적이 있다. 한 청년이 길을 가다가 강가 바위 위에 앉아 있는 노인을 만난다. 그 노인은 비쩍 마른 몸으로 웃통을 벗은 채 앉아 있다. 강은 그다지 깊지 않아서 허벅지 정도 오는 물살을 가르며 건널 수 있을 정도였다. 혼자 그 강을 건너가려다가 청년은 노인 쪽을 돌아다보고 물었다. 혹시, 건너가시려고 앉아 계시나요? 노인이 고개를 끄덕였다. 제가 도와드릴까요? 노인은 활짝 웃었다. 목마를 해서 노인을 태우고 청년은 강을 향해 발을 내디뎠다. 노인은 몹시 가벼워서 충분히 견딜 만했다. 청년은 노인을 도와줄 수 있어서 기뻤다. 강의 중간쯤 이르자 노인은 양다리 사이에 힘을 주기 시작했다. 청년이 목을 캑캑거리며 하소연했다. 어르신, 다리에 힘을 빼면 제가 더 잘 갈 수 있겠습니다. 노인은 그 말을 듣지 않았다. 점점 다리를 조여왔다. 깡마른 노인의 힘은 장사였다. 맞은편 강가에 막 도착했을 때, 청년의 숨통은 끊어지고 말았다.

그 노인과 어머니가 자연스럽게 오버랩되었다. 어머니는 내 숨통을 조이고 있었고, 나는 어머니보다 먼저 저세상으로 갈 것만 같았다. 어머니한테 정색하면서 외치고 싶다. 내가 죽기를 바라시나요? 하루빨리요?

그게 사실 어머니의 본 모습이 아니라는 것을 잘 알고 있다. 어머니는 본래 곱고 순하고 아름다운 마음을 가지고 있었을 것이다. 열일곱 살, 가난한 집의 맏이로 있다가 청혼이 들어오자 입 하나 더는 셈 치고 결혼을 했다. 네 명의 자식을 낳았는데 한 명은 불과 첫돌도 지나지 않아 주사를 잘못 맞고 숨졌다. 세 명의 자식을 나름대로 귀하게 키웠는데 남편은 바람이 나서 이혼을 요구해왔다. 몸만 겨우 빠져나왔을 때, 어머니는 세상이 자신을 버렸다고 느꼈을 것이다. 모질고 세찬 바람을 맞으며 두어 가지 옷만 넣은 보따리를 가슴에 안고 거리로 나오면서 어머니의 가슴에 있던 빛은 아주 두꺼운 철벽으로 차단되고 말았을 것이다. 아무도 접근하지 못하도록 자기도 모르는 벽을 둘러친 채 그 빛으로부터 영구히 멀어졌을 것이다. 위로 한마디 받지 못했던 외롭고 고달픈 마음이 그대로 상처가 되어 박혀버렸던 것이다. 그 어머니를 기억한다. 차갑고 시린 바람이 뺨을 때리던 날의 갓 스무 살을 넘긴 어머니. 갈라지고 터져 피가 배어 나오는 입술을 깨물던 어머니를 떠올린다. 거칠해진 손등에도 핏물이 그치지 않던 어머니, 눈물을 흘리다 못해 더 이상 흘릴 눈물마저 없던 젊은 어머니를 떠올려본다.

고운 어머니의 마음이 간혹 지금도 드러날 때가 있다. 오래전, 음악 학원 개원 기념으로 누군가 사 왔던 화분을 아직도 지극정성으로 키우고 있는 어머니, 손녀한테 받은 국화가 다 지고 잎마저 엉성해져서 볼품없는데도 애써서 물을 주고 있는 어머니, 물 줄게, 기다렸지? 목말랐지? 라며 다정하게 말을 거는 어머니. 그런 어머니를 마음에 새긴다.

어머니는 경계성 인격장애를 앓고 있다. 아마도 오래전에 정신과를 방문했더라면, 우울증으로 진단받았을 것이다. 전형적인 경계성 인격장애 증상을 보이는 어머니와 같이 평생을 보냈다. 언니는 그런 어머니가 겁이 나서 근처에 오지도 못한다. 어머니가 낳은 오빠들도 거의 왕래를 하지 않는다. 생신 때도, 명절에도, 어버이날에도 어머니 곁에서 축하해드리고 선물과 음식을 해드리고 촛불을 켜드리는 것은 오직 나뿐이다. 그런데도 어머니는 때로는 웃다가도 때로는 짜증과 화를 낸다. 앞으로도 그럴 것이다. 기분에 따라서 언제 어떻게 바뀔지 모른다. 하지만 이제 겁나지 않는다. 불과 며칠 전의 일이다. 최근에 어머니는 갑자기 죽음에 관한 이야기를 꺼냈다. 내가 무서워하지 마시라고 하면서 곧 뒤따라갈 거라고 하니까 안심하시는 눈치였다. 그러면서 얘기를 꺼냈다.

"나는 죽으면, 네 아버지 옆으로 안 갈란다. 내가 네 아버지랑 같이 오래 산 것도 아니고, 너하고 이렇게 오래 살았는데 너랑 나란히 묻힐란다."

어머니는 그러니까 아버지 옆에 사두었던 무덤 대신 이 근처 공원묘원에 가서 두 자리를 사놓자는 거였다. 나는 단호하게 안 된다고 했다. 어머니는 자신의 말대로 해야 한다고 우겼다. 그러다가 사흘 뒤, 내일 당장 근처 공원묘원에 가서 두 자리를 사자고 했다.

"나는 이렇게 살아서도 너와 함께하고, 죽어서도 너와 함께해야겠다. 아무리 지지고 볶고 싸워도 너밖에 없다."

어머니의 얼굴을 똑바로 보면서 천천히 말했다. 나는 장기 기증을 신청했고, 이미 기관과 약속을 했기 때문에 눈이 필요하면 눈을 빼 가고, 간과 위장이 필요하면 그걸 빼 갈 거라고 했다. 그리고 마지막에는 화장할 거라고 부드럽지만 단호하게 말했다. 어머니는 화들짝 놀라면서 울부짖었다.

"뭐라고? 이 미친년아. 돌아도 한참 돌았네! 너같이 무서운 년하고 한시라도 살 수 없다. 오냐, 그래서 내 된장을 마구 갖다 버렸냐? 이 미친년아. 나는 갈란다. 혼자 가서 내 교회 근처에서 살란다. 당장 갈 거다!"

오열을 터뜨리고 고함을 지르고 집이 떠나갈 듯이 울부짖었다. 나는 그때 설거지를 하고 있었는데 한 달 전쯤, 지팡이로 내 다리를 때려 멍들게 했던 일이 떠올라서 순간 피해서 나갈까 생각하고 있었다. 조금 더 정황을 봐서 안 되면 집을 떠나 있어야겠다고 생각했다. 설거지를 마저 끝내기 위해 다시 싱크대로 갔다. 나도 모르게 방언 기도를 했다. 18년 전, 하느님의 음성을 듣고 나서부터 나는 방언 기도를 했다. 자주 하지는 않았지만, 그냥 기도보다 방언 기도가 훨씬 수월했다. 그리고 무엇보다 아름다웠다. 어떤 말을 하는지, 뜻도 알 수 있었다. 설거지를 하는 15분 동안 그렇게 방언 기도를 했다. 어느 순간엔가 오열이 잦아들었다. 잠시 후에 조용해졌다. 믿을 수 없었다. 이건 기적이었다. 예전 같으면, 집을 나가겠다고 한바탕 소란을 피우거나 욕설을 내뱉고 악담과 저주를 해댈 것이 분명했다. 그런데 거짓말처럼 조용해졌다. 그래서 나는 내 방에서 쓰던 논문 한 편을 마무리 지을 수 있었다.

다음 날, 긴장하면서 분위기를 지켜보았다. 여차하면 튈 작정이었다. 그런데 또 고요했다. 아무 일도 없다는 듯 어머니는 태연했다. 그다음 날도, 또 그다음 날도. 분명히 기적이 일어났다. 신기하고 감사한 일이었다.

46 / 49
주어진 목숨까지는

죽음은 내 오랜 벗이다. 언제나 죽음이 가까이 있었다. 죽음은 너무나 친숙해서 죽음을 생각하면 자연스러운 상황이 떠오른다. 언젠가 죽으면 끝이라는 어리석은 생각을 한 적이 있었다. 죽으면 끝이 아니다. 죽음은 다른 차원으로 가는 여행이다. 죽음 이후 진짜 삶이 시작되는 것이다.

그것은 다분히 한계가 지어져 있는 육체로 사는 삶을 종식하고 얻는 영혼의 세계이다. 이 말은 지어낸 것이 아니다. 무수히 많은 학자와 체험가들이 증명하고 있다. 심지어 죽음을 앞두고 변화하는 사람의 심리를 연구했던 의학자 퀴블러 로스도 사후에는 생이 있다고 했다. 생각해보자. 육체는 보이지만, 보이지 않는 영혼은 육체가 죽었다고 사라지겠는가. 원래부터 보이지 않았는데 보이지 않는 존재가 어울리는 곳으로 가지 않겠는가. 그게 상식이고 진리이다. 그 사실을 두고 믿음이 필요하지 않다. 믿지 않는 이들도 어차피 겪을 미래이다. 그래서 나는 죽음을 아름다운 차원을 향한 축하로 여기고 싶다.

죽음의 순간에는 내가 지금 생각하는 것처럼 태연했으면 좋겠다. 고통이 몰려오더라도 꿋꿋이 견뎌내고 싶다. 혹시 언어를 잃어버릴 만큼 뇌 기능이 퇴화하고 감정을 제어하지 못할 만큼 인간성이 망가졌더라도 죽음이 코앞에 왔을 때 고개를 돌리지 않았으면 좋겠다. 지금처럼 혼자여서 죽음의 순간에 아무도 옆에 없다고 하더라도 외로워하지 않았으면 좋겠다. 무엇보다 고결하고 그 무엇과도 바꿀 수 없는 빛나는 영혼이 고이 인도해서 죽음의 장막 안으로 나를 기꺼이 받아들일 것이다. 그 장막을 걷고 나가면, 믿을 수 없을 만큼 안온한 빛이 나를 맞이할 것이다. 나에게는 화두가 있었다. 그것은 더 이상 자살을 꿈꾸지 않던 날, 아침에 눈을 뜨면 새로운 하루에 대한 감사로 충만하던 날부터 시작되었다. '주어진 목숨까지 살아내는 것'이 내가 스스로 정한 화두이자 과제이다. 죽음의 순간에 내가 자신에게 한 약속을 지킨 것에 대해 내 영혼은 나에게 아름다운 화환을 씌워줄 것이다.

47 / 49
나는 괴물을 사랑한다

딸이 결혼했다. 갑자기 일어난 일이다. 사위는 미국에 살고 있어서 결혼 후 바로 미국으로 떠났다. 배우자 비자를 받기 위해 결혼식 한 달 전에 이미 혼인신고를 했다. 딸은 수석으로 입학한 음악치료학과 석사과정을 포기했다. 그 모든 도전과 포기에 박수를 보내기로 했다. 독일 유학을 포기하고 왔을 때도 그랬다. 딸은 성인이므로 충분히 혼자 결정할 수 있으며, 현명하게 결정했다고 믿는다. 나중에 알고 보면 후회하게 될지라도 후회조차도 완성해가는 과정이므로.

배우자 비자 발급을 위해 서울로 갈 수 있도록 이른 아침에 터미널에 태워주고 나서 나는 호수로 차를 몰고 갔다. 새해가 되기 전에 미리 해의 기운을 느끼는 것은 나만의 은밀한 의식이었다. 날씨가 흐렸다. 일출 시간이 지나도 하늘에서는 해가 보이지 않았다. 다만 붉은 기운이 구름의 끝자락을 물들게 하고 있었다. 그렇지만 마음 깊은 곳에서 평온하고 환한 기운이 번져가고 있었다. 해는 내 마음속에서 환하게 떠오르고 있었다. 나도 모르게 방언으로 노래를 불렀다. 자연스럽게 터져 나오는 리듬으로 즉흥적으로 작사와 작곡을 하고 있었다. 내가 한 것이 아니라 내 안의 해가 그렇게 했다. 열대여섯 곡들이 그렇게 내 안에서 울려 퍼졌다. 눈에 보이는 곳은 차 안이었고, 12월, 호수 근처였지만 보이지 않는 곳으로는 나는 천국에 있었다. 그 느낌을 잊을 수 없다.

딸의 결혼식 날짜를 어머니한테 알렸다. 짐작대로 난리가 났다. 그동안 왜 숨겼냐고 고래고래 고함을 질렀다. 급기야 집을 나가버렸다. 나무 지팡이로 내 다리를 때려서 멍이 들었다. 광기 같은 것이 어머니를 지팡이 없이 걷게 했다. 창밖으로 내다봤더니 한참을 그렇게 걷다가 택시를 잡으려고 주저앉는 듯했다. 이번에는 가출 신고를 하지 않았다. 어머니가 늦은 오후쯤 돌아오실 것을 알고 있었기 때문이었다. 어떻게 알았는지는 모른다. 그냥 그렇게 확신했다. 신기한 것은 어머니의 그런 행동이 더 이상 마음에 아프게 다가오지 않는다는 거였다. 그냥 웃음이 나왔다. 내가 드디어 미친 것일까.

그 웃음은 비정상적인 게 틀림없었다. 어머니는 욕을 하고 화를 내고 예전 그대로 악담을 퍼붓고 있었다. 그런데도 웃음이 나왔다. 혹시 웃었다고 더 화를 낼까 봐 보이지 않게 킥킥거렸다. 정말 웃겼다. 그런 어머니가 무서워서 평생을 벌벌 떨고 몸을 사리고 엄청난 상처를 입으면서 살아왔다. 그것마저 웃겼다. 이 웃음은 지금, 현재의 내가 느끼는 것이기도 했지만, 차원이 다른 곳에서 지금 현재를 보고 웃는 웃음이기도 했다. 그것은 몇 해 전, 어머니를 모시자고 결정했던 순간에 도무지 이유를 알 수 없는 희열이 찾아왔던 것과 유사한 곳에서 오는 웃음이었다. 어머니를 마음껏 나를 휘두르는 엄청난 위력을 가진 존재로 여겼던 것이 우스웠다. 나는 그동안 속아왔다. 분명한 한계가 있어 세력의 마지막이 뻔히 보였다. 그동안 내가 이런 것들을 견디지 못하고 그토록 연약한 채 아파했다는 것도 웃겼다. 그래서 계속 웃었다.

딸의 결혼식에서 울지 않겠다고 서로 약속했다. 울긴 뭐하러 울겠는가. 감히 상상할 수 없는 멋진 사위를 만나는 것만으로도 우리는 드디어 해낸 것이다. 나는 딸이 태어나기 훨씬 전부터 이 결혼을 선택했다는 것을 알았다. 아주 짧은 연애 동안 불안한 마음이 들기도 했다. 결혼을 말리려 했지만, 소용없다는 것을 깨닫고는 말했다. 이제, 나는 우리

사위를 전적으로 믿고 사랑할 것이다. 누가 그 어떤 말을 하더라도.

그렇게 나는 사위를 받아들였다. 전체 하객 수가 40명 정도 되는 스몰 웨딩을 했다. 친한 후배한테 사회를 부탁했고, 딸과 어머니가 다니던 교회 목사님이 와서 주례와 결혼 예배를 진행했다. 결혼식 순서 중 신부 측의 인사말이 있었다. 나는 자작시를 낭송했다.

> 이제 겨우 알 것 같은데 / 이제야 잘할 수 있을 것 같은데 / 주어진 때가 되어 날아갑니다. / 그곳은 아득한 날 / 미리 예비해둔 곳, / 혼자가 아닌 곳, / 넝쿨처럼 뻗어가는 곳 / 찬연히 어루만지며 흘러갈 환한 노래 첫 소절을 / 함께 부릅니다. / 주여, /오롯이 감사만 하게 하소서 / 언제나 / 주님 뜻에 따르게 하소서

첫 소절부터 눈물이 쏟아져, 시를 제대로 읽을 수가 없었다. 딸과의 약속을 어기고 만 것이다. 이제 겨우 딸의 마음을 헤아릴 수 있을 것 같은데, 이제 겨우 따뜻하게 품어주고 기다려줄 수 있을 것 같은데, 딸은 멀리 날아가는 것이다. 내가 미리 선정해두었던 배경음악이 나오고 있었다. 〈아이 캔 온리 이매진(I Can Only Imagine)〉이었다. 나는 단지 그려봅니

다. 어떤 모습일지, 내가 당신 곁에서 걸을 때를 상상해봅니다. 내 눈에 무엇을 보게 될지를, 당신의 앞에 있을 때를 그려볼 뿐입니다. 당신의 영광에 둘러싸여 내 심장이 무엇을 느낄지, 내가 예수님을 위해 춤을 출지, 혹은 경외하면서 잠잠히 머물지, 당신의 임재 안에 서 있을지, 혹은 무릎 꿇고 엎드릴지 할렐루야 찬양을 부를지, 모든 것을 말할 수 있을지 나는 단지 상상해볼 뿐입니다. 단지.

그 노래가 다시 시를 읽게 했다. 내 눈물을 닦아주었다. 나는 시를 낭송하고 내려왔다. 이 시에 화가 교수님은 노안도를 아름답게 그려서 딸 내외한테 선물했다.

낭송 때 음악은 같은 제목의 영화 배경음악이다. 실화를 바탕으로 한 그 영화는 이 곡을 만든 밴드 머시미의 싱어 바트 밀라드의 일생을 다룬 이야기다. 바트의 아버지는 경계성 인격장애를 앓았다. 그는 아버지를 이렇게 말했다. 제 아버지는 괴물입니다. 영화 후반부에 그는 불치의 병에 걸린 아버지를 돌본다. 사망을 앞두고 바트는 아버지와 화해를 한다. 오랫동안 그를 괴롭혔던 괴물 같은 아버지를 껴안는다.

이 영화를 보고 얼마나 울었던가. 내 어머니는 괴물이었다. 그리고 지금도 한 번씩 그렇다. 그렇지만 나는 괴물을 사랑한다. 그 힘이 나마저 괴물이 되지 않게 했다.

48 / 49
푸른 침실로 가는 길

이 기억들을 한마디로 하면, 이렇게 말할 수 있을까. '어머니 극복기'라고. 어머니는 오래전 국군 장병 위문 프로그램에서 누구나 애절함과 그리움과 감동의 눈물로 부르는 보통의 '어머니'가 아니었다. 내게 있어 너무나 특별한 어머니였다.

어머니로 인해 나는 오랫동안 '가족'이라는 말을 싫어했다. 딸한테도 '가족'이라는 말을 쓰지 말라고 한 적도 있다. 우리는 '동지'야. 같은 길을 걸어가는 동지. 내 감정을 딸한테 일방적으로 강요하곤 했다. 그러다가 어머니를 미워할수록 어머니를 닮아가고 있던 나를 발견했다. 한때 나는 어머니와 헤어지면 내 삶이 행복해질 거라고 믿었다. 그런데 그렇게 되지 않았다. 지금까지도 어머니는 내 곁에 머무르고 있다. 간혹 어머니가 없는 시간을 상상해본다. 편안할까.

챙겨주지 않아도 되니 행복할까. 악다구니와 욕, 저주와 울음과 감정의 급변으로부터 해방되어서 시원할까.

나는 아주 많이 그리울 것이다. 화분에 물을 주며 말을 걸던 어머니를 생각할 것이다. 고맙다며 세 살배기 아이 같은 표정으로 헤헤 웃는 어머니를 생각할 것이다. 우리 맛있는 것 좀 사 먹자며 모아놓은 돈을 쥐여주던 어머니를 생각할 것이다. 빨래를 개며 한 올 실밥까지 죄다 손으로 뜯어내던 어머니를 생각할 것이다. 내가 해주었던 것 모든 것을 다 잊고 해주지 못했던 것들을 생각할 것이다. 어머니가 좋아했던 빨간 꽃들을 보면서 또 애달파할 것이다. 신비로운 석양빛을 보면서 울컥할 것이다.

어머니는 내 십자가였다. 나는 한때 프랑스의 화가 위트릴로처럼 방황하면서 살았다. 위트릴로처럼 정신과에 입원하는 대신 정신병원에 일하러 다녔지만, 내 정신은 온전하지 못했다. 그가 코댕의 골목에 난 108개의 계단을 오르내리며 물지게를 지고 다녔을 때를 상상해본다. 새벽까지 압생트를 마시고 탁자에 쓰러져 잠든 어린 엄마의 얼굴을 씻어줄 물을 길어 다니는 반바지를 입은 아이를 떠올려본다. 한 걸음씩 내디딜 때마다 쏟아지는 물을 어쩔 수 없이 쳐다보는 아이. 엄마를 사랑하고 싶은데 결코 사랑할 수 없는 위트릴로. 그는 알코올에 찌든 채 살면서도 무수히 많은 교회 그림을 그렸다. 루시 발로르와 마지막 결혼을 해서 마침내 알코올중독에서 해방하고 경건한 신앙생활을 했던 말년의 위트릴로를 생각한다.

그의 엄마, 수잔 발라동이 그린 〈푸른 침실〉을 바라본다. 풍만한 몸집의 여자가 침대에 누워서 화면 밖을 바라보고 있다. 여자 아래 깔린 파란 이불 위에는 얽히고설킨 덩굴무늬가 있다. 벽과 커튼에도 그런 무늬들이 이어지고 있다. 여자는 누군가를 기다리고 있다. 곧 발소리가 들리고 문을 두드리는 소리가 들려올 것이다. 평생을 그렇게 기다려온 것이다.

나는 푸른 침실로 가는 길 위에 서 있었다. 내 삶은 온통 그 길 위에서 이뤄졌다. 때로 방향을 틀어 뒤로 가기도 했고, 때로는 아예 길을 벗어나려고 발버둥 치기도 했다. 더 많이는 길 위에 주저앉아 한 걸음도 떼지 않으려 했다. 그렇지만 그 길은 없어지지 않았고, 늘 그대로였다. 내 삶이 다하는 순간까지 그 길은 그대로 뻗어 있을 것이다. 푸른 침실의 문을 두드리거나 두드리지 않거나 하는 것은 내 선택이 아닌가? 그저 자유의지대로 하면 되는 게 아닌가? 어쩌면 회피할 수도 있겠지만, 그러지 않기로 했다. 이미 주어진 길이라면 끝끝내 문을 두드릴 것이다. 문이 열리거나 열리지 않거나 상관없이. 그렇지만 결국 문이 열릴 것을 알고 있다. 내 삶의 근원은 거기에서부터 시작되었으므로.

49 / 49
마음의 빛

내가 살아왔던 모든 순간들이 가지런하게 펼쳐졌다. 마치 잘 정리된 필름처럼 꼼꼼하고도 정교하게 한순간조차 놓치지 않았다. 빛보다 더 빠른 속도로 필름이 넘어가고 있다. 내가 만났던 사람들, 했던 말들, 표정들, 몸짓들까지 그대로 흘러나왔다. 단순히 나만 비추고 있는 게 아니었다. 그때 내가 했던 말과 다른 속마음, 상대방의 속마음까지 그대로 드러나고 있었다. 내가 경험했던 상황 속에서는 오로지 나만 있었던 것이 아니다. 나는 항상 연결되고 있었다. 타인과 세상과 그리고 지금 이곳과.

내가 겪은 세상에 대한 영상을 고스란히 느끼는 동안 먹먹해졌다. 나는 좀 더 슬기로웠어야 했다. 좀 더 현명하게 말하고 행동했어야 했다. 나는 왜 이토록 상대방의 마음을 헤아리지 못하고 아프게 했던가. 왜 그 당시에는 몰랐던가.

어쩌면 이다지도 어리석었던가.

그렇게 자책감이 들자 안온한 빛이 내게 말했다.

- 괜찮아. 잘 해왔다. 스스로 해낸 약속을 지켜냈어.

나는 내가 순간순간 용서받고 있었다는 사실을 깨달았다. 지금, 이 순간까지. 빛은 말하고 있었다.

- 너를 늘 지켜보고 있었다. 너를 계속 지켜주고 있었다. 네가 전혀 모를 때라도, 언제나 그랬지. 너는 간혹 낌새를 알아차리곤 했어. 그럴 때마다 나는 미소를 지었단다. 넌 기특하게도 그 길을 잘 따라왔어.

- 푸른 침실로 가는 길 말인가요?

- 그래, 바로 그 길이지. 그 길이 네가 세상에 태어난 동기였지. 그리고 결국 해냈어. 모든 실수들은 곧 성공이었단다. 너는 스스로를 포기하지 않았어. 그것으로 넌 성공한 거야. 우리가 이렇게 만나리라는 것도 넌 이미 알고 있었잖니. 그게 너의 영특한 점이지. 너는 많은 사람들한테 나를 만나라고 부추겨왔어. 글이나 말로, 또 프로그램으로 말이야. 그렇게 네가 해낼 때마다 박수를 보내고 있었단다.

평온하고 아늑한 빛이 말하는 동안 나는 그 아름답고 웅장한 목소리에 압도당하고 말았다. 빛은 또 말하고 있었다.

- 호흡하듯 자연스럽게, 늘, 나를 떠올린다는 것은 쉬운 일은 아니야. 그렇지만 한번 그렇게 하면 너무나 쉽지. 네

가 기억을 모조리 쏟아서 다시 찬찬히 엮어나가는 작업을 했을 때 그때부터 너는 나를 호흡하기 시작했다. 온 영혼으로 나를 느끼기 시작했어. 지금, 이 순간을 너는 이미 네 것으로 가져가기 시작했단다. 너도 알고 있었지?

나는 울고 싶었다. 가슴 깊은 곳에서 벅차오르는 감사와 기쁨 때문이었다. 언어로 다 옮길 수 없는 환희가 느껴졌다. 나는 오래전 봐두었던 신기한 색깔을 기억해냈다. 그 색은 보자마자 나를 매료했는데 오랜 벗이 사는 도시로 가는 인터체인지 부근에 있던 아파트의 색이었다. 왜 그 색에 끌렸는지 당시에는 몰랐지만, 어느 순간 알게 되었다. 언뜻 보면 거무튀튀했으나 사이사이 밝은 빛이 스며들고 있었다. 밝고 환한 파스텔 색상이 짙은 회색 위로 은총처럼 내려앉고 있었다. 그것은 내 삶, 의식 수준의 색이었다.

- 이제, 그 아파트 색깔이 아니란다. 시아야, 걱정하지 마라. 넌 이미 그 색깔을 훨씬 벗어났어. 이리 와보렴.

안온한 빛은 내가 어떤 생각을 하고 있는지 잘 알고 있었다. 나는 곧 빛의 중심으로 들어섰다. 지구상의 그 어떤 빛도 따라오지 못할 만큼 선명하고 강렬하지만, 하나도 눈이 부시지 않은 사랑 그 자체인 빛 안으로 들어갔다. 나는 혼자가 아니었다. 단 한 번도 혼자였던 적이 없었다. 예전이나 지금이나.

에필로그

라,
약속대로 글을 남깁니다. 그러니, 이제 문을 열어주시겠어요?

이렇게 말하자 신기하게도 '라'의 다음과 같은 메시지가 컴퓨터 화면에 떴다.

기억은 더 이상 당신을 고통스럽게 하지 않습니다.
기억을 다룰 줄 아는 전사가 되어 고통에서 해방된 당신의 새로운 탄생을 축하드립니다.

—라

컴퓨터 화면을 나와서 전원을 껐다. 문을 열고 밖으로 나왔다. 축축하고 퀴퀴한 기억들은 다 사라져버렸는가? 스멀스멀 올라와서 끈적거리며 달라붙어 목을 후려치던 기억들은 없어졌는가? 내 이름 앞에 밀쳐 들어와서 영락없이 오그라들게 하던 그 기억들!

기억들을 찬찬히 풀어가는 동안 머리를 강타하던 고통들은 숨을 죽이고 있었다. 라의 말은 거짓은 아니었지만, 은밀한 복병이 있었다. 글로 옮기는 동안 머리가 아니라 가슴이 아팠다. 무지막지하게 가슴을 후려치는 바람에 한동안 멍하게 앉아서 눈물을 흘리기도 했다. 과거의 나한테 다가가서 그래도 살아냈다고, 이 순간을 이겨내서 지금의 내가 되었다고 속삭이기도 했다. 나약한 듯 보이나 강인한 또 다른 속성이 결국 조화를 이룰 거라고 내 등을 가만가만 토닥여주기도 했다. 과거의 나는 고개를 갸웃거렸다. 자신이 아는 것이 전부는 아니라는 듯 사고의 자락을 다른 곳으로 펼치기도 했다. 현재의 내가 보내는 전언을 서서히 받아들이는 기색이 보였다. 그제야 아픈 가슴이 풀려 흘러가고 있었다.

물은 물끼리 만나자마자 온전히 하나가 되어 흐르고 있다. 나를 이룬 모든 것들은 이제 하나가 되어 흐르는 중이다. 아름다움을 머금고 있던 시간이 물 위에 햇살을 뿜어낸다. 물결은 찰랑거리는 기쁨으로 반짝인다. 산들바람이 머리를 부드럽게 쓰다듬어준다. 구름은 햇살이 스며든 생생한 얼굴을 마음껏 치켜든다. 까치가 깡충거리며 아홉 걸음쯤 뛰어가다가 파드득 날아오른다.

'라'는 약속을 지켰다. '하지 마라'와 '하라'는 삶의 무수한 선택의 순간에서 '마음의 빛'이 이끄는 쪽으로 향하리라. 내 안의 또 다른 성, 아니무스는 빛나는 흰 깃털을 단 아파치족 모자를 쓰고 팔찌을 낀 채 활짝 웃고 있다. 나는 주어진 신화를 완성하기 위한 길 위를 한걸음 내디뎠다.

작가의 말

길이 없는 길에서 오랫동안 주저앉아 울고 있었습니다. 울다가 지쳐서 까무룩 잠이 들면 영원히 눈뜨지 않는 나를 만나곤 했습니다. 숱하게 넘어지면서도 후들거리는 무릎으로 일어서게 한 것은 내 힘이 아니었습니다. 벌겋게 드러난 감정의 속살이 형편없이 부르트고 갈라질 때쯤 실낱 같은 빛을 만났습니다. 사위는 온통 어둠으로 뒤덮여 있어서 무언가를 구분하고 판단할 수조차 없었습니다. 그렇지만 어둠이 아니었다면 그 작은 빛줄기를 알아차릴 수 없었겠지요.

빛을 따라 걸음을 옮기는 것도 쉽지 않았습니다. 전부 내팽개치고 싶은 강렬한 유혹이 다리를 휘감기도 했습니다. 존재조차 지워버리고 싶던 참담한 순간들이 모여서 어둠을 이룬 것이라는 사실은 차마 받아들이기 어려웠습니다. 게다가 빛을 향해 걸어가는 것은 고단하기 짝이 없었지요. 내 안에 도사리고 있던 큰 쥐가 잿빛 꼬리를 치켜들며 가로막기도 했습니다. 흉측한 고개를 쳐들며 으르렁거리는 재규어의 날카로운 이빨을 만나기도 했습니다. 길은 험하고 질척이고 곳곳에 돌부리들이 숨어서 키득거리고 있었습니다. 처음에는 알 수 없었지만, 빛줄기는 앞으로 나아갈수록 조금씩 커지고 있었습니다. 그 자명한 사실이 걸음을 다시 내딛게 했습니다. 길의 실체가 드러날 때까지는 많은 시간이 흘렀지만요.

길의 본질을 깨닫게 되었을 때, 저는 치료사가 되어 있었습니다. 그제야 발견했지요. 숱한 상처에 딱지가 앉아 그것이 삶의 무늬가 되었다는 것을요. 빛나는 그 무늬가 저절로 손을 움직이게 했습니다. 마음의 소리를 듣게 하고 남김없이 읊조리게 했습니다. 그러니 아무에게도 들키지 않았던 긴한 어둠을 끄집어낸 것은 내가 아닙니다.

내 안에 살고 있던 잿빛 긴 꼬리, 쏘아보던 섬뜩한 눈빛들은 다 어디로 갔을까요? 그 존재들이 나와 함께했던 것은 언제부터였을까요? 내가 그들을 불러들였을까요? 그 존재들이 나한테 파고들었던 것일까요?

그런 의문을 품는 것도, 존재들의 생성과 소멸에 관해서도 제대로 사유할 수 없었습니다. 쉴 새 없이 부풀려왔던 어둠의 작동이 멈춘 것은 얼마 되지 않습니다. 어둠이 입을 다물자 긴 터널의 통로가 또렷이 보였습니다. 환해지자 비로소 어둠의 부피가 보인 것이지요. 영원할 것 같던 암흑이 빛으로 가기 위한 통로에 불과했다는 사실을 깨닫게 되었습니다.

퀴퀴하고 음침한 내 안의 존재들이 사라지자 새로운 존재가 나타났습니다. 갖은 기억에 시달렸던 남자는 옥죄던 옷을 훌훌 벗어 구름 위에 걸어두었습니다. 기억을 찬찬히 가다듬자 남자는 변신하기 시작했습니다. 마침내 쏟아낸 기억들을 한데 묶고 남자는 전사가 되었습니다. 깃털 위에 햇살을 얹고 탄탄한 가슴에 달을 안은 채 팔짱을 끼며 남자는 별과 대화 중입니다.

곤두세운 삶의 갈기를 쓰다듬자 놀라운 일이 일어났습니다. 세상은 기적으로 가득 차 있다는 사실을 알아차렸습니다. 그리고 만물은 하나로 연결되어 있었지요. 과거의 꾸러미를 풀면 현재가 나오듯이요. 얼굴 가득 빛을 머금은 터널 밖의 나는 지금의 나를 다독여주고 어깨를 추켜올려주고 있습니다.

그러니, 삶은 오로지 신의 영광으로 인해서입니다. 이렇게 당신을 만나는 것도 그러합니다.매 순간이 기적입니다.

2021년 1월 1일

시아

Suzanne Valadon. 〈푸른 침실〉

푸른 침실로 가는 길

초판 1쇄 인쇄 2021년 2월 1일
초판 1쇄 발행 2020년 2월 12일

지은이 시아

펴낸이 최현선
편 집 김하늘
마케팅 손은혜
디자인 霖design 김희림
제 작 제이오

펴낸곳 오도스 | 출판등록 2019년 7월 5일 (제2019-000015호)
주 소 경기도 시흥시 배곧4로 32-28, 206호(그랜드프라자)
전 화 070-7818-4108 | 팩스 031-624-3108
이메일 odospub@daum.net

ISBN 979-11-968529-8-6 (03810)

odos 마음을 살리는 책의 길, 오도스